IRRÉSISTIBLE ALCHIMIE

À Moshe qui a sacrifié tant de choses pour moi.

L'édition originale de cet ouvrage est parue aux Éditions *Walker & Company*
sous le titre : *Perfect Chemistry*.
Walker & Compagny, 175 Fifth Avenue, New York, New York 10010.
www.walkeryoungreaders.com

Pour la traduction française
© 2011, Éditions La Martinière Jeunesse, une marque de La Martinière
Groupe, Paris.

ISBN : 978-2-7324-4454-3

Retrouvez toutes nos parutions sur :
www.lamartinieregroupe.com et www.lamartinierejeunesse.fr

IRRÉSISTIBLE ALCHIMIE

SIMONE ELKELES

Traduit de l'anglais (États-Unis) par Cyril Laumonier

La Martinière **j.**
FICTION

1
BRITTANY

Tout le monde sait que je suis parfaite. Ma tenue est parfaite. Ma vie est parfaite. Même ma famille est parfaite. Certes, tout cela n'est qu'un mensonge mais tant pis, je me suis démenée pour qu'on y croie. Si la vérité venait à éclater, je pourrais dire adieu à mon image de perfection absolue.

Debout devant le miroir de ma salle de bains, la musique à plein régime, j'essuie pour la troisième fois la ligne irrégulière que je me suis dessinée sous l'œil. J'ai les mains qui tremblent. Je ne devrais pas stresser autant à l'idée de rentrer en terminale et de retrouver mon copain après un été loin de lui, mais ça commence mal. Tout va de travers ce matin. D'abord, mon fer à friser a émis des signaux de fumée avant de s'éteindre. Puis j'ai perdu un bouton de mon chemisier préféré. Maintenant, mon khôl agit selon sa propre volonté. Si je pouvais choisir, je resterais dans mon lit douillet et passerais la journée à manger des cookies à peine sortis du four.

— Brit, descends, hurle maman depuis l'entrée, d'une voix stridente.

D'instinct, j'ai très envie de l'ignorer, mais cela n'apporterait que des disputes et des cris, et pour moi un affreux mal de crâne.

— J'arrive dans une seconde !

Je prie alors pour que mon crayon file droit.

Enfin, j'ai réussi, je lance le crayon sur ma commode, vérifie le résultat deux ou trois fois dans le miroir, éteins ma stéréo et me précipite dans le couloir.

Maman se tient au pied du grand escalier et m'inspecte de haut en bas. Je me redresse. Je sais, je sais : à dix-huit ans, je ne devrais plus me soucier de l'avis de ma mère. Mais on ne peut pas comprendre la vie de la famille Ellis sans en faire partie. Ma mère souffre de stress. Pas le genre de stress qu'on résout grâce à de petites pilules bleues. Quand elle est en crise, c'est tout son entourage qui en pâtit avec elle. Selon moi, cela explique pourquoi papa part travailler avant qu'elle ne se lève ; ainsi, il n'a pas à se préoccuper d'elle le matin.

— Le pantalon, atroce. La ceinture, sublime, s'exclame maman en les pointant du doigt. Quant à ce bruit que tu appelles musique, heureusement que tu l'as coupé. Il commençait à me donner mal à la tête.

— Bonjour à toi aussi, maman.

Je descends les marches et l'embrasse sur la joue. L'odeur si forte de son parfum me pique le nez à mesure que je m'approche d'elle. Si tôt le matin, elle est déjà resplendissante dans sa robe de tennis Ralph Lauren, collection Blue Label.

— Je t'ai acheté ton gâteau préféré pour ton premier jour de classe, me dit maman en montrant un sachet qu'elle gardait caché derrière son dos.

— C'est gentil, mais non.

Du regard, je cherche ma sœur :

— Où est Shelley ?

— Dans la cuisine.

— Sa nouvelle auxiliaire est arrivée ?

— Elle s'appelle Baghda et non, elle n'arrive que dans une heure.

— Tu lui as bien dit que la laine lui irritait la peau ? Et qu'elle tirait les cheveux ?

Ma sœur est très forte pour nous faire comprendre avec son langage à elle qu'elle déteste la laine. Récemment, elle s'est mise à tirer les cheveux, ce qui a entraîné de nombreux incidents. Et dans cette maison, tout incident, même minime, devient aussi grave qu'une collision entre deux voitures, alors il faut à tout prix les éviter.

— Oui, et encore oui. Brittany, j'ai prévenu ta sœur, ce matin. Si elle fait encore des siennes, on se retrouvera une nouvelle fois sans auxiliaire.

Je pénètre dans la cuisine pour ne plus entendre maman s'éterniser comme d'habitude sur l'agressivité de Shelley. Ma sœur se tient près de la table dans son fauteuil roulant, concentrée sur la nourriture préparée spécialement pour elle car, malgré ses vingt ans, elle ne sait ni mâcher ni avaler comme tout le monde. Une nouvelle fois, son repas a atterri sur son menton, ses lèvres et ses joues.

— Salut, Shelley jolie.

Je me penche sur elle et lui essuie le visage avec sa serviette.

— C'est le jour de ma rentrée. Souhaite-moi bonne chance.

Shelley me tend des bras tremblotants et me lance un sourire de travers. J'adore son sourire.

— Tu veux me faire un câlin ?

Je sais parfaitement qu'elle en a envie. Les médecins nous disent sans cesse que plus Shelley sera en contact avec le monde extérieur et mieux elle se portera.

Shelley acquiesce. Je me glisse dans ses bras en faisant attention à garder mes cheveux éloignés de ses mains. Quand je me redresse, j'entends maman souffler.

— Brit, tu ne peux pas aller au lycée dans cet état.

— Dans quel état ?

Elle secoue la tête et soupire, énervée :

— Regarde ton haut.

En baissant les yeux, j'aperçois une tache sur mon haut Calvin Klein. Mince, la bave de Shelley. Un bref regard sur le visage triste de ma sœur m'apprend ce qu'elle ne peut exprimer par les mots : « Shelley est désolée. Shelley ne voulait pas gâcher ta tenue. »

— Pas de problème.

Mon image « parfaite » vient cependant d'en prendre un coup.

Maman, les sourcils froncés, mouille une serviette en papier sous le robinet puis tapote la tache. J'ai l'impression d'avoir deux ans.

— Monte te changer.

— Maman, ce n'est qu'un peu de pêche.

Je m'exprime doucement pour que l'on ne se mette pas à crier. Je veux absolument éviter que ma sœur ne se sente coupable.

— Ça laisse des traces. Tu ne tiens tout de même pas à ce que les gens croient que tu négliges ton apparence ?

— Bon, j'y vais.

Comme j'aimerais que maman soit dans un de ses bons jours où elle ne m'assomme pas pour tout et n'importe quoi.

J'embrasse ma sœur sur le haut du crâne, histoire de la rassurer, qu'elle n'aille pas s'imaginer que ses débordements me dérangent d'une manière ou d'une autre. Et je conclus sur une note positive :

— Je te retrouve après les cours, Shelley, on doit encore terminer notre tournoi d'échecs.

Je remonte les marches deux par deux. Une fois dans ma chambre, je jette un œil à ma montre : déjà sept heures dix ! Ma meilleure amie, Sierra, va me tomber dessus si je passe la prendre en retard. J'attrape un foulard bleu clair de ma penderie et prie pour qu'il fasse l'affaire. Peut-être que personne ne remarquera la tache de bave si je le noue correctement.

Quand je redescends, maman inspecte de nouveau ma tenue :

— Le foulard, sublime.

Ouf !

Puis elle me met le gâteau entre les mains.

— Tu le mangeras en chemin.

En me dirigeant vers ma voiture, j'en prends machinalement une bouchée. Malheureusement, il n'est pas aux myrtilles. Il est aux bananes et aux noix, et les bananes sont trop cuites. Ce gâteau me renvoie alors à ma propre image : de l'extérieur, il semble parfait, mais à l'intérieur, c'est du grand n'importe quoi.

2

ALEX

— Alex, lève-toi !
Je menace mon petit frère du regard et ensevelis ma tête sous l'oreiller. Depuis que je partage ma chambre avec mes frères de onze et quinze ans, pas moyen d'être tranquille. Mon dernier refuge reste ce simple coussin à travers lequel je me mets à grogner :

— Dégage, Luis. *No estés chigando.*

— Je déconne pas. *Mamà* m'a dit de te réveiller pour que tu ne sois pas en retard en cours.

La terminale. Je devrais être fier d'être le premier de la famille Fuentes à finir le lycée. Mais après la remise des diplômes débutera la vraie vie, et l'université demeure un rêve inaccessible, je le sais bien. Aller en terminale, pour moi, c'est comme être en préretraite. Je sais que je peux continuer, mais tout le monde souhaite me voir partir.

J'entends fébrilement la voix fière de Luis à travers l'oreiller :

— J'ai mis mes vêtements tout neufs. Les *nenas* ne pourront pas résister à un si beau Latino.

— Tant mieux pour toi.

— *Mamà* m'a ordonné de te renverser cette carafe d'eau sur la tête si tu ne te lèves pas.

Un peu d'intimité, c'est trop demander pour une fois ? Je prends l'oreiller et le balance à travers la pièce : dans le mille ! L'eau se renverse intégralement sur Luis.

— Arhhh ! hurle-t-il. Je n'avais rien d'autre à me mettre.

On entend un éclat de rire de l'autre côté de la porte. Carlos, mon autre frère, se marre comme une baleine. Du moins jusqu'à ce que Luis lui saute dessus. De mon côté, j'observe le combat partir en vrille tandis que mes deux petits frères se balancent des coups de pied et des coups de poing.

Ils cognent bien, me dis-je fièrement pendant qu'ils continuent de se frapper. Cependant, je suis l'aîné et il est de mon devoir de les séparer. J'attrape Carlos par le col mais trébuche sur la jambe de Luis et m'étale sur le sol avec eux. Je n'ai pas le temps de me relever que je sens de l'eau glacée éclabousser mon dos. Je me retourne soudain et aperçois *mi'amà* qui nous arrose tous les trois, tenant fermement un seau au-dessus de nos têtes, elle déjà en uniforme pour partir travailler. Elle est caissière dans une épicerie de quartier à quelques rues de la maison. Le salaire n'est pas extraordinaire mais nous arrivons à nous en sortir.

— Debout !

Elle semble plus furieuse que jamais.

— Merde, *Ma* ! s'écrie Carlos en se relevant.

Mi'amà plonge sa main dans le reste d'eau glacée et la lui lance en plein visage. Luis éclate de rire mais avant de réaliser ce qui se passe, il s'en prend une giclée aussi. Ils n'apprendront donc jamais ?

— Tu as quelque chose à ajouter, Luis ?

— Non, maman, répond Luis, qui se tient droit comme un bon petit soldat.

— Tu as d'autres gros mots à faire sortir de ta *boca*, Carlos ?

Elle approche sa main du seau en guise d'avertissement.

— Non, maman, fait le soldat numéro deux.

— Et toi, Alejandro ?

Elle plisse alors les yeux vers moi. D'un air innocent, avec mon sourire irrésistible, je lui réponds :

— Quoi ? J'essayais de les séparer.

Et, bien sûr, je reçois de l'eau en plein visage.

— Tu aurais dû les séparer plus tôt. Maintenant, habillez-vous et venez prendre le petit déjeuner avant de partir à l'école.

À croire que mon sourire n'est pas si irrésistible que ça.

Après une douche rapide, je retourne dans ma chambre, une serviette nouée autour de la taille. Là, je trouve Luis avec un de mes bandanas sur la tête et j'en ai un haut-le-cœur. Je le lui retire immédiatement.

— Ne touche plus jamais à ça, Luis.

— Pourquoi ?

Ses yeux marron si profonds traduisent toute son innocence.

Pour Luis, ce n'est qu'un bandana. Pour moi, il définit mon présent et mon absence de futur. Comment suis-je censé expliquer cela à un gosse de onze ans ? Il sait ce que je suis. Tout le monde sait que ce bandana porte les couleurs du gang des Latino Blood. La rancœur et la soif de vengeance m'ont introduit dans le gang et il n'y a plus d'échappatoire pour moi, aujourd'hui. Mais j'aimerais mieux mourir plutôt que de laisser un de mes frères se faire enrôler.

Je fais une boule du bandana.

— Luis, touche pas à mes affaires, surtout celles du Blood.

— J'aime bien les couleurs, rouge et noir.

C'était bien la dernière chose que je voulais entendre.

— Si je te revois le porter, tu finiras *bleu et noir*. Compris, petit frère ?

Il se met à trembler.

— Oui, compris.

Alors qu'il quitte la pièce à toute allure, je me demande s'il se rend vraiment compte de la situation. Je préfère ne pas trop y penser ; j'attrape un T-shirt noir dans mon armoire et enfile mon jean délavé et déchiré. Tandis que je noue mon bandana autour du front, *mi'amà* me crie depuis la cuisine :

— Alejandro, viens manger avant que ça ne refroidisse. *De prisa*, allez !

— J'arrive !

Je ne comprendrai jamais pourquoi elle attache autant d'importance à la nourriture.

Quand j'arrive, mes frères sont déjà en train d'engloutir leur petit déjeuner. J'ouvre la porte du réfrigérateur et en passe le contenu en revue.

— Assieds-toi.

— *Ma,* j'attrape juste...

— Alejandro, tu n'attrapes rien du tout. Assieds-toi. Nous sommes une famille et nous allons manger ensemble, comme il se doit.

Je soupire et m'assois à côté de Carlos. Parfois, faire partie d'une famille si unie présente quelques inconvénients. *Mi'amà* met alors une énorme portion de *huevos* et *tortillas* devant moi.

— Pourquoi tu ne m'appelles pas Alex ? dis-je, tête baissée, en fixant le contenu de mon assiette.

— Si j'avais voulu t'appeler Alex, je ne me serais pas pris la peine de te prénommer Alejandro. Tu n'aimes pas le prénom que nous t'avons donné ?

Tout à coup, mon corps entier se raidit. On m'a légué le prénom d'un père qui n'est plus de ce monde, auquel j'ai succédé au rang d'homme de la maison. Alejandro, Alejandro Jr, Junior.

— Est-ce que ce serait grave ?

Je marmonne ma question en plantant ma fourchette dans un morceau de *tortilla* puis lève les yeux pour voir sa réaction.

Maman lave la vaisselle en me tournant le dos.

— Non.

— Alex veut se faire passer pour un Blanc, intervient Carlos. Frérot, tu peux changer ton prénom, cela n'empêchera personne de voir que tu es bel et bien un *Mexicano*.

— Carlos, *cállate la boca*.

Le voilà prévenu. Rien à voir avec le fait d'être blanc. J'aimerais simplement qu'on ne m'associe plus à mon père.

— *Por favor*, les garçons, supplie maman. Vous vous êtes assez battus pour aujourd'hui.

— *Mojado*, s'amuse Carlos, qui me traite de poule mouillée.

Il est allé trop loin. Je me lève, ma chaise crisse contre le sol. Mon frère fait de même et s'approche tout près de moi. Il sait pourtant que je peux lui casser la gueule. Un jour, son ego surdimensionné lui causera des ennuis avec les mauvaises personnes.

— Carlos, assis, ordonne *mi'amà*.

— Sale Chicano, me lance Carlos avec un accent exagéré. Encore mieux, *es un ganguero*.

— Carlos ! hurle *mi'amà*.

Elle s'avance vers lui mais je la devance et chope mon frère par le col.

— Oui, c'est ce que tout le monde pense de moi. Mais si tu continues de raconter des conneries, c'est aussi ce que l'on pensera de toi.

— Mon frère, on pensera toujours quelque chose de moi, c'est inévitable. Que je le veuille ou non.

À ces mots, je lâche prise.

— Tu as tort, Carlos. Tu vaux mieux que ça.

— Mieux que toi ?

— Oui, tu vaux mieux que moi et tu le sais. Maintenant, demande pardon à *mi'amà* pour ce que tu viens de dire devant elle.

Carlos sait que je ne plaisante pas.

— Pardon, *Ma*.

Puis il se rassoit, en me lançant un regard noir ; sa fierté en a pris un sacré coup. *Mi'amà* se tourne et ouvre le réfrigérateur pour essayer de cacher ses larmes. Elle s'inquiète pour Carlos. Il n'est qu'en seconde et les prochaines années vont soit le construire, soit le détruire.

J'attrape ma veste de cuir noir, il faut que je sorte d'ici. J'embrasse *mi'amà* sur la joue en m'excusant d'avoir gâché son petit déjeuner, puis je m'en vais en songeant à la manière d'empêcher Carlos et Luis de suivre mes traces tout en les guidant vers un meilleur chemin. La situation ne manque pas d'ironie.

Dans la rue, des types portant le même bandana que moi m'adressent le signe des Latino Blood : la main droite qui tape deux fois le bras gauche, avec l'annulaire replié. Le sang brûle dans mes veines alors que je les salue de la même façon en grimpant sur ma moto. Ils veulent un membre de gang pur et dur, avec moi ils sont servis. Je m'efforce comme un damné de passer pour un caïd devant le reste du monde. Parfois je me surprends moi-même.

— Alex, attends, s'exclame une voix féminine bien familière.

Carmen Sanchez, ma voisine et ancienne copine, court dans ma direction.

— Salut, Carmen.

— Tu m'amènes au bahut ?

Sa courte jupe noire laisse voir des jambes incroyables et son haut moulant met en valeur ses petits *chichis* si mignons. Autrefois, j'aurais fait n'importe quoi pour elle, mais c'était avant que je ne la surprenne dans le lit d'un autre garçon cet été. Ou plutôt dans sa voiture.

— Allez, Alex. Je promets de ne pas te mordre… à moins que tu ne me le demandes.

Carmen est ma pote des Latino Blood. Qu'on soit en couple ou non, on se soutient l'un l'autre. C'est la règle entre nous deux.

— Monte.

Carmen place délibérément ses mains sur mes hanches tout en s'appuyant contre mon dos. Mais cela ne provoque pas l'effet qu'elle espérait sans doute. Qu'est-ce qu'elle croit ? Que je vais oublier le passé aussi facilement ? Hors de question. Parce que ce qui me définit, moi, c'est ma propre histoire. Il faut que je me concentre sur mon entrée en terminale, sur le présent, ici et maintenant. Malheureusement, c'est loin d'être évident car, après le remise des diplômes, mon avenir s'annonce aussi pourri que l'a été mon passé.

3

BRITTANY

— Sierra, à chaque fois que je baisse le toit de cette voiture, on dirait que je suis passée à travers une tornade. Mes cheveux ne ressemblent plus à rien.

Ma meilleure amie et moi roulons sur Vine Street, en direction du lycée de Fairfield, dans ma nouvelle décapotable gris métallisé.

« L'apparence extérieure compte plus que tout. » Ce sont mes parents qui m'ont enseigné cette devise qui régit ma vie. Voilà la seule raison pour laquelle je n'ai fait aucun commentaire lorsque mon père m'a offert cette BMW, ce cadeau extravagant, pour mon anniversaire, il y a deux semaines.

— Nous vivons à une demi-heure de la « ville des vents », c'est normal, souligne Sierra qui laisse pendre sa main à l'extérieur de la voiture. Chicago n'est pas une ville connue pour la douceur de son climat. Et puis, Brit, tu ressembles à une déesse grecque avec ces cheveux dorés et sauvages. Tu es simplement nerveuse à l'idée de revoir Colin.

Mes yeux dévient sur la photo de Colin et moi, celle en forme de cœur que j'ai collée sur le tableau de bord.

— Un été loin l'un de l'autre nous aura certainement changés.

— La distance rapproche parfois les gens, rétorque Sierra. Tu es capitaine de l'équipe des pom-pom girls et lui de l'équipe de football américain. Vous êtes faits pour être ensemble. Comme le sirop d'érable sur les *pancakes*. C'est comme ça !

Colin a téléphoné plusieurs fois cet été depuis la villa familiale où il séjournait avec des amis. Malgré tout, je ne sais pas où en est notre relation.

— J'adore ton jean, s'exclame Sierra, hypnotisée par mon pantalon taille basse délavé. Il faudra absolument que tu me le prêtes.

— Ma mère le déteste.

Je me recoiffe au feu rouge pour essayer d'atténuer les frisottis.

— D'après elle, on dirait que je l'ai acheté aux puces.

— Tu lui as dit que le vintage était à la mode ?

— Bien sûr, comme si elle allait m'écouter. Elle m'écoute déjà à peine quand je lui parle de la nouvelle auxiliaire, alors les fringues…

Personne ne peut comprendre ce que je vis à la maison. Heureusement, Sierra est là. Elle ne comprend peut-être pas, mais elle en sait suffisamment pour être attentive à ce que je lui raconte et ne rien dire aux autres de ma vie familiale. Hormis Colin, Sierra est la seule qui ait rencontré ma sœur.

Elle ouvre mon range-CD.

— Qu'est-ce qui s'est passé avec l'ancienne ?

— Shelley lui a arraché une touffe de cheveux.

— Aïe !

Je rentre sur le parking du lycée en pensant davantage à ma sœur qu'à ma conduite. Du coup, la voiture pile dans un crissement de pneus, juste avant de percuter un garçon et une fille juchés sur une moto. Je croyais pourtant que la place était libre.

— Fais gaffe, connasse ! me lance Carmen Sanchez, la fille installée à l'arrière de la moto, en me faisant un doigt.

De toute évidence, elle aurait besoin d'une leçon de courtoisie au volant.

Je me mets à crier pour qu'elle m'entende par-dessus le grondement du moteur.

— Désolée ! Je n'avais pas vu qu'il y avait quelqu'un.

Brusquement, je réalise à qui appartient l'engin que j'ai failli heurter. Le conducteur se retourne. Ces yeux noirs, haineux. Ce bandana rouge et noir. Je m'enfonce autant que possible dans mon siège.

— Oh ! merde. C'est Alex Fuentes.

— Mince, Brit, murmure Sierra, j'aimerais survivre jusqu'à la remise des diplômes. Recule avant qu'il ne décide de nous tuer toutes les deux.

Alex me fixe avec des yeux assassins tandis qu'il abaisse la béquille de sa moto. Est-ce qu'il va venir jusqu'à nous ?

Je cherche la marche arrière, remuant frénétiquement le levier de vitesse d'avant en arrière. Évidemment, il a fallu que mon père m'achète une voiture à boîte manuelle sans prendre le temps de m'apprendre à m'en servir.

Alex s'avance d'un pas. Je jette un œil à Sierra qui fouille désespérément dans son sac. Croit-elle sincèrement qu'on va la prendre au sérieux ?

— J'arrive pas à trouver la marche arrière sur cette fichue bagnole. Aide-moi. Qu'est-ce que tu cherches à la fin ?

— Ben… rien, répond Sierra entre ses dents. Je veux juste éviter leurs regards, ils font partie des Latino Blood, je te rappelle ! Dépêche ! Moi, je ne sais conduire que les automatiques.

Enfin j'enclenche la marche arrière et mes roues font un bruit perçant pendant que je recule.

Une fois garées dans l'aile ouest du parking, loin, très loin d'un certain membre de gang qui terroriserait même le plus costaud des footballeurs, Sierra et moi grimpons les marches à l'entrée du lycée. Hélas ! Alex Fuentes et le reste de sa bande, tous du même gang, se tiennent devant la porte.

— Dépassons-les, chuchote Sierra. Quoi qu'il advienne, ne les regarde pas dans les yeux.

C'est plutôt compliqué quand Alex Fuentes me bloque volontairement le passage. Je suis sûre qu'il faut faire une prière avant de mourir, pourquoi suis-je incapable de m'en souvenir ?

— Tu conduis n'importe comment, me glisse Alex avec son léger accent de Latino et son attitude de macho.

D'accord, il ressemble à un mannequin avec son corps d'athlète et son superbe visage, mais on trouverait plus facilement sa photo dans les fichiers de la police que dans des magazines de mode. Les jeunes des quartiers nord ne se mélangent pas vraiment avec ceux des quartiers sud. Non que nous nous estimions meilleurs qu'eux, simplement nous sommes différents. Nous avons grandi dans la même ville, mais aux deux extrémités. Nous, nous vivons dans de grandes maisons le long du lac Michigan et eux près des voies de chemin de fer. Nous parlons, vivons et nous habillons différemment. Je ne dis pas que c'est bien ou mal ; c'est juste que les choses sont ainsi faites à Fairfield. Et pour être honnête, la plupart des filles des quartiers sud me traitent comme Carmen Sanchez… elles me haïssent pour ce que je suis.

Ou, plutôt, pour ce qu'elles imaginent que je suis.

Alex me sonde lentement de haut en bas avant de remonter les yeux doucement. Ce n'est pas la première fois qu'un garçon me scrute ainsi, mais je n'en avais jamais vu un le faire si ouvertement… et de si près. Je sens mes joues devenir cramoisies.

— La prochaine fois, regarde où tu vas, me dit-il d'une voix détendue, maîtrisée.

Il veut m'intimider et sait parfaitement comment s'y prendre. Mais je ne le laisserai pas gagner à ce petit jeu, même si j'en ai l'estomac complètement retourné. Je redresse les épaules et esquisse un sourire méprisant, le même que j'utilise pour éloigner les indésirables.

— Merci du tuyau.

— Si, un jour, tu veux qu'un vrai mec t'apprenne à conduire, je peux te donner des cours.

Les sifflets de ses amis me font enrager.

— Si tu étais un *vrai* mec, tu m'ouvrirais la porte plutôt que de me bloquer le passage.

Je m'admire pour ma repartie, bien que mes genoux menacent de me lâcher à tout instant. Alex recule, ouvre la porte et se penche comme le ferait un maître d'hôtel. Il se fiche de moi, nous le savons tous les deux. Tout le monde le sait. Je fais signe à Sierra, toujours affairée à ne rien chercher dans son sac. Elle est totalement déstabilisée par la situation.

Avec le peu de courage qu'il me reste, je lance alors à Fuentes :

— Tu devrais changer de vie, en choisir une moins pourrie.

— Comme la tienne ? *Cabróna*, laisse-moi te dire un truc… Il prend un ton particulièrement dur : Ta vie n'a rien à voir avec la réalité, elle est artificielle. Comme toi.

— Je préfère ça à une vie de looser. Comme toi.

J'espère que mes mots font aussi mal que les siens. J'agrippe Sierra et la traîne par le bras à l'intérieur. Encore des sifflets, et des commentaires de toutes sortes. Enfin, j'expire tout l'air que j'avais retenu jusqu'à présent, puis me tourne vers Sierra. Ma meilleure amie me dévisage avec des yeux écarquillés.

— Putain, Brit ! Tu as envie de mourir ou quoi ?

— Qu'est-ce qui donne le droit à Alex Fuentes de martyriser quiconque croise son chemin ?

— Euh… peut-être le pistolet qu'il cache dans son pantalon ou les couleurs du gang qu'il porte, rétorque Sierra qui accentue chaque mot avec sarcasme.

— Il n'est pas assez stupide pour apporter une arme au lycée. Et je refuse d'être la victime d'Alex ou de qui que ce soit d'autre.

Du moins au lycée. C'est le seul endroit où je peux maintenir mon image « parfaite » ; tout le monde ici mord à l'hameçon. Subitement stimulée par l'idée de commencer ma dernière année à Fairfield, je secoue Sierra par l'épaule et lui lance avec autant d'enthousiasme que j'en mets dans nos chorégraphies de pom-pom girls.

— On est en terminale à présent !

— Et donc ?

— Donc, à partir de maintenant, tout va être p-a-r-f-a-i-t.

La cloche se met à sonner. En réalité, il ne s'agit pas d'une véritable cloche puisque le conseil des élèves a décidé l'année dernière de la remplacer par de la musique. En ce moment, on entend *Summer Lovin'* de la comédie musicale *Grease*.

— Je ferai en sorte que ton enterrement soit p-a-r-f-a-i-t, déclare Sierra. Avec des fleurs et tout le tralala.

— On enterre quelqu'un ? demande une voix derrière moi.

Je me retourne. Colin, ses cheveux blonds éclaircis par le soleil d'été et un sourire si grand qu'il lui traverse tout le visage. Comme j'aimerais avoir un miroir, histoire de vérifier si mon maquillage est nickel. Je cours le rejoindre et le serre fort dans mes bras. Il me tient contre lui, m'embrasse doucement sur les lèvres, puis me relâche.

— On enterre quelqu'un ? répète-t-il.

— Non, personne. Oublie ça. Oublie tout et ne pense plus qu'à moi.

— Facile, tu es tellement sexy, dit-il avant de m'embrasser de nouveau. Pardon de ne pas t'avoir appelée hier. Il nous a fallu un temps fou pour ranger les affaires.

Je lui souris, heureuse que cet été loin l'un de l'autre n'ait rien changé. Le monde est à l'endroit, du moins pour l'instant. Colin passe son bras autour de mes épaules alors que la porte d'entrée s'ouvre en grand. Alex et ses amis jaillissent à l'intérieur comme s'ils allaient envahir le lycée.

— Pourquoi prennent-ils la peine de venir ? chuchote Colin si bas que je suis la seule à pouvoir l'entendre. De toute façon, la moitié d'entre eux laisseront tomber avant la fin de l'année.

Mon regard croise brièvement celui d'Alex et un frisson me parcourt la colonne vertébrale.

— J'ai failli percuter la moto d'Alex Fuentes ce matin.

— Tu aurais dû.

— Colin !

— Au moins, cette rentrée aurait été intéressante. On s'ennuie comme des rats morts dans ce lycée.

On s'ennuie ? J'ai raté de peu un accident de voiture, je me suis fait insulter par une fille des quartiers sud et martyriser par un dangereux membre de gang devant l'entrée du lycée. Si c'était un avant-goût de notre terminale, alors cette année sera *tout* sauf ennuyeuse.

4

ALEX

J e savais que je finirais par me faire convoquer dans le
bureau du nouveau proviseur pendant l'année, mais je
ne m'attendais pas que cela arrive dès le premier jour. Mr
Aguirre a été embauché ici grâce à sa réputation de dur à
cuire dans un lycée de Milwaukee. Quelqu'un m'a certainement désigné comme « un chef », car c'est bien moi qui suis
assis sur cette chaise, après avoir été sorti du cours de gym,
pas un autre Latino Blood.

Et voilà Aguirre qui bombe le torse et radote le règlement
intérieur. Je sens qu'il veut me tester, qu'il essaie de prévoir
ma réaction, en me menaçant.

— … et cette année, j'ai embauché deux vigiles supplémentaires, Alejandro.

Il me regarde droit dans les yeux, tentant de m'intimider.
Ben voyons. Il est évident que si Aguirre est latino, il ne
connaît rien à la vie de notre quartier. Bientôt, il va me
raconter comment il a grandi dans la pauvreté, tout comme
moi. Il n'a probablement jamais traversé, ne serait-ce qu'en
voiture, la partie sud de la ville. Je devrais lui proposer une
petite visite des environs.

Il se tient debout devant moi.

— J'ai promis au recteur ainsi qu'au conseil d'administration que je prendrais mes responsabilités pour endiguer la violence qui gangrène ce lycée depuis des années. Je n'hésiterai pas à exclure quiconque ignorera le règlement.

Je n'ai rien fait d'autre que m'amuser avec cette pimbêche de pom-pom girl et voilà que ce type évoque l'exclusion. Il a dû entendre parler du petit incident de l'année dernière qui m'a valu d'être exclu pendant trois jours. C'était pourtant pas ma faute : Paco avait une théorie comme quoi l'eau glacée avait des effets indésirables sur le sexe des Blancs, mais pas sur celui des Latinos. On s'engueulait dans la chaufferie, après qu'il avait éteint la chaudière, et on s'est fait surprendre.

Je n'avais rien fait et on m'a quand même puni. Paco a essayé de dire la vérité mais l'ancien proviseur n'a rien voulu savoir. Peut-être que si je m'étais défendu davantage, il l'aurait écouté. Mais à quoi bon se défendre quand on est une cause perdue ?

Brittany Ellis est forcément responsable de ma présence ici, aujourd'hui. Est-ce qu'un type comme son abruti de copain serait convoqué dans le bureau d'Aguirre ? Certainement pas. Le mec est un joueur de football, les autres l'idolâtrent. Il pourrait sécher ou se battre, Aguirre continuerait de lui faire de la lèche. Colin Adams ne cesse de me provoquer, conscient qu'on lui passera tout. Chaque fois que j'ai été sur le point de riposter, il a réussi à s'échapper ou à fuir près d'un groupe de profs... des profs qui n'attendent qu'une chose : que je me mette à déconner.

Je lève les yeux vers Aguirre.

— Je ne provoque jamais de bagarre.

En revanche, il m'arrive d'en terminer.

— C'est bien. Mais on m'a dit que vous vous en étiez pris à une jeune fille sur le parking, ce matin.

Je risque de me faire écraser par la nouvelle BM flambant neuve de Brittany Ellis et c'est de ma faute à moi ? Cela fait trois ans que je réussis à éviter cette gamine pleine aux as. J'ai entendu dire que l'année dernière, elle avait eu un C mais qu'un petit coup de fil de ses parents avait permis de le transformer en A.

« Cela mettrait en péril ses chances d'intégrer une grande université. »

Quelle merde ! Si je ramenais un C à la maison, *mi'amà* me mettrait un coup sur la tête et m'ordonnerait d'étudier deux fois plus. Je me suis démené pour avoir de bonnes notes, même si les profs m'ont demandé plutôt deux fois qu'une si j'avais triché. Comme si je ne pouvais pas être doué ou simplement capable. Je ne travaille pas pour aller à l'université. Je le fais pour montrer que je pourrais y entrer… si ma vie était différente.

On dit souvent que les gens des quartiers sud sont plus bêtes que ceux du nord, mais ce sont des conneries. D'accord, on n'est ni riches ni obsédés par les biens matériels ou par l'idée d'intégrer les universités les plus chères et les plus prestigieuses. Mais nous, on doit se débrouiller pour survivre la plupart du temps et toujours se protéger.

La chose la plus difficile que Brittany Ellis ait à faire, c'est choisir le restaurant où dîner chaque soir. Cette fille utilise son corps de folie pour manipuler tous ceux qu'elle rencontre.

— Voudrais-tu m'expliquer ce qui s'est passé sur le parking ? J'aimerais connaître ta version des faits.

Hors de question. Je sais depuis longtemps que ma version n'a aucune importance.

— Vous voyez, le truc de ce matin… c'est juste qu'on s'est pas compris.

« Brittany Ellis n'a simplement pas compris que deux véhicules ne pouvaient pas tenir sur une seule place. »

Aguirre se penche alors sur son bureau immaculé et verni.

— Que ce malentendu ne devienne pas une habitude, compris, Alejandro ?

— Alex.

— Très bien, Alex. Retournez en cours, maintenant. Mais je garde un œil ouvert sur vous. Que je ne vous voie plus dans mon bureau.

Je me lève et il me met la main sur l'épaule.

— Pour information, mon but est que tous les élèves de ce lycée réussissent. *Tous* les élèves, Alex. Vous y compris, alors oubliez vos préjugés à mon sujet. *¿Me entiendes ?*

— *Si. Entiendo.*

Est-ce que je peux lui faire confiance ? Dans le couloir, une marée d'élèves déferle. Je n'ai aucune idée d'où je dois aller et suis encore en tenue de sport.

De retour au vestiaire, j'ai à peine le temps de me changer que les enceintes diffusent la chanson marquant le début du cours suivant. Je sors mon emploi du temps de ma poche arrière. Chimie avec Mrs Peterson, une autre dure à cuire.

5

BRITTANY

Avant la chimie, j'allume mon portable pour appeler à la maison et prendre des nouvelles de ma sœur. Baghda semble énervée parce que Shelley a piqué une crise en goûtant à son déjeuner. Apparemment, elle a lancé son bol de yaourt sur le sol en guise de protestation.

Était-ce trop demander que maman renonce à se rendre une journée au country club pour former Baghda ? L'été est définitivement terminé et je ne peux pas prendre le relais chaque fois qu'une auxiliaire de vie baisse les bras. Je dois me concentrer sur le lycée. Mon principal objectif est d'intégrer Northwestern, là où est allé papa, afin d'étudier dans une université proche de la maison et de pouvoir m'occuper de ma sœur. Après quelques conseils à Baghda, je prends une profonde inspiration, affiche un large sourire et rentre en classe.

— Salut, chérie. Je t'ai gardé une place.

Colin désigne le tabouret à côté de lui.

La salle est composée de rangées de paillasses pour deux personnes. Je vais donc passer l'année à côté de Colin et nous ferons le projet de chimie tant redouté ensemble. C'était stupide de croire que les choses allaient mal se passer entre nous. Je m'assois et sors mon énorme manuel.

— Hé, regardez ! Fuentes est dans notre classe, crie un type depuis le fond de la salle. Alex, par ici, *ven pa'ca*.

J'essaie de ne pas fixer Alex qui salue ses amis d'une tape dans le dos et d'inimitables poignées de main. Ils se disent tous « *ese* » ; Dieu seul sait ce que cela signifie. Dans la classe, Alex attire tous les regards.

— Il paraît qu'on l'a arrêté la semaine dernière pour possession de drogue, me chuchote Colin.

— Tu plaisantes ?

— Absolument pas, répond-il, les sourcils relevés.

Bon, je ne suis pas surprise. Il paraît qu'Alex passe ses week-ends à se défoncer, faire des comas éthyliques ou s'adonner à différentes activités illégales.

Mrs Peterson claque la porte et tous les yeux précédemment rivés vers l'arrière de la salle de classe se tournent vers elle. Ses cheveux châtain clair sont attachés en une queue-de-cheval très serrée. Cette femme doit approcher de la trentaine, mais ses lunettes et son expression sévère perpétuelle la font paraître plus âgée.

— Bonjour et bienvenue au cours de chimie de terminale. Elle s'assoit à son bureau et ouvre un dossier : Bel effort concernant votre choix de places. Néanmoins, c'est moi qui décide… et je vous veux assis par ordre alphabétique.

Je proteste comme toute la classe mais Mrs Peterson ne lâche rien. Elle s'avance vers la première paillasse et annonce :

— Colin Adams, au premier rang. Vous serez en binôme avec Darlene Boehm.

Darlene Boehm est ma cocapitaine de l'équipe de pom-pom girls. Elle m'adresse un visage désolé tandis qu'elle se glisse sur le tabouret à côté de mon petit ami.

Les élèves se déplacent avec réticence vers les paillasses que désigne Mrs Peterson. Soudain :

— Brittany Ellis, lance-t-elle en montrant la paillasse derrière Colin.

Je m'assois avec lassitude.

— Alejandro Fuentes, continue Mrs Peterson en pointant le tabouret suivant.

Mon Dieu. Alex… comme binôme de chimie ? Toute l'année de terminale ! Ce n'est PAS possible ! Tout en essayant d'éviter une crise d'angoisse, je lance un regard désespéré à Colin. J'aurais vraiment dû rester à la maison. Au lit. Sous les draps.

— Appelez-moi Alex.

Mrs Peterson lève les yeux de sa liste de noms et considère ce dernier par-dessus ses lunettes.

— Alex Fuentes, répète-t-elle en changeant le nom inscrit sur sa feuille. Monsieur Fuentes, enlevez ce bandana. Dans ma classe, je pratique la tolérance zéro. Je n'accepte aucun accessoire d'appartenance à un gang. Malheureusement, Alex, votre réputation vous précède et Mr Aguirre me soutient à cent pour cent… Me suis-je bien fait comprendre ?

Alex baisse les yeux puis retire son bandana, exposant des cheveux d'un noir corbeau assortis à ses yeux.

— C'est pour couvrir ses poux, soupire Colin à Darlene, mais je les entends et Alex aussi.

— *Vete a la verga*, lance Alex à Colin avec un regard foudroyant. *Cállate el hocico.*

— Bien sûr, mec, répond Colin avant de se retourner. Il ne parle même pas notre langue.

— Colin, ça suffit ! Alex, asseyez-vous. Mrs Peterson poursuit alors, à l'attention de tous les élèves : Il est évident que je m'adresse à vous tous. Je ne peux pas contrôler vos faits et gestes en dehors de cette salle, mais dans ma classe, c'est moi qui commande. Puis elle se dirige vers Alex : Me suis-je bien fait comprendre ?

— *Sí, señora*, répond Alex particulièrement lentement.

Mrs Peterson enchaîne avec la fin de sa liste pendant que je mets tout en œuvre pour ne pas croiser le regard de mon voisin.

— Ça craint, murmure Alex.

Il a une voix profonde, rauque.

Comment vais-je expliquer à maman que je suis en binôme avec Alex Fuentes ? Mon Dieu, j'espère qu'elle ne m'accusera pas d'être responsable de ce fiasco.

Ce serait pratique si Dieu offrait à chacun la possibilité d'un jour à recommencer ; on crierait « Je recommence ! » et la journée reprendrait au début. Ce serait parfait pour aujourd'hui.

Est-ce que Mrs Peterson pense sincèrement que c'est raisonnable de mettre la capitaine des pom-pom girls en groupe avec le garçon le plus dangereux du lycée ? Cette femme a un grain, c'est clair.

Mrs Gros Grain arrive enfin au bout de sa liste.

— Je sais que les terminales croient tout savoir de la vie. Mais ne considérez jamais que vous avez réussi votre vie tant que vous n'avez pas participé à l'élaboration d'un traitement contre les maladies graves ou à l'instauration de la paix sur Terre. La chimie joue un rôle essentiel dans la mise au point de médicaments, le traitement des cancers par radiations, l'utilisation du pétrole, la gestion de la couche d'ozone…

Alex lève la main.

— Alex, auriez-vous une question ?

— Euh, madame Peterson, est-ce que vous êtes en train de dire que le président des États-Unis n'a pas réussi sa vie ?

— Très drôle ! Ce que je veux dire… c'est que l'argent et le statut social n'ont aucune valeur. Si vous utilisez votre cerveau pour aider l'humanité ou la planète, alors vous aurez accompli quelque chose. Et vous aurez mérité mon respect.

Si Alex pense que provoquer la prof lui permettra d'obtenir une bonne note, il se trompe complètement. De toute évidence, Mrs Peterson n'aime pas les petits malins et mon binôme est déjà sur sa liste noire.

— Maintenant, annonce Mrs Gros Grain, regardez la personne assise à côté de vous.

« Tout sauf ça ! » Hélas ! je n'ai pas le choix. Je jette un nouveau coup d'œil à Colin qui semble ravi de sa partenaire désignée. Heureusement que Darlene a déjà un petit ami, sinon à la voir s'approcher un peu trop près de Colin et balancer ses cheveux un peu trop souvent, j'aurais du souci à me faire. Je dois être parano.

— Je ne vous demande pas d'aimer votre binôme, souligne Mrs Peterson. Mais vous êtes coincés ensemble pour les dix mois à venir. Prenez cinq minutes pour faire connaissance, puis chacun d'entre vous présentera son partenaire à la classe. Parlez de vos vacances d'été, de vos loisirs ou de toute autre chose intéressante ou singulière que vos camarades aimeraient sans doute connaître. Vos cinq minutes commencent maintenant.

Je tire mon cahier, l'ouvre à la première page et le tends à Alex.

— Tu n'as qu'à écrire des trucs sur toi dans mon cahier et j'en ferai de même dans le tien.

Cela vaut bien mieux que de commencer une conversation avec lui.

Alex acquiesce, mais il me semble apercevoir un petit sourire en coin tandis qu'il me tend son cahier. Je prends une profonde inspiration avant d'écrire avec application jusqu'à ce que Mrs Peterson nous ordonne d'arrêter et d'écouter toutes les présentations.

— Voici Darlene Boehm, démarre Colin.

Mais je n'écoute pas son discours sur Darlene, son voyage en Italie et son stage de danse durant l'été. Au lieu de cela, je pose mon regard sur le cahier que me rend Alex et lis les mots inscrits sur la feuille. J'en reste bouche bée.

6
ALEX

D'accord, je n'aurais sans doute pas dû me moquer d'elle sur son cahier. Écrire « Samedi soir. Toi et moi. Cours de conduite et partie de jambes en l'air… » n'était peut-être pas très intelligent. Mais cela me démangeait tellement de déstabiliser mademoiselle *Perfecta*. Et le moins qu'on puisse dire, c'est que je suis parvenu à mes fins.

— Mademoiselle Ellis ?

Je m'amuse en voyant cette incarnation de la perfection diriger ses yeux vers Peterson. Elle est sacrément douée. Ma partenaire sait cacher ses véritables émotions.

— Oui ? répond Brittany en relevant brusquement la tête et en souriant comme une reine de beauté.

Avec un sourire pareil, elle arriverait à soudoyer n'importe quel flic.

— À votre tour. Présentez Alex à la classe.

Je suis impatient de l'entendre inventer des choses sur moi ou confesser qu'elle ne sait strictement rien de ma vie. Au vu de son regard de biche apeurée, il ne fait aucun doute que je l'ai troublée.

— Voici *Alejandro* Fuentes, commence-t-elle, la voix presque inchangée.

Entendre mon prénom d'origine m'énerve mais je fais mine de garder mon calme pendant qu'elle continue d'improviser.

— Cet été, quand il n'était pas occupé à traîner dans la rue à harceler de pauvres innocents, il a essayé les paradis artificiels, *si vous voyez ce que je veux dire*. Alejandro nourrit pourtant un rêve qu'on ne soupçonnerait pas.

Tout à coup, la classe se tait. Même Peterson se concentre. Même moi, je tends l'oreille comme si les mots que prononcent les lèvres rose bonbon de cette menteuse de Brittany étaient paroles d'Évangile.

— Secrètement, il rêve d'aller à l'université et de devenir professeur de chimie, tout comme vous, madame Peterson.

Ben, voyons. Je me tourne vers ma copine Isa, visiblement amusée de voir une Blanche qui n'a pas peur de me ficher la honte devant toute la classe.

Brittany me lance un sourire de triomphe, croyant avoir gagné la partie. Tu te trompes, *gringa*.

Je me lève à mon tour pendant que la classe demeure silencieuse.

— Voici Brittany Ellis, dis-je, tous les regards braqués sur moi. Cet été, elle est allée au centre commercial, a acheté de nouvelles fringues pour agrandir sa garde-robe et s'est payé sa chirurgie esthétique grâce à l'argent de son papa, pour améliorer ses… *atouts*.

Au fond de la salle, *mis cuates* se mettent à glousser et Brittany reste figée comme une statue. Je poursuis.

— *Son* rêve secret, c'est de sortir avec un *Mexicano* avant de terminer le lycée.

Comme prévu, les commentaires et les sifflets arrivent du fond de la salle.

— La chance, Fuentes ! hurle mon pote Lucky.

— Sors avec moi, *mamacita*, enchaîne un autre.

Je tape la main de Marcus, un autre Latino Blood assis juste derrière moi, quand j'aperçois Isa qui secoue la tête comme si j'avais fait quelque chose de mal. Quoi ? Je m'amuse simplement avec une petite fille riche des quartiers nord.

Le regard de Brittany ne cesse d'hésiter entre Colin et moi. Je jette un œil à son petit ami. Il devient aussi rouge qu'un piment. J'envahis son territoire. Tant mieux.

— Calmez-vous, ordonne Peterson, impassible. Merci de vos présentations si créatives et... instructives. Mademoiselle Ellis, monsieur Fuentes, vous viendrez me voir à la fin du cours.

— Non seulement vos présentations étaient affligeantes, mais elles étaient également irrespectueuses envers moi et l'ensemble de vos camarades, proteste Peterson. Vous avez donc le choix...

Notre prof brandit deux billets bleus de colle dans une main et deux feuilles de papier dans l'autre.

— ... vous pouvez soit passer du temps en retenue, aujourd'hui, après les cours, soit écrire une dissertation de cinq cents mots sur la notion de « respect » pour demain. Alors ?

J'attrape un coupon de retenue, Brittany une feuille de papier. Évidemment.

— Est-ce que l'un de vous aurait un problème avec ma façon de former les groupes de travail ?

Brittany lance un grand « oui » en même temps que je réponds « non ». Alors Peterson pose ses lunettes sur son bureau :

— Écoutez, je vous conseille de régler vos différends avant la fin de l'année. Brittany, je ne vous confierai pas de nouveau binôme. Vous êtes en terminale et vous rencontrerez une multitude de personnes et de caractères différents du vôtre après le lycée. Si vous ne voulez pas sacrifier l'été prochain à travailler ma matière parce que vous aurez obtenu une mauvaise note, je vous suggère de collaborer plutôt que de vous affronter. Maintenant, filez à votre prochain cours.

À ces mots, je sors de la salle et emprunte le couloir derrière ma petite binôme.

— Arrête de me suivre !

Elle regarde autour d'elle pour vérifier combien d'élèves nous fixent en train de marcher ensemble. Comme si j'étais *el diablo* en personne.

— Prévois un haut à manches longues pour samedi soir, lui dis-je en sachant pertinemment qu'elle est sur le point de craquer.

En règle générale, j'essaie de ne pas me frotter aux Blanches mais celle-là m'amuse beaucoup. La plus populaire et la plus couvée de toutes.

— Il peut faire froid à l'arrière de ma moto.

— Écoute, Alex...

Elle se tourne subitement et ses cheveux dorés par le soleil volent par-dessus son épaule. Elle me jette un regard direct et froid.

— ... je ne sors pas avec des types qui font partie d'un gang et je ne consomme pas de drogue.

— Je ne sors pas avec eux, moi non plus, fais-je en me rapprochant d'elle. Et je n'en consomme pas.

— Ben, voyons. Je suis surprise que tu ne sois pas en cure de désintox ou dans un centre de redressement.

— Tu crois tout savoir de moi ?

— J'en sais suffisamment.

J'avance d'un pas en m'efforçant de ne pas fixer ses *chichis*.

— Tu m'as balancé à Aguirre ?

Elle recule d'un pas.

— Et alors ?

— *Mujer*, tu as peur de moi.

Ce n'est pas une question. Je souhaite juste entendre ses explications.

— La plupart des gens ici ont peur que tu leur tires dessus s'ils te regardent mal.

— Alors mon flingue devrait fumer à l'heure qu'il est, tu ne crois pas ? Pourquoi est-ce que tu ne fuis pas ce taré de *Mexicano* ?

— Si tu me laissais une chance, je ne me gênerais pas.

J'en ai marre de jouer avec cette petite idiote. Il est temps d'arrêter les conneries. Je me rapproche et lui souffle à l'oreille :

— Rends-toi à l'évidence. Ta vie est trop parfaite. Tu restes sans doute éveillée toute la nuit à fantasmer d'une vie moins ennuyeuse, plus pimentée.

C'est pas vrai, cette odeur de vanille qui se dégage d'elle me rappelle les cookies. J'adore les cookies, c'est mauvais signe.

— En jouant avec le feu, *chica*, on ne se brûle pas forcément.

— Si tu la touches, tu vas le regretter, Fuentes !

Et voilà Colin. Il ressemble vraiment à un âne avec ses grandes dents blanches et ses oreilles qui ressortent avec sa coupe en brosse, comme si elles étaient décollées.

— Éloigne-toi d'elle, tout de suite.

— Colin, intervient Brittany. Tout va bien. Je peux me débrouiller seule.

Tête d'Âne a rappliqué avec des renforts : trois autres mecs, blancs comme des cachets d'aspirine, se dressent derrière lui, en position. J'évalue Tête d'Âne et ses potes pour voir si je peux les battre tous les quatre.

— Quand tu seras assez fort pour jouer dans la cour des grands, l'athlète, alors j'écouterai la *mierda* qui sort de ta bouche.

D'autres élèves se pressent autour de nous, laissant assez d'espace pour un combat qui s'annonce rapide, furieux et sanglant. Tête d'Âne est du genre à fuir, mais cette fois il a des renforts, alors peut-être restera-t-il pour jouer les gros bras. Quant à moi, je suis toujours prêt à me battre ; je n'ai plus assez de doigts pour compter tous mes combats. Mes cicatrices le prouvent.

— Colin, il n'en vaut pas la peine, reprend Brittany.

Merci, *mamacita*. Parle pour toi !

— Tu me menaces, Fuentes ? crie Colin sans faire attention à sa copine.

— Non, trou du cul, dis-je en le regardant de haut. C'est les crétins dans ton genre qui emploient la menace.

Brittany se plante devant Colin et pose sa main sur son torse.

— Ne l'écoute pas.

— Je n'ai pas peur de toi, Fuentes. Mon père est avocat… Colin passe son bras autour de Brittany avant d'ajouter : Et elle est à moi. Ne l'oublie jamais.

— Tu n'as qu'à la tenir en laisse ou elle sera tentée de se trouver un nouveau maître.

Mon ami Paco déboule derrière moi.

— *Andas bien*, Alex ?

— Oui, Paco.

Je surveille les deux professeurs qui parcourent le couloir, escortés par un type en uniforme de police. Brittany soulève alors son petit nez parfait en l'air comme si je n'étais qu'une merde sur cette terre. Je me suis déjà fait coller, je préfère encore partir plutôt que de me faire exclure.

— *Sí*, tout va bien. À plus tard, *mamacita*. Je suis impatient de te retrouver en cours de chimie.

7
BRITTANY

Après les cours, mes copines Morgan, Madison et Megan me rejoignent près de mon casier. Sierra les appelle la mafia des « M ».

— Mon Dieu, est-ce que ça va ? commence Morgan en me serrant dans ses bras.

— Il paraît que Colin t'a défendue, enchaîne Madison. Il est incroyable. Tu as une de ces chances, Brit.

— Rien de grave, leur dis-je en mesurant l'ampleur de la rumeur.

— Il t'a dit quoi, Alex, exactement ? demande Megan. Caitlin a pris une photo d'Alex et Colin dans le couloir, mais je n'ai pas compris ce qu'il se passait.

— Les filles, vous n'avez pas intérêt à être en retard, crie Darlene à l'autre bout du couloir.

Megan ouvre son casier, juste à côté du mien, et sort ses pompons.

— Je déteste la façon dont Darlene lèche les pompes de Mlle Small, soupire-t-elle.

— Je pense qu'elle se console du départ de Tyler à la fac en se concentrant sur le cours de danse, dis-je.

Sur le terrain, toute notre équipe est assise sur la pelouse, attendant Mlle Small.

— Je n'arrive pas à croire que tu te coltines Alex Fuentes, murmure Darlene.

Je m'assois derrière elle et même si je sais que Mrs Peterson ne l'acceptera jamais – là-dessus elle s'est montrée catégorique – je propose malgré tout à Darlene d'échanger nos binômes.

Elle tire la langue en faisant mine de vomir.

— Certainement pas. Je ne m'abaisse pas à traîner dans les quartiers sud. Se mélanger à ces gens n'attire que des problèmes. Rappelle-toi l'année dernière quand Alyssa McDaniel sortait avec ce garçon… comment s'appelait-il déjà ?

— Jason Avila ?

— En seulement quelques semaines, frissonne Darlene, Alyssa est passée du statut de fille populaire à celui d'exclue. Les filles du sud la haïssaient d'avoir piqué un des leurs et elle a arrêté de traîner avec nous. Leur petit couple s'est retrouvé perdu dans un océan de solitude. Heureusement qu'Alyssa a rompu avec lui.

Mlle Small surgit avec son lecteur CD et nous demande de démarrer les étirements. Sierra s'immisce entre Darlene et moi pour me parler.

— Tu es dans le pétrin, ma chérie.

— Pourquoi ?

Sierra est la commère du lycée, elle sait tout à Fairfield.

— Le bruit court que Carmen Sanchez est à ta recherche.

Oh ! non. Carmen est la copine d'Alex. Je m'efforce de ne pas paniquer ni d'envisager le pire, mais cette fille est coriace, avec ses ongles rouges vernis et ses bottes à talons aiguilles. Est-elle jalouse que je sois en binôme avec Alex ? Ou pense-t-elle que j'ai balancé son copain au proviseur aujourd'hui ?

Carmen Sanchez est une dure, physiquement elle me domine et je crains l'affrontement. Je ne suis pas une menace pour elle, mais comment le lui faire comprendre ? Elle s'entraîne probablement à manier des armes, et la seule que je sache utiliser, ce sont mes pompons. Je doute que cela puisse effrayer une fille comme Carmen. Si l'on s'affronte verbalement, je saurai me défendre, mais me battre, c'est autre chose. Je ne peux tout de même pas aller la voir en disant : « Salut. Je ne compte pas séduire ton copain et je ne l'ai pas dénoncé à Mr Aguirre. » Quoique... pourquoi pas ?

La plupart des gens pensent que rien ne m'atteint et je ne veux pas que ça change. J'ai travaillé trop longtemps et trop durement pour qu'ils aient cette image de moi et je ne vais pas tout perdre parce que le membre d'un gang et sa copine cherchent à me tester.

— Je me fiche de cette fille.

— Je te connais, Brit. Tu angoisses, chuchote Sierra.

Ce que vient de dire Sierra m'inquiète plus maintenant que d'être recherchée par Carmen. Parce que j'essaie vraiment de tenir les autres à distance, afin qu'ils ne sachent pas exactement qui je suis ni ce qui se passe chez moi. Pourtant avec Sierra, c'est différent, elle en sait beaucoup plus sur moi que n'importe qui. Peut-être que je devrais m'éloigner un peu d'elle parfois. Sierra est une véritable amie ; elle était présente à mes côtés quand je pleurais l'année dernière au sujet de la dépression nerveuse de ma mère. Elle m'a réconfortée, alors même que je refusais de lui confier les détails.

Je ne veux pas finir comme ma mère. C'est ma plus grande peur.

Mlle Small nous ordonne de nous mettre en position, et la chanson que la classe de musique a composée pour notre équipe démarre. Je me mets à compter les temps à voix haute.

Il s'agit d'un mélange de hip-hop et de rap, remixé spécialement pour notre chorégraphie. On a appelé celle-ci « Les bou-
ledogues brutaux » parce que la mascotte de notre équipe est
un bouledogue. Mon corps bouge en rythme. Voilà exactement pourquoi j'aime être une pom-pom girl : je me laisse
emporter et j'oublie tous mes problèmes. La musique est une
drogue pour moi, c'est la seule chose qui m'apaise vraiment.

— Mademoiselle Small, on pourrait commencer par la position en T, coudes repliés plutôt que bras tendus ? Puis on
enchaînerait avec une succession de V, tandis que Morgan,
Isabel et Caitlin s'avanceraient.

Mlle Small sourit, visiblement ravie de ma proposition.

— Bonne idée, Brittany. Essayons. Pendant la transition, je
souhaite que Morgan, Isabel et Caitlin rejoignent le premier
rang. N'oubliez pas de garder les épaules basses. Sierra, tiens
tes poignets dans l'alignement de tes bras, ne les plie pas.

Mlle Small relance la musique. Le rythme, les paroles, les
instruments… tout s'infiltre dans mes veines et me transporte.
Pendant que je danse avec les filles, j'oublie Carmen, Alex, ma
mère et tout le reste.

Le morceau se termine bien trop vite. J'avais encore envie
de danser quand Mlle Small a arrêté le disque. Notre deuxième
essai est meilleur mais il faut encore travailler, d'autant que certaines des nouvelles filles retiennent difficilement les pas.

Isabel, une des filles des Latino Blood, est dans mon groupe.
Elle se baisse pour attraper sa bouteille d'eau.

— Ne t'en fais pas pour Carmen, me dit-elle. Elle aboie plus
qu'elle ne mord.

— Compris, merci.

Isabel a l'air méchante avec son bandana rouge, ses trois
piercings à l'arcade, et ses bras toujours croisés sur la poitrine.
Mais elle a des yeux tendres. Son sourire adoucit son appa-

rence de dure, et je suis convaincue qu'elle paraîtrait plus féminine avec un serre-tête rose dans les cheveux à la place de ce bandana.

— Tu es dans mon cours de chimie, n'est-ce pas ?

Isabel acquiesce.

— Et tu connais Alex Fuentes ?

Elle acquiesce de nouveau.

— Est-ce que les rumeurs sur lui sont vraies ?

J'y vais à tâtons. J'aimerais éviter que la liste de mes ennemis ne se rallonge.

— Cela dépend lesquelles, répond Isabel en remuant ses grands cheveux bruns.

Arrestations, drogue, je m'apprête à énumérer les rumeurs concernant Alex.

— Écoute, Brittany. Toi et moi, on ne sera jamais amies. Mais sache que, même s'il s'est montré débile avec toi aujourd'hui, Alex n'est pas aussi mauvais qu'on le prétend. Et surtout, il n'est pas aussi mauvais que lui-même le prétend.

Une heure et demie plus tard, nous sommes toutes exténuées et à bout – même moi j'en ai assez. Mlle Small nous libère enfin. Je tiens absolument à aller voir Isabel pour lui dire qu'elle a fait du bon travail.

— Vraiment ? s'étonne-t-elle.

— Tu apprends vite.

C'est la vérité. Pour une fille qui n'a jamais fait partie des pom-pom girls, elle a saisi la chorégraphie en un rien de temps.

— On va donc te mettre au premier rang.

Alors qu'Isabel en reste bouche bée, je me demande si elle croit les rumeurs qui courent à mon sujet. Certes, nous ne serons jamais amies. Mais nous ne serons jamais ennemies non plus, je le sens.

Après l'entraînement, je regagne ma voiture, avec Sierra occupée à écrire un texto à son copain Doug. Une feuille de papier est coincée sous l'un des essuie-glaces. C'est le coupon bleu de retenue d'Alex. Je le chiffonne et le fourre dans mon sac.

— C'est quoi ? s'enquiert Sierra.

— Rien du tout.

Je n'ai pas envie d'en parler, j'espère qu'elle a compris.

— Les filles, attendez-moi ! s'exclame Darlene qui accourt vers nous. J'ai aperçu Colin sur le terrain de football. Il voudrait qu'on l'attende.

Je jette un œil à ma montre. Il est presque six heures et je dois rentrer pour aider Baghda à préparer le dîner de ma sœur.

— Je dois y aller.

— Doug nous invite pour une pizza chez lui, annonce Sierra.

— Ça marche pour moi, dit Darlene. Je m'ennuie tellement depuis que Tyler est rentré à la fac de Purdue.

— Tu ne devais pas lui rendre visite le week-end prochain ? demande Sierra, qui tapote toujours sur son téléphone.

— Eh bien, c'était prévu, jusqu'à ce qu'il m'appelle pour m'annoncer qu'ils étaient en bizutage. Tant que le pénis de Tyler s'en sort indemne, ça me va.

Dès que j'entends le mot « pénis », je fais semblant de chercher mes clés dans mon sac. Quand Darlene commence à parler sexe, mieux vaut fuir car on ne l'arrête plus. Et comme je ne suis pas du genre à partager mes expériences sexuelles (ou plutôt mon manque d'expérience), je préfère partir.

Soudain, mon téléphone se met à vibrer. J'ai deux messages vocaux et un texto. Tous de Colin. Je le rappelle.

— Brit, où es-tu ?

— Je rentre à la maison.

— Viens chez Doug.

— Ma sœur a une nouvelle auxiliaire de vie. Je dois lui donner un coup de main.

— Tu m'en veux toujours d'avoir menacé ta racaille de binôme ?

— Je ne t'en veux pas, Colin, mais je pouvais très bien me débrouiller toute seule, cela aurait évité le scandale dans le couloir.

— Je sais, Brit, mais je déteste ce type. Ne sois pas fâchée.

— Je ne suis pas fâchée. Simplement, ça m'énerve quand tu t'emportes sans raison.

— Et moi, ça m'énerve de voir ce type te murmurer des choses à l'oreille.

Je sens monter un énorme mal de crâne. Colin n'a pas à faire une scène à chaque fois qu'un garçon vient me parler.

— Oublions cette histoire.

— Très bien. Appelle-moi si tu peux te libérer pour venir chez Doug, on se retrouvera là-bas.

Quand j'arrive à la maison, Baghda se trouve dans la chambre de Shelley, au rez-de-chaussée. Elle tente de lui changer ses sous-vêtements antifuites mais en la maintenant dans une mauvaise position… C'est un désastre, Baghda souffle et transpire comme si elle n'avait jamais rien accompli d'aussi difficile.

Maman a-t-elle au moins vérifié ses références ?

— Je m'en occupe, dis-je à Baghda en la poussant sur le côté.

J'ai toujours changé ma sœur depuis que nous sommes petites. Cela n'a rien de drôle, mais si l'on s'y prend correctement, ça va vite.

Ma sœur sourit en me voyant enfin.

— Bwiee !

Shelley a des difficultés de prononciation et elle utilise des « paraphasies verbales ». « Bwiee » signifie « Brittany » pour elle.

— Salut, jolie jeune fille. Est-ce que tu as faim ?

Je sors des lingettes et m'efforce de ne pas penser à ce que je fais. Baghda m'observe. Je m'efforce de lui expliquer en même temps comment exécuter cette tâche, mais je me rends vite compte qu'elle ne m'écoute pas.

— Votre mère m'a dit que je pourrais partir quand vous seriez rentrée.

— Très bien.

À peine ai-je eu le temps de me laver les mains que Baghda s'est évaporée.

J'installe Shelley sur sa chaise roulante et la mène dans la cuisine. Habituellement dans un ordre parfait, il y règne le chaos le plus total. Baghda n'a pas nettoyé la vaisselle et elle n'a pas lavé le sol après le bazar de Shelley, ce matin.

Je prépare le dîner et nettoie la pièce.

Shelley parvient à prononcer le mot « école » avec quelques difficultés.

— Oui, c'était ma rentrée aujourd'hui.

Je mixe sa nourriture, mets le couvert et la nourris à la cuiller tout en continuant de parler.

— Et ma nouvelle prof de chimie, Mrs Peterson, c'est l'horreur. J'ai jeté un œil à son planning ; cette femme ne peut pas passer une semaine sans prévoir un contrôle. L'année risque d'être longue.

Ma sœur me regarde en essayant de décoder mon discours. Sa concentration intense montre qu'elle me soutient et me comprend. Chaque mot qu'elle prononce est un combat. Parfois, je suis tentée de les dire à sa place, parce que je ressens sa frustration comme si c'était la mienne.

— Tu n'apprécies pas Baghda ? je lui demande calmement.

Shelley secoue la tête. Et elle n'a aucune envie d'en parler, je le vois à sa façon de contracter les lèvres.

— Sois patiente avec elle. Ce n'est jamais facile le premier jour.

Une fois que Shelley a terminé son repas, je lui apporte ses magazines préférés pour qu'elle les feuillette. Tandis qu'elle est occupée à tourner les pages, je mets une tranche de fromage entre deux morceaux de pain en guise de dîner, puis m'assois à table pour commencer mes devoirs tout en mangeant. C'est alors que j'entends la porte du garage s'ouvrir.

— Brit, où es-tu ? hurle maman depuis l'entrée.

— Dans la cuisine, dis-je en criant à mon tour.

Ma mère déboule dans la pièce, un sac Neiman Marcus au bras.

— Tiens, voilà pour toi.

Je plonge la main dans le sac et retire un top « Geren Ford » bleu clair.

— Merci.

Je me force à rester sobre devant Shelley qui, elle, n'a rien reçu.

— Il ira parfaitement avec le jean foncé que je t'ai acheté la semaine dernière.

Maman sort des steaks du congélateur et les décongèle dans le four à micro-ondes.

— Alors… comment s'en sortait Baghda quand tu es arrivée ?

— Pas très bien. Tu devrais la former.

Pas de réponse. Je ne suis pas surprise.

Papa surgit une minute plus tard, en râlant au sujet de son travail. Il dirige une usine de puces électroniques et nous a averties que l'année serait rude. Cela ne l'a pas empêché de m'offrir une BMW pour mon anniversaire.

— Qu'est-ce qu'on mange ? demande-t-il en dénouant sa cravate, l'air aussi épuisé que d'habitude.

— Des steaks.

— Oh ! rien de lourd, proteste papa. Je veux manger léger, ce soir.

Il sort de la cuisine. Même lorsqu'il est présent physiquement, son esprit est encore au bureau. Dans ces moments-là, j'ai pitié de ma mère. Papa ne s'intéresse pas à elle. Soit il travaille, soit il voyage pour ses affaires, soit il nous ignore complètement.

— Je vais préparer une salade, dis-je à maman en sortant la laitue du réfrigérateur.

Elle semble reconnaissante, du moins est-ce ce que je devine à son faible sourire. Elle marmonne que personne ne lui porte d'attention mais je préfère ne rien répondre, elle cherche surtout à ce qu'on l'écoute. Shelley est toujours plongée dans ses magazines, inconsciente de la tension entre nos parents.

— Je pars pour la Chine, vendredi, pour deux semaines, annonce papa en revenant dans la cuisine en T-shirt et survêtement.

Il s'affale à sa place habituelle en bout de table et commence à se servir.

— Notre fournisseur chinois continue de nous envoyer du matériel défectueux et il faut que je comprenne ce qui se passe.

— Et le mariage des DeMaio ?

Papa jette sa fourchette et dévisage maman.

— Oui, c'est sûr, le mariage des enfants DeMaio est plus important que de maintenir mon entreprise à flot.

— Bill, je ne sous-entendais pas ça, tu le sais bien, s'exclame maman en jetant à son tour sa fourchette.

C'est un miracle que nos assiettes soient encore intactes.

— C'est juste impoli de décommander à la dernière minute, ajoute-t-elle.

— Tu peux y aller seule.

— Pour que les gens se posent des questions sur notre couple ? Certainement pas.

Ce genre de conversation est monnaie courante à la table des Ellis. Papa se plaint de son travail, maman souhaite plus que tout conserver l'image d'une famille heureuse, et Shelley et moi, sur la touche, gardons le silence.

— Comment ça a été au lycée ? m'interroge enfin maman.

— Bien…

Je préfère éviter d'évoquer Alex.

— … ma prof de chimie est très sévère.

— Tu n'aurais pas dû prendre cette option, intervient papa. Si tu n'obtiens pas un A, ta moyenne baissera. Seuls les meilleurs vont à Northwestern et l'on ne te fera pas de cadeau juste parce que j'y ai étudié.

— Je sais, papa.

Il a le don de me déprimer. Si Alex ne s'implique pas sérieusement dans notre projet, comment vais-je obtenir un A ?

— La nouvelle auxiliaire de Shelley est arrivée aujourd'hui, indique maman en se tournant vers mon père. Tu te le rappelles ?

Papa hausse les épaules. Quand la dernière auxiliaire est partie, il avait insisté pour que Shelley aille vivre dans une institution. Je ne me souviens pas d'avoir autant crié un jour ; je ne les laisserai jamais envoyer ma sœur dans un lieu où elle ne recevra ni attention ni amour. Je me dois de veiller sur elle. C'est pourquoi c'est essentiel pour moi d'entrer à Northwestern. Comme ça, je pourrai vivre à la maison et m'assurer que nos parents n'en profitent pas pour se débarrasser d'elle.

À vingt et une heures, Megan me téléphone pour se plaindre de Darlene. Elle pense que notre amie a changé pendant l'été et qu'elle se la raconte depuis qu'elle sort avec un étudiant en fac. À vingt et une heures trente, Darlene m'appelle pour me dire que Megan doit être jalouse de son copain étudiant. À vingt et une heures quarante-cinq, Sierra m'appelle à son tour pour me dire qu'elle a parlé à Megan et Darlene ce soir et qu'elle ne veut pas se retrouver embarquée dans leurs histoires. Je suis bien d'accord avec elle, même si je crains que ce ne soit déjà le cas.

À vingt-deux heures quarante-cinq, je termine enfin ma dissertation sur le respect pour Mrs Peterson et j'aide maman à coucher Shelley. Je suis épuisée, j'ai l'impression que mon corps va s'effondrer d'une seconde à l'autre.

Après avoir enfilé mon pyjama, je me glisse enfin dans mon lit et compose le numéro de Colin.

— Salut, chérie. Qu'est-ce que tu fais ?

— Je suis au lit. Tu t'es bien amusé chez Doug ?

— Disons que j'aurais préféré que tu sois là.

— Tu es rentré tard ?

— Il y a environ une heure. Je suis *très* content que tu m'appelles.

Je remonte mon gros duvet rose jusqu'au cou et plonge ma tête dans mon oreiller moelleux.

— Vraiment ? J'attends évidemment un compliment et parle avec une voix langoureuse : Et pourquoi ?

Cela fait longtemps qu'il ne m'a pas dit qu'il m'aimait. Je sais bien que ce n'est pas la personne la plus démonstrative au monde. Mais j'ai besoin d'entendre que je lui ai manqué et que je suis la fille de ses rêves.

Colin se racle la gorge :

— On n'a jamais fait l'amour au téléphone.

Drôle de réponse. Je ne devrais pas être déçue ou même surprise. Colin est un ado comme les autres, ils ne pensent qu'au sexe. Cet après-midi, en lisant les mots écrits par Alex, j'ai réprimé le sentiment d'anxiété qui me tordait le ventre. « Une partie de jambes en l'air… » S'il savait que j'étais encore vierge.

Nous n'avons jamais fait l'amour, Colin et moi, que ce soit par téléphone ou en vrai. Nous avons failli passer à l'acte l'année dernière, au mois d'avril, sur la plage, mais je me suis dégonflée. Je ne me sentais pas prête.

— Par téléphone ?

— Oui. Caresse-toi, Brit. Puis raconte-moi ce que tu es en train de faire. Ça m'excitera beaucoup.

— Et pendant ce temps-là, tu fais quoi, toi ?

— La même chose. Tu ne crois tout de même pas que je vais faire mes devoirs !

Je me mets à rigoler. Un rire nerveux.

— Allez, Brit. Pense que c'est un entraînement avant le vrai truc. Enlève ton T-shirt et caresse-toi.

— Colin…

— Quoi ?

— Désolée mais je ne le sens pas. Du moins, pas maintenant.

— Tu es sûre ?

— Oui. Tu m'en veux ?

— Non. Je pensais juste que ce serait drôle de pimenter un peu les choses.

— Tu t'ennuies dans notre relation.

— Le lycée… l'entraînement de football… traîner ensemble. Je crois qu'après l'été que j'ai passé, j'en ai marre de cette routine. Pendant les vacances, je n'ai pas arrêté de faire du ski nautique, du wakeboard et du tout-terrain. Des sports qui t'accélèrent le cœur, tu vois. De pures montées d'adrénaline.

— Ça m'a l'air génial.

— Ça l'était. Brit ?

— Oui.

— Je suis prêt pour cette montée d'adrénaline… avec toi.

8

ALEX

Je pousse Blake contre sa belle Camaro noire étincelante, probablement plus chère que le salaire annuel de ma mère.

— Je t'explique le deal. Soit tu paies maintenant, soit je t'éclate quelque chose.

Blake, épais comme une carte de crédit et aussi pâle qu'un fantôme, me regarde comme si je venais de lui tendre son arrêt de mort. Il aurait dû réfléchir à deux fois avant de filer avec deux cents grammes de shit sans payer.

Comme si Hector allait accepter cela.

Comme si, moi, j'allais accepter cela.

Quand Hector m'envoie récolter son fric, je m'exécute. Ça ne me plaît pas mais j'obéis. Il sait que je refuse de trafiquer de la drogue ou de cambrioler des baraques, mais pour rapporter le fric je suis bon… surtout les dettes. Parfois, ce sont des mecs que je dois lui ramener et je sais ce qui les attend lorsque je les conduis à l'entrepôt devant Chuy. Personne n'a envie de se frotter à Chuy. C'est bien pire que de m'affronter moi.

Dire que je n'ai pas une petite vie bien rangée est un euphémisme. J'essaie de ne pas trop réfléchir au sale boulot que je fais pour le gang. Techniquement, j'ai les mains propres concernant la drogue. Certes je touche l'argent des trafics, mais je ne fais que le donner à Hector. Je ne l'utilise pas, je le récolte. Je ne suis qu'un pion, j'en suis parfaitement conscient. Tant que ma famille est en sécurité, je m'en fiche.

Est-ce que Peterson aurait peur, elle aussi ? Non, cette prof ne me craindrait pas même si je lui mettais un flingue sur la tempe.

— Je n'ai pas l'argent, explique Blake.

— Mauvaise réponse, mec, crie Paco à côté de moi.

Il aime bien m'accompagner. Il croit jouer au bon et au mauvais flic, sauf que nous jouons plutôt à qui sera le plus méchant membre de gang.

— Alors quelle partie j'abîme en premier ? Je suis sympa, je te laisse choisir.

— Éclate-lui sa sale tronche, Alex, intervient Paco visiblement lassé. On en sera débarrassés.

— Non ! implore Blake. Je trouverai l'argent. Demain, je le promets.

Je l'écrase contre la voiture, mon avant-bras comprimant juste suffisamment son cou pour lui faire peur.

— Comme si j'allais te croire sur parole. Tu nous prends pour des branques ? Il me faut une garantie.

Blake reste muet.

Je pose mes yeux sur sa voiture.

— Non, pas la voiture, Alex. *Je t'en supplie !*

Je sors mon flingue. Je ne compte pas lui tirer dessus bien sûr. Peu importe qui je suis et ce que je suis devenu, jamais je ne tuerai quelqu'un, ni ne lui tirerai dessus. Évidemment, Blake ne se doute de rien. Dès qu'il aperçoit mon Glock, il me tend ses clés.

— Mon Dieu ! Non, je t'en supplie.

— Demain, Blake. Sept heures, derrière la vieille voie de chemin de fer au croisement de Fourth et Vine. Maintenant, dégage.

Je secoue mon arme dans les airs pour qu'il déguerpisse.

— J'ai toujours voulu une Camaro, déclare Paco une fois Blake parti.

— Elle est à toi... jusqu'à demain.

— Tu crois vraiment qu'il trouvera quatre mille biftons en une journée ?

— Oui, lui dis-je, totalement confiant. Parce que cette voiture vaut bien plus que quatre mille dollars.

De retour à l'entrepôt, nous faisons le topo à Hector. Il n'est pas ravi mais il sait que l'argent viendra. J'arrive toujours à mes fins.

Une semaine plus tard, au lycée. Je m'assois dans l'herbe pour déjeuner sous un arbre. La plupart des élèves de Fairfield mangent dehors jusqu'à la fin octobre, lorsque l'hiver de l'Illinois nous pousse à rentrer dans la cafétéria. Mon ami Lucky, en T-shirt rouge extralarge et jean noir, me tape dans le dos en posant ses fesses à côté de moi, un plateau en équilibre sur sa main.

— Alex, tu es prêt pour le prochain cours ? Je parie que Brittany Ellis te hait comme la peste. C'est hilarant de voir comment elle éloigne à chaque fois son tabouret le plus loin possible de toi.

— Lucky, c'est peut-être une *mamacita,* mais elle ne vaut rien face à un *hombre* comme moi.

— Ouais, en tout cas ta *mamacita*, elle appartient à un autre.

Je m'adosse à l'arbre et croise les bras.

— J'étais en sport avec Adams, l'an dernier. Crois-moi, il a *nada* pour se vanter.

— Tu as toujours la rage depuis la seconde, depuis qu'il a salopé ton casier parce que tu l'avais battu à la course de relais devant tout le lycée ?

Et comment que j'ai la rage ! Ça m'avait coûté un sacré paquet de fric de racheter tous les bouquins.

— C'est du passé, dis-je à Lucky.

— Et ton passé est assis juste là avec sa copine canon.

Il me suffit d'un regard sur mademoiselle *Perfecta* pour que je sorte les griffes. Dire qu'elle me prend pour un toxicomane.

— Cette fille a un petit pois à la place du cerveau.

— Alors, il paraît que cette conne te casse devant ses copines, lance mon ami Pablo qui nous rejoint avec d'autres.

Je hoche la tête en imaginant ce que Brittany a bien pu dire et ce que je vais encore devoir supporter.

— Peut-être qu'elle me veut et qu'elle n'a pas trouvé d'autre moyen pour attirer mon attention.

Lucky éclate de rire si fort que tout le monde autour de nous se retourne.

— Tu crois vraiment qu'elle veut sortir avec toi ? Impossible ! Elle est tellement riche que le foulard qu'elle portait autour du cou la semaine dernière coûte probablement plus que tout ce que tu as dans *tu casa*. Tiens, je te parie ma super bagnole, la RX-7, que tu n'arriveras pas à lui enlever ses sous-vêtements haute couture avant Thanksgiving.

Le défi de Lucky me fait reprendre mes esprits.

— Et pourquoi j'en aurais envie ?

— Parce que tous les mecs du lycée en rêvent !

— C'est une Blanche-Neige.

Je n'aime pas les Blanches, les filles gâtées ou encore les filles pour qui travailler dur consiste à se peindre les ongles d'une couleur différente chaque jour en fonction de leurs vêtements. Je sors une cigarette, tant pis pour la règle anti-tabac de Fairfield. Je fume beaucoup ces temps-ci. Paco me l'a fait remarquer hier soir.

— Et alors, on s'en fiche qu'elle soit blanche. Vas-y, Alex. Sois pas bête. Regarde-la !

Je jette un œil sur elle. J'avoue qu'elle est jolie. Ces cheveux longs et brillants, ce nez fin, ces bras légèrement bronzés, ces biceps finement musclés, ces lèvres…

Mais je préfère balayer ces pensées. Qu'importe qu'elle soit sexy, c'est une connasse de première classe.

— Trop maigre.

— Tu la veux, s'amuse Lucky en s'allongeant dans l'herbe. Simplement, tu sais, comme tous les *Mexicanos* des quartiers sud, qu'elle n'est pas pour toi.

À ces mots, je ressens comme un déclic. Comme un mécanisme de défense face au défi. Sans réfléchir, j'annonce :

— Dans les deux mois, je peux me la taper. Si tu es toujours d'accord pour parier ta RX-7, je marche.

— Tu planes, mec. Comme je ne réponds pas, Lucky fronce les sourcils : Alex, tu es sérieux ?

Lucky craquera, il aime sa voiture plus que sa mère.

— Absolument.

— Si tu perds, tu me donnes *Julio*, enchaîne Lucky avec un sourire de traître.

Julio est mon bien le plus précieux, une vieille Honda Nighthawk 750. Je l'ai sauvée de la casse et transformée en une belle bécane. Restaurer cette moto m'a pris un temps fou. C'est la seule chose dans ma vie que j'aie améliorée et non détruite.

Lucky ne lâche rien. C'est à moi de céder aujourd'hui, le problème, c'est que ça ne m'est jamais arrivé… pas une seule fois.

Mademoiselle *Perfecta* a dit qu'elle ne sortirait jamais avec un membre d'un gang, mais je parie qu'aucun Latino Blood n'a encore essayé de fouiller son beau pantalon. En tout cas, c'est plus que sûr qu'elle en apprendrait beaucoup si elle sortait avec moi, la Blanche la plus populaire du lycée.

Il suffira de jouer un peu de mon charme et Brittany me tombera dans les bras. Quelques confessions intimes et elle sera séduite par ma compréhension innée des femmes. Je ferai d'une pierre, deux coups : je me vengerai de Tête d'Âne en lui piquant sa copine et je me vengerai de Brittany Ellis de m'avoir fait convoquer dans le bureau du proviseur.

Ça pourrait même être marrant.

J'imagine tous les élèves dévisager cette fille blanche et pure en train de « kiffer » le *Mexicano* qu'elle jure détester. Quand je pense à la claque qu'elle va se prendre quand j'en aurai fini avec elle…

Je tends la main à Lucky.

— OK.

— Tu devras apporter une preuve.

Je tire une nouvelle fois sur ma clope.

— Qu'est-ce que tu veux comme preuve ? Sa petite culotte ?

— Comment on saura que c'est bien la sienne ?

— Prends une photo, intervient Pedro. Ou une vidéo. Je parie qu'on pourrait en tirer *muchos billetes*. On l'appellerait *Brittany a chaud dans le Sud*.

Notre mauvaise réputation nous vient de ces discussions sordides. Bien sûr, les gosses de riches ont aussi des discussions sordides, j'en suis certain. Mais quand mes amis s'y mettent, ils n'ont aucune retenue.

— De quoi vous parlez ? demande Paco qui nous rejoint avec son plateau.

— J'ai parié à Alex ma voiture contre sa moto qu'il ne réussira pas à coucher avec Brittany Ellis avant Thanksgiving.

— Alex, *estas loco* ? C'est suicidaire, un tel pari.

— T'inquiète, Paco.

Ce n'est pas suicidaire. Stupide, peut-être, mais pas suicidaire. Si je peux gérer une Carmen Sanchez et son corps de braise, je peux gérer une Brittany Ellis et son parfum de vanille.

— Brittany Ellis est trop bien pour toi, *amigo*. Tu es peut-être beau mec, mais tu es cent pour cent *Mexicano* et elle plus blanche que le pain de mie.

Leticia Gonzalez, une fille de première, s'avance vers nous.

— Salut, Alex, me dit-elle, sourire aux lèvres, avant de s'asseoir plus loin avec ses amis.

Paco me donne un coup de coude.

— Alors *elle*, c'est une *bonita Mexicana* et tu as toutes tes chances avec elle.

Je ne regarde pas Leticia, mais Brittany. Maintenant que je me suis engagé, je dois me concentrer et trouver un moyen de la séduire. Je vais utiliser une nouvelle tactique à laquelle elle ne s'attend pas. Je vais la charmer et envahir ses pensées. Et je vais m'y mettre dès le prochain cours de Mrs Peterson. Rien ne vaut des préliminaires en classe de chimie pour allumer la flamme.

— *¡Carajo !* s'exclame Paco en balançant son déjeuner. Ils croient qu'acheter du pain et le fourrer avec n'importe quoi, ça donne un taco. Les gens de la cafétéria ne font pas la différence entre de la viande à tacos et de la merde. C'est dégueulasse, Alex.

— Tu me files la nausée, mec.

Je jette un œil, gêné, à la nourriture que j'ai rapportée de la maison. À cause de Paco, tout me fait penser à de la *mierda*, maintenant. Écœuré, je range le reste de mon déjeuner dans son sac en papier.

— Tu en veux ? me demande Paco en me tendant son taco merdique.

— Tu approches ce truc de moi encore d'un centimètre et je t'éclate.

— J'en pisse dans mon froc.

Paco agite son sale taco pour me provoquer.

— Si ça se renverse sur moi…

— Qu'est-ce que tu vas faire, me botter le cul ?

Paco continue à me narguer. Peut-être que je devrais lui coller mon poing dans la figure pour le mettre KO et qu'il cesse de m'emmerder.

Au milieu de mes réflexions, je sens quelque chose couler sur mon pantalon. Et voilà, ce truc gras et collant qu'ils prennent pour de la viande à tacos a atterri direct sur l'entrejambe de mon jean.

— Merde ! crie Paco, effrayé. Je vais nettoyer.

— Si tu t'approches, je te tue.

J'essuie la viande douteuse et une énorme tache de gras apparaît.

— Tu as dix minutes pour me trouver un nouveau pantalon.

— C'est impossible !

— Un peu d'imagination, allez.

— Prends le mien.

Paco se lève et commence à se déboutonner au beau milieu de la cour.

— Peut-être que je n'ai pas été assez clair. Je voulais dire : trouve-moi un nouveau pantalon, à ma taille, *pendejo*.

— Mais...

— Neuf minutes et trente secondes.

Il n'en fallait pas plus pour voir Paco détaler vers le parking.

Je me fous complètement de savoir comment il va se débrouiller ; je veux juste un nouveau pantalon avant la prochaine heure. Une tache pareille m'empêcherait de passer pour un beau gosse aux yeux de Brittany.

J'attends sous l'arbre tandis que les autres élèves jettent leurs déchets avant de rentrer en cours. Et voilà que la musique commence à retentir dans les haut-parleurs et toujours aucun signe de Paco. Génial ! Plus que cinq minutes avant le cours de Peterson. Les dents serrées, je pars en chimie avec mes bouquins placés stratégiquement devant mon jean. Je me glisse sur mon tabouret et me rapproche le plus près possible de la paillasse pour cacher la tache.

Brittany entre dans la classe, ses cheveux soyeux aux boucles parfaites se balancent sur sa poitrine. Cette perfection ne m'excite pas, elle me donne envie de la briser. Je lui fais un clin d'œil dès que son regard croise le mien. Elle soupire et tire son tabouret le plus loin possible.

Me rappelant la règle de tolérance zéro de Mrs Peterson, je retire mon bandana et le pose sur mes jambes, pile sur la tache. Puis je me tourne vers la pom-pom girl.

— Il faudra bien que tu m'adresses la parole un jour ou l'autre.

— Pour donner une raison à ta copine de me tabasser ? Non, merci, Alex. Je préfère conserver mon visage comme il est.

— Je n'ai pas de copine. Tu veux tenter ta chance ?

Je la scrute de haut en bas, me focalisant sur ce qu'elle a de mieux. Elle retrousse sa lèvre supérieure rose bonbon et dessine un sourire méprisant.

— Jamais de la vie.

— *Mujer,* tu ne saurais pas quoi faire de toute cette testostérone si tu l'avais entre les mains.

Allez, Alex. Titille-la pour qu'elle te veuille. Elle mordra à l'hameçon.

Brittany détourne les yeux.

— Tu me dégoûtes.

— Et si je te disais que nous ferions un couple génial ?

— Je répondrais que tu es un abruti.

9

BRITTANY

Juste après que j'ai traité Alex d'abruti, Mrs Peterson réclame notre attention.

— Votre partenaire et vous allez tirer au sort un sujet. Tous de difficulté égale, ils exigeront que vous travailliez ensemble en dehors de la classe.

— Et le football ? intervient Colin. Il est hors de question que je rate l'entraînement.

— Et moi celui des pom-pom girls, lance Darlene en m'enlevant les mots de la bouche.

— Priorité à l'éducation. Il ne tient qu'à vous et à votre binôme de trouver des moments qui vous arrangent tous les deux, réplique Mrs Peterson.

— Hey, Mrs P... est-ce qu'un des projets concerne la sclérose en plaques ? demande Alex du ton provocant qui m'énerve tant. Parce que j'ai peur qu'une année scolaire ne soit trop courte pour trouver un remède.

Je vois déjà un énorme D sur mon bulletin de notes. Le jury d'admission de Northwestern se fichera de savoir que mon binôme de chimie tournait notre projet en dérision. Alex se fiche de sa propre vie, alors pourquoi s'intéresserait-il au cours de chimie ? Quand je pense que ma note est

71

entre ses mains, j'en suis malade. Mes parents estiment que les notes reflètent la valeur d'un élève. Inutile de préciser qu'un C ou un D ferait de moi une moins que rien à leurs yeux.

Je pioche au hasard un des sujets et l'ouvre délicatement en me mordant la lèvre inférieure d'appréhension. En gras, on lit : CHAUFFE-MAINS. J'en reste abasourdie.

— Chauffe-mains ?

Alex se penche pour lire, aussi perdu que moi.

— C'est quoi, ces putains de chauffe-mains ?

Mrs Peterson le fusille du regard.

— Si vous souhaitez encore faire des heures supplémentaires, j'ai un autre billet bleu sur mon bureau avec votre nom déjà inscrit. Soit vous reposez votre question correctement, soit vous me tiendrez compagnie tout à l'heure.

— Ce serait sympa de traîner avec vous, madame P., mais je préférerais consacrer mon temps à étudier avec ma binôme… À ce moment précis, Alex a le culot d'adresser un clin d'œil à Colin avant de dire : Donc je vais reformuler ma question. Que sont exactement des chauffe-mains ?

— De la thermochimie, monsieur Fuentes. On les utilise pour chauffer nos mains.

Alex se tourne vers moi, avec son éternel sourire aguichant.

— Je suis sûr qu'on peut trouver mieux à chauffer.

— Je te hais.

Je parle assez fort pour que Colin et la classe entière m'entendent. Si je reste assise là à le laisser prendre le dessus, je n'en finirai jamais d'entendre la voix de maman : « La réputation compte plus que tout le reste. »

— La frontière est mince entre l'amour et la haine, murmure Alex. Peut-être que tes sentiments sont confus.

— À ta place, je ne parierais pas là-dessus.

— Moi, si.

Alex détourne les yeux vers la porte. Par la vitre, un ami lui fait signe. Ils vont certainement sécher les cours.

Alex attrape alors ses bouquins et se lève.

— Asseyez-vous.

— Je dois aller pisser.

La prof fronce les sourcils et pose sa main sur sa hanche.

— Jeune homme, surveillez votre langage. Et aux dernières nouvelles, on n'a pas besoin de ses livres pour aller aux toilettes. Reposez-les sur votre paillasse.

Alex se pince les lèvres, repose ses affaires sur la table et se relève.

— Je vous ai déjà dit que je n'acceptais aucun accessoire de gang, continue Mrs Peterson en fixant son bandana. Donnez-moi ça.

Il jette un œil à la porte puis regarde Mrs Peterson droit dans les yeux.

— Et si je refuse ?

— Alex, ne prenez aucun risque. Tolérance zéro. Vous tenez à être exclu ?

Alex n'a plus le choix...

Passablement énervé, il finit par remettre lentement son bandana à la prof, qui soupire sèchement en l'attrapant.

— Ô mon Dieu !

Je hurle en voyant l'énorme tache sur son entrejambe. Et les élèves se mettent à rire les uns après les autres. De tous, Colin est celui qui rit le plus fort.

— Ne t'inquiète pas, Fuentes. Mon arrière-grand-mère a le même problème. Une couche et c'est réglé.

Ce commentaire sur les couches pour adultes me touche profondément ; je pense automatiquement à ma sœur. Se moquer des personnes qui ne peuvent pas se contrôler ne me fait pas rire.

Alex se force à garder son grand sourire arrogant et rétorque à Colin :

— Ta copine ne peut pas s'empêcher d'approcher ses mains de mon pantalon. Elle me montrait une toute nouvelle façon de les chauffer, *compa*.

Cette fois, il est allé trop loin. Je me lève et mon tabouret crisse contre le sol.

— Dans tes rêves !

Alex est sur le point de répondre, lorsque Mrs Peterson crie :

— Alex ! Partez à l'infirmerie et... arrangez ça. Après, vous irez voir Mr Aguirre. Je vous retrouverai dans son bureau avec vos amis Colin et Brittany.

Mon binôme récupère ses manuels sur la table et sort de la classe pendant que je me rassois sur mon tabouret. Alors que Mrs Peterson tente de calmer la classe, je repense à Carmen Sanchez. Si elle me voit déjà comme une menace pour son couple, les rumeurs qui vont certainement se propager maintenant pourraient m'être fatales.

10

ALEX

Ah ! comme c'est beau. Peterson et Aguirre d'un côté du bureau, mademoiselle *Perfecta* et son abruti de copain de l'autre... et moi qui reste seul. Personne de mon côté, évidemment.

Aguirre se racle la gorge.

— Alex, c'est déjà la deuxième fois en deux semaines que tu te retrouves dans mon bureau.

Oui, le compte est bon. Quel génie !

Je décide de jouer le jeu pour une fois car j'en ai assez de voir mademoiselle *Perfecta* et son mec contrôler ce foutu lycée.

— Monsieur, il y a eu un léger incident pendant le déjeuner, et le résultat en est cette tache de graisse sur mon pantalon. Plutôt que de rater les cours, j'ai demandé à un ami d'aller me chercher celui-là en remplacement. Je pointe du doigt le jean que je porte actuellement, que Paco a réussi à récupérer chez moi : madame Peterson, je ne voulais pas laisser une petite tache me priver de votre cours si instructif.

— N'essayez pas de me flatter, Alex. J'en ai jusque-là de vos bêtises, dit-elle en agitant la main au-dessus de sa tête. Elle se tourne vers Brittany et Colin : Et vous deux, n'allez pas croire que vous valez mieux.

—Je ne peux pas travailler avec lui, gémit mademoiselle *Perfecta*.

— Elle pourrait travailler avec Darlene et moi, intervient Colin.

Mrs P. semble exaspérée.

— Et peut-on savoir quel pouvoir extraordinaire vous donne le droit d'organiser mon cours ? Allez, Peterson !

— Nadine, je m'en occupe, annonce Aguirre. Il désigne une photo de notre lycée, encadrée sur le mur : La devise du lycée de Fairfield est : « La diversité nourrit la connaissance. » Si jamais vous l'oubliez, elle est inscrite dans la pierre devant l'entrée principale. La prochaine fois que vous passerez là, arrêtez-vous une minute sur le sens de ces mots. Je peux vous assurer qu'en tant que nouveau proviseur de ce lycée, mon objectif est de combler tous les fossés culturels qui iraient à l'encontre de cette devise.

D'accord, « la diversité nourrit la connaissance ». Mais je sais qu'elle alimente également la haine et l'ignorance. Je ne tiens pas à détruire les illusions d'Aguirre : je le soupçonne de croire véritablement aux conneries qu'il raconte.

— Mr Aguirre et moi sommes sur la même longueur d'onde. Ainsi...

Peterson me fusille du regard. Elle y met tellement de conviction, on dirait qu'elle s'entraîne le soir devant son miroir.

— ... Alex, n'embêtez plus Brittany. Et Brittany, cessez de jouer les divas. Quant à vous, Colin... je ne sais même pas ce que vous avez à faire dans tout cela.

— Je suis le copain de Brittany.

— Dans ma salle de classe, il n'y a pas de petit ami qui tienne.

— Mais...

Peterson le coupe d'un geste de la main.

— Assez ! Nous en avons terminé.

Colin attrape la main de la diva et les deux s'échappent de la pièce.

À l'extérieur du bureau d'Aguirre, Peterson pose sa main sur mon épaule.

— Alex ?

Je me retourne. Son regard empli de sympathie me met particulièrement mal à l'aise.

— Ouais ?

— Je vous connais bien, vous savez.

Je ne supporte pas cet air de pitié. La dernière fois qu'un professeur m'a regardé comme ça, c'était en maternelle, après la mort de mon père.

— Ce n'est que la deuxième semaine de cours, *Nadine*. Attendez peut-être un mois ou deux pour ce genre de déclaration.

Elle se met à rigoler.

— Je n'enseigne pas depuis longtemps mais j'ai connu plus d'Alex Fuentes dans ma classe qu'un grand nombre de professeurs dans toute leur vie.

— Et moi qui pensais être unique... Je pose ma main sur mon cœur : Vous me faites beaucoup de peine, Nadine.

— Vous voulez être unique, Alex ? Alors allez jusqu'au bout de votre scolarité et passez votre diplôme. N'abandonnez pas.

— J'y compte bien.

C'est la première fois que je le dis à haute voix. Maman aussi voudrait que je finisse mes études, mais nous n'en avons jamais discuté. Et, pour être honnête, j'ignore si elle m'en croit capable.

Peterson ouvre son sac, en sort mon bandana et avec le plus grand sérieux me dit :

— Ne laissez pas votre vie en dehors du lycée dicter votre avenir.

Je range le bandana dans ma poche arrière. Elle n'a aucune idée de ce à quoi ressemble ma vie hors de ces murs. Ce bâtiment de brique rouge ne peut pas me protéger du monde extérieur.

— Je sais ce que vous allez dire… *Si vous avez besoin d'une amie, Alex, je suis là.*

— Faux. Je ne suis pas votre amie. Si c'était le cas, vous ne seriez pas dans un gang. Mais j'ai jeté un œil à vos résultats. Vous êtes un garçon intelligent qui peut réussir s'il prend ses études au sérieux.

La réussite, le succès… tout cela est relatif, n'est-ce pas ?

— Je peux aller en cours ?

Je ne trouve rien d'autre à répondre. Toutes mes idées sont en train de voler en éclats. Ma prof principale et mon proviseur ont l'air de me soutenir ou plutôt de ne pas vouloir m'enfoncer. Mais sont-ils sincères ?

— Oui, allez-y, Alex.

Dans le couloir, je réfléchis encore à ses mots, lorsque je l'entends crier dans ma direction :

— Si vous m'appelez Nadine encore une seule fois, vous aurez le plaisir d'être de nouveau collé *et* de devoir m'écrire une dissertation sur le respect. Rappelez-vous, je ne suis pas votre amie.

Je marche en souriant bêtement. Cette femme manie les retenues et les dissertes comme des armes.

11

ℬRITTANY

L e cours de gym commence dans une demi-heure. Pendant que je me mets en tenue, je repense à ce qui s'est passé dans le bureau de Mr Aguirre. Mrs Peterson me jugeait aussi responsable qu'Alex. Alors que ma terminale débute à peine, Alex Fuentes est déjà en train de me la gâcher.

Tandis que j'enfile mon short de sport, des pas résonnent dans les vestiaires. Carmen Sanchez fait son apparition.

Oh ! non.

— Ce doit être mon jour de chance, lance-t-elle en me dévisageant, tel un fauve prêt à bondir sur sa proie.

Si tous les fauves n'ont pas de longs cheveux châtains, ils sont tous armés de griffes. Et celles de Carmen sont peintes d'un rouge éclatant.

Elle se rapproche. J'ai envie de reculer, pour être plus exacte, j'ai envie de fuir, mais je m'abstiens ; hors de question.

Elle continue avec un sourire cruel.

— Tu sais, je me suis toujours demandé quelle était la couleur du soutien-gorge de Brittany Ellis. Rose. Comme c'est étonnant. Je suppose qu'il t'a coûté aussi cher que ta coloration.

— Tu n'es pas venue me parler de soutien-gorge et de coloration, Carmen. J'enfile mon haut et déglutis bruyamment : Tu es venue m'en coller une.

— Quand une salope s'attaque à mon mec, je deviens quelque peu agressive.

— Je n'en veux pas de ton mec, Carmen. J'ai le mien.

— Oh ! je t'en prie. Les filles dans ton genre veulent être aimées de tous les garçons pour les avoir à leur disposition, au cas où.

Elle s'énerve de plus en plus. Je suis dans de sales draps.

— Il paraît que tu racontes des saloperies à mon sujet. Tu te prends pour une grande reine toute-puissante. Voyons de quoi tu auras l'air avec la lèvre enflée et un œil au beurre noir. Est-ce que tu viendras avec un sac-poubelle sur la tête ? Ou est-ce que tu t'enfermeras dans ta grande maison, le temps que ça passe ?

Carmen continue à avancer vers moi.

— Réponds ! hurle-t-elle en me poussant contre le casier derrière moi.

Je ne devais pas vraiment écouter ce qu'elle disait, car je n'ai strictement aucune idée de ce que je dois répondre. L'idée de rentrer à la maison blessée après m'être battue me terrifie, il y aurait trop de conséquences. Maman serait furieuse et me tiendrait entièrement pour responsable.

— Laisse-moi, le coach Bautista va venir me chercher, tu sais. Tu veux être exclue ?

Je sais, c'est une technique de faible mais je m'efforce simplement de gagner du temps.

Elle éclate de rire.

— Tu crois que j'en ai quelque chose à foutre d'être exclue ?

Pas vraiment, mais c'était bien d'essayer quand même.

Carmen tente de nouveau de me pousser par l'épaule mais, cette fois, je réussis à esquiver son geste. Je suis sur le point d'entamer ma première bagarre. Une bagarre que je suis condamnée à perdre. J'ai l'impression que mon cœur va exploser. Toute ma vie, j'ai fait en sorte d'éviter ce genre de situation mais là, je n'ai pas le choix.

— Carmen, laisse-la tranquille.

Nous nous retournons toutes les deux. C'est Isabel, pas exactement une amie, mais elle vient probablement de m'éviter le pire.

— Isa, reste en dehors de mon chemin, grogne Carmen.

Isabel s'approche de nous, faisant danser sa haute et longue queue-de-cheval brune.

— *No chingues con ella*, Carmen.

— *¿Por qué no ?* Parce que tu crois que cette blondasse est ta meilleure copine maintenant que vous secouez vos pompons à la con ensemble ?

Isa pose les mains sur ses hanches.

— Tu en veux à Alex, Carmen. C'est pour cela que tu agis comme une *perra*.

Carmen se crispe en entendant le nom d'Alex.

— La ferme, Isa. Tu ne sais pas de quoi tu parles.

Et Carmen décharge toute sa colère sur Isabel en lui hurlant dessus en espagnol. Isabel ne plie pas, elle lui fait face et lui répond aussi durement dans sa langue. Elle est petite, pèse sans doute moins que moi, et je suis impressionnée de la voir tenir tête à Carmen. Elle ne cédera pas. Je sens que ses mots heurtent Carmen.

Le coach apparaît soudain.

— Vous organisez une fête et vous n'invitez pas le reste de la classe ?

— On ne fait que discuter, répond Carmen sans sourciller, comme si nous étions de bonnes copines.

— Alors je vous conseille de discuter après les cours plutôt que pendant. Mesdemoiselles Ellis et Avila, rejoignez vos camarades dans le gymnase. Mademoiselle Sanchez, vous êtes sans doute attendue quelque part.

Carmen me pointe avec son ongle rouge.

— À plus.

Puis elle attend qu'Isabel se pousse pour sortir du vestiaire.

— Merci, dis-je doucement à Isabel qui me répond d'un hochement de tête.

12

ALEX

— Tu as bientôt fini avec la Honda ? C'est l'heure de fermer, me dit mon cousin Enrique.

Je travaille dans son garage tous les jours après les cours pour gagner un peu d'argent et m'éloigner des Latino Blood quelques heures et aussi parce que j'ai un vrai talent pour réparer les voitures.

Couvert de graisse et d'huile à force de travailler sur la Civic, je m'extrais de sous la voiture.

— J'aurai fini dans une minute.

— Bien. Ça fait trois jours que le proprio me harcèle pour qu'on la lui finisse.

Je resserre un dernier boulon et me rapproche d'Enrique qui essuie ses mains sales sur son tablier.

— Est-ce que je peux te demander quelque chose ?

— Vas-y.

— Je pourrais prendre une journée de congé la semaine prochaine ? On a un projet de chimie pour le lycée et on est censés voir notre...

— Binôme... Et quand il s'agit de Brittany Ellis...

— T'es au courant ?

— Tout le monde le sait, mec. Même les types de mon âge parlent de Brittany, de ses longues jambes et de ses *chichis*... Enrique fait semblant de tripoter sa poitrine en serrant les doigts devant lui : Enfin, tu vois.

Oui, je vois.

— Et donc pour mon congé, jeudi ?

— *No hay problema.* Au fait, Hector te cherchait hier.

Hector. Hector Martinez, l'homme de l'ombre, le boss des Latino Blood.

— Parfois, je déteste... tu sais.

— Te sentir coincé dans le Latino Blood, enchaîne Enrique. Comme nous tous. Ne laisse jamais Hector penser que tu doutes de ton engagement au sein du gang. S'il te soupçonne d'être déloyal, tu seras considéré comme un ennemi en un rien de temps. Tu es un garçon intelligent, Alex. Ne prends pas de risques.

Enrique est un Ancien ; cela fait longtemps qu'il a prouvé sa valeur au Latino Blood. Il a payé son dû et peut maintenant se reposer pendant que les jeunes membres du LB prennent la relève. D'après lui, je viens à peine de mettre un pied dans ce milieu et il faudra attendre encore longtemps avant que mes amis et moi devenions des Anciens.

— Moi, intelligent ? J'ai parié ma moto que je pourrais coucher avec Brittany Ellis.

— Oublie ce que je viens de dire, me dit Enrique avec mépris. Tu es un abruti. Et bientôt, tu seras un abruti sans bécane. Les filles comme elle ne regardent pas les types comme nous.

Je commence à croire qu'il a raison. Comment ai-je pu imaginer une seconde pouvoir emmener la très belle, très riche et très blanche Brittany Ellis dans mon monde très pauvre, très mexicain et très sombre ?

Diego Vasquez, un type du lycée, est né dans les quartiers nord de Fairfield. Évidemment, mes amis le considèrent comme un Blanc, même s'il a la peau plus foncée que la mienne. Ils pensent également que Mike Burns, un Blanc qui vit dans les quartiers sud, est mexicain, alors qu'il n'a aucun sang latino dans les veines. À Fairfield, une personne se définit par son lieu de naissance et ça je l'avais oublié au moment de parier.

Tout à coup, un klaxon résonne à l'entrée du garage. Enrique appuie sur un bouton pour faire lever la grande porte. Et la voiture de Javier Moreno entre en grinçant.

— Ferme la porte, Enrique ! *La policìa* nous cherche.

Mon cousin écrase le bouton avec le poing et éteint toutes les lumières.

— Qu'est-ce que vous avez foutu ?

Carmen est assise sur la banquette arrière, les yeux rougis par la drogue ou l'alcool ; je ne fais pas la différence.

— Raul a voulu flinguer un Satin Hood, baragouine Carmen. Mais il vise comme une quiche.

Raul se retourne vers elle et lui hurle dessus depuis le siège passager.

— *Puta*, essaie de flinguer une cible en mouvement pendant que Javier conduit !

Je lève les yeux au ciel tandis que Javier sort de la voiture.

— Tu te moques de ma conduite, Raul ? Si tu veux, je peux te foutre mon poing dans la figure.

Raul sort à son tour.

— Tu veux te battre, *culero* ?

Je m'interpose et tiens Raul à distance.

— Merde, les gars ! Il y a *la policìa* dehors.

Enfin les premiers mots de Sam, le type avec qui Carmen a dû passer la soirée.

Dans le garage, tout le monde se tait alors que les lampes torches de la police percent à travers les fenêtres. Je m'accroupis derrière une grande armoire à outils, le souffle coupé. Je n'ai vraiment pas besoin d'une tentative de meurtre sur mon casier judiciaire. Par miracle, je ne me suis jamais fait arrêter et je ne veux pas que ça change. Même si je sais que, dans un gang, on évite rarement les flics. Ou la prison.

Le visage d'Enrique trahit ses pensées : il a enfin économisé assez d'argent pour ouvrir son affaire et maintenant quatre voyous encore au lycée pourraient détruire son rêve.

La porte du garage se met à trembler et me fait sursauter. Je prie qu'elle soit bien fermée.

Les flics s'éloignent de la porte et pointent de nouveau leurs lampes à travers les fenêtres. Qui a bien pu les guider jusqu'à notre planque ? Personne du quartier, c'est sûr ! Il existe une loi du silence et du soutien qui protège nos familles.

Après un temps infini, les flics repartent en voiture.

— Merde, on l'a échappé belle, s'exclame Javier.

— Tu l'as dit, confirme Enrique. Attendez dix minutes et dégagez d'ici.

Carmen descend – ou plutôt tombe – de voiture.

— Coucou, Alex ! Tu m'as manqué ce soir.

— Oui, je vois ça, dis-je en fixant Sam.

— Sam ? Oh ! je ne l'aime pas vraiment, susurre-t-elle en s'approchant de moi.

Je sens l'odeur de *mota* qui émane d'elle. Elle poursuit :

— J'attends que tu reviennes à moi.

— Ce n'est pas près d'arriver.

— À cause de cette *puta* blanche ?

Elle me saisit le menton pour me forcer à la regarder. Ses grands ongles s'enfoncent dans ma peau. Je l'attrape par les poignets pour la dégager, réfléchissant à ce qui a pu transformer mon ex en salope.

— Brittany n'a rien à voir dans notre histoire. Il paraît que tu lui cherches des ennuis.

— C'est Isa qui t'en a parlé ? demande Carmen en plissant les yeux.

— Je te conseille d'arrêter, lui dis-je, ignorant complètement sa question. Ou alors tu auras affaire à bien pire qu'à un ex plein d'amertume.

— Tu es amer, Alex ? Tu n'en as pas l'air. On dirait que tu t'en fous.

Elle a raison. Pourtant quand j'ai découvert qu'elle m'avait trompé, il m'a fallu du temps pour oublier, pour l'oublier.

— À une époque, je ne m'en foutais pas. Aujourd'hui, les choses ont changé.

Alors Carmen me balance une gifle.

— Va te faire foutre, Alex.

— Une querelle d'amoureux ? lance Javier, assis sur le capot de sa voiture.

— *Cállate*, crions-nous ensemble.

Carmen, furieuse, se précipite vers la voiture et se glisse sur la banquette arrière. Je la regarde tirer la tête de Sam vers elle. Le bruit de leurs baisers et de leurs soupirs envahit la pièce.

— Enrique, ouvre la porte, s'exclame Javier. On dégage.

Raul, qui était parti pisser, s'approche de moi.

— Tu viens avec nous ? On a besoin de toi, mec. Paco et le Satin Hood vont se battre au Gilson Park, ce soir. Et le Hood ne se bat jamais à la loyale, tu le sais bien.

Paco ne m'a pas parlé de cette bagarre, sans doute parce qu'il savait que j'essaierais de l'en dissuader. Mon pote a l'art de se mettre parfois dans des situations impossibles.

— Je viens.

Je saute sur le siège passager et Raul se retrouve coincé à l'arrière avec les deux tourtereaux.

Une rue avant le parc, Javier ralentit. On sent une terrible tension dans l'air, je la sens dans tout mon corps. Où est Paco ? Est-il en train de se faire tabasser au fond d'une des allées ? Dans l'obscurité, quelques ombres bougent et mes cheveux se dressent. Tout me paraît menaçant, même les arbres agités par le vent. Pendant la journée, le Gilson ressemble à n'importe quel parc de banlieue… hormis les graffitis du LB sur les immeubles alentour. C'est notre territoire. Nous l'avons marqué.

Ici, c'est la banlieue de Chicago, nous contrôlons notre quartier et les rues qui y mènent. C'est une véritable guerre des rues, et les gangs viennent s'affronter à nous pour s'emparer de notre secteur. Un peu plus loin se trouvent des villas et des baraques qui valent des millions de dollars. Ici, dans le vrai monde, la guerre des clans fait rage, et les riches, à cinq cents mètres de là, ne se doutent de rien.

— Le voilà ! dis-je en montrant deux silhouettes debout, à quelques mètres des balançoires.

Les lampadaires du parc ne fonctionnent plus mais je reconnais immédiatement Paco à sa petite taille et à sa façon caractéristique de se tenir comme un lutteur prêt au combat.

Remarquant une des deux silhouettes pousser l'autre, je saute hors de la voiture toujours en marche, car du bout de la rue s'avancent cinq autres membres du Hood. Prêt à me battre au côté de mon meilleur ami, je préfère oublier que cet affrontement pourrait tous nous expédier à la morgue. Si j'engage le combat avec force et confiance, sans penser aux conséquences, je gagnerai. Si je réfléchis trop, je suis perdu.

Je me précipite vers Paco et son adversaire avant que les alliés de ce dernier ne débarquent. Paco se bat bien mais l'autre type, telle une anguille, échappe à sa prise. Je chope celui-ci par son pull pour l'attirer vers moi, puis mes poings s'occupent du reste.

Avant qu'il ne se relève, je jette un œil à Paco.

— Je peux me charger de lui, Alex, me dit-il en essuyant le sang de sa lèvre.

— Ouais, et eux ?

J'indique du regard les cinq types derrière lui.

Ce sont des petits nouveaux. De nouvelles recrues, pleines d'énergie brute, rien d'autre.

Javier, Carmen, Sam et Raul arrivent à leur tour. Il faut admettre qu'on forme une équipe redoutable, même avec Carmen. Ses ongles sont des armes terrifiantes.

Le type que j'ai basculé loin de Paco se relève et me menace du doigt.

— Tu es un homme mort !

— Écoute, *Enano*…

Les petits détestent qu'on se moque de leur taille et je ne peux pas m'en empêcher.

— … retourne chez ta mère et laisse faire les grands.

— Mec, il a piqué le volant de ma bagnole ! réplique-t-il en regardant Paco.

C'est tout lui, ça, de chauffer un Satin Hood en piquant un truc aussi stupide. Je pose de nouveau mon regard sur *Enano* et remarque qu'il tient un couteau à cran d'arrêt. Et qu'il le pointe droit sur moi.

Quand j'aurai donné une leçon à tous ces Hoods, j'irai faire sa fête à mon meilleur ami.

13
BRITTANY

M on binôme de chimie n'a pas remis les pieds au lycée depuis qu'on nous a attribué notre sujet. Après une semaine, monsieur daigne réapparaître en classe.

— C'est gentil de passer nous voir.

— C'est gentil de le remarquer, me dit-il en enlevant son bandana.

Mrs Peterson entre dans la classe. En apercevant Alex, elle semble soulagée. Elle hausse les épaules et déclare :

— Aujourd'hui, je comptais vous faire une interrogation-surprise. Je vais plutôt vous donner du temps pour que vous travailliez en binôme à la bibliothèque. Vous devrez me rendre le plan de votre exposé dans deux semaines.

Colin et moi nous tenons la main en chemin. Alex, qui bavarde en espagnol avec ses amis, nous suit de loin.

— On se retrouve après l'entraînement ?

— Je ne pourrai pas, il faut que je rentre à la maison.

Baghda a démissionné samedi et maman pète les plombs. Je dois l'aider le temps qu'elle trouve une remplaçante.

Colin s'arrête et me lâche la main.

— Merde, Brit ! Est-ce qu'un jour tu auras du temps à me consacrer ?

— Tu peux venir avec moi.

— Pour que je te regarde t'occuper de ta sœur ? Non, merci. Je ne voudrais pas que tu me prennes pour un salaud mais j'aimerais qu'on passe du temps seul à seul… juste toi et moi.

— Je sais, moi aussi.

— Vendredi ?

Je devrais rester avec Shelley, mais ma relation avec Colin est en péril et je ne veux pas qu'il s'éloigne.

— Va pour vendredi.

Au moment où nous allons nous embrasser, Alex se racle la gorge juste derrière nous.

— Pas de bisous en public ! Le règlement est on ne peut plus clair. En plus, c'est ma partenaire, Ducon. Pas la tienne.

— La ferme, Fuentes, grogne Colin avant de rejoindre Darlene.

— Depuis quand est-ce que tu te soucies du règlement ? dis-je, main sur la hanche, regard rivé sur Alex.

— Depuis que tu es ma binôme. En dehors du cours de chimie, tu es à lui. Pendant la chimie, tu es à moi.

Dans la bibliothèque, toutes les tables sont prises et nous sommes contraints de trouver un coin au fond de la pièce, dans la section isolée des biographies, et de nous asseoir sur la moquette. Je pose mes livres sur le sol et m'aperçois qu'Alex m'observe. Il croit peut-être qu'en me regardant suffisamment, il arrivera à voir en moi. Cela ne risque pas d'arriver : la véritable Brittany ne se révélera jamais au grand jour.

Je l'observe à mon tour. En surface, Alex est impénétrable.

Lorsque nos regards se croisent, le temps s'arrête. Nous sommes simplement assis là, face à face. Ses yeux traversent les miens et je suis certaine qu'à ce moment précis, il me perce à jour. Celle qui ne se donne pas un genre, celle qui ne se cache pas derrière une façade : juste Brittany.

— Que dois-je faire pour que tu acceptes de sortir avec moi ?

— Arrête de plaisanter.

— J'ai l'air de plaisanter ?

Heureusement, Mrs Peterson nous rejoint.

— Je garde un œil sur vous deux. Alex, vous nous avez manqué la semaine dernière. Où étiez-vous ?

— Je suis pour ainsi dire tombé sur un couteau.

Elle secoue la tête, incrédule, en s'éloignant.

Je regarde Alex, ébahie.

— Un couteau ? C'est une blague ?

— Non. J'étais en train de couper une tomate et figure-toi qu'il m'a glissé des mains et a atterri dans mon épaule. Un médecin a refermé la plaie à l'agrafeuse. Tu veux voir ?

Il commence à soulever sa manche. Je me cache les yeux.

— Alex, c'est dégoûtant. Et je ne crois pas une seule seconde à cette histoire. Tu t'es battu.

— Tu n'as toujours pas répondu à ma question, dit-il sans se donner la peine de confirmer ou d'infirmer mes doutes sur sa blessure. Que faudrait-il pour que tu acceptes de sortir avec moi ?

— Rien. Je ne sortirai pas avec toi.

— Il suffirait d'un baiser pour que tu changes d'avis.

— Cela n'arrivera pas.

— Tant pis pour toi.

Alex étire ses longues jambes devant lui, le livre de chimie posé sur ses cuisses. Il me regarde avec des yeux marron chocolat d'une telle intensité qu'ils pourraient hypnotiser n'importe qui.

— Tu es prête ?

Pendant une nanoseconde, alors que je me plonge dans ses yeux ténébreux, j'imagine l'effet que ça ferait d'embrasser Alex. Mon regard descend vers ses lèvres. Je peux pratiquement sentir qu'elles se rapprochent. Comment embrasse-t-il ? Lentement ou fougueusement ?

— Prête pour quoi ?

Je me penche plus près de lui.

— Pour le projet, le chauffe-mains. Le cours de Peterson. La chimie !

Je secoue la tête, éliminant toutes les pensées ridicules qui agitent mon cerveau. Je dois manquer de sommeil.

— Oui, le chauffe-mains !

J'ouvre mon manuel de chimie.

— Brittany ?

— Quoi ?

Je scrute, l'air absent, les mots imprimés sur les pages. Je n'ai pas la moindre idée de ce que je lis ; je suis trop gênée pour me concentrer.

— Tu me regardais comme si tu voulais m'embrasser.

— Ben voyons.

— Si tu veux, personne ne nous voit, tu sais. Tu peux toujours essayer. Ce n'est pas pour me vanter mais je suis un expert.

Il esquisse un petit sourire, de ceux qui font fondre le cœur des filles de la terre entière.

— Alex, tu n'es pas mon genre.

Il faut qu'il cesse de me regarder comme s'il comptait me faire des choses dont, pour l'instant, je n'ai qu'entendu parler.

— Tu n'aimes que les Blancs ?

— Arrête, lui dis-je entre les dents.

— Quoi ? demande-t-il on ne peut plus sérieusement. C'est la vérité, n'est-ce pas ?

Mrs Peterson apparaît soudain devant nous.

— Où en est ce plan ?

Je feins un sourire.

— En très bonne voie !

Je sors les documents que j'ai trouvés à la maison et me mets au travail sous le regard de la prof.

— J'ai procédé à quelques recherches sur les chauffe-mains, hier soir. Il faut dissoudre soixante grammes d'acétate de sodium dans cent millilitres d'eau à soixante-dix degrés.

— Faux, s'exclame Alex.

Je lève les yeux et réalise que Mrs Peterson est partie.

— *Pardon* ?

— C'est faux.

— Je ne crois pas, non.

— Tu ne t'es jamais trompée auparavant ?

Il me dit cela comme si j'étais une blonde écervelée. Qu'est-ce qu'il m'énerve !

— Bien sûr que si. Par exemple, la semaine dernière, j'ai acheté le gloss Bobbi Brown « Fleur du désert » alors que la couleur « Bouton de rose » aurait tellement mieux convenu à mon teint. Bref, un vrai désastre ! lui dis-je sarcastiquement.

Me prend-il au sérieux ou comprend-il à ma voix que je me fiche de lui ?

— J'imagine bien.

— Et toi, tu ne t'es jamais trompé ?

— Plus d'une fois. La semaine dernière, alors que je braquais la banque sur Walgreen, j'ai dit au caissier de me donner tous les biftons de cinquante qu'il avait. En fait, j'aurais dû lui demander ceux de vingt, parce qu'il y en avait beaucoup plus.

D'accord, il a compris et m'a rendu la monnaie de ma pièce avec sa propre histoire ridicule. C'est perturbant : cela nous rend tout à coup assez semblables.

— Quel désastre ! fais-je, la main sur le cœur et d'un ton théâtral.

— Donc on peut se tromper tous les deux.

Je lève le menton et annonce solennellement :

— Mais je n'ai pas tort pour la chimie. Contrairement à toi, je prends ce cours au sérieux.

— Faisons les paris alors. Si j'ai raison, tu devras m'embrasser.

— Et si c'est moi qui ai raison ?

— Tu choisis.

Un pari si facile et surtout gagné d'avance, ça ne se refuse pas. L'ego de Monsieur El Macho va en prendre un petit coup.

— Si je gagne, tu nous considères, moi et le projet de chimie, avec sérieux. Plus de moqueries ni de commentaires idiots.

— Marché conclu. Mais je m'en voudrais terriblement si j'oubliais de te dire que j'ai une excellente mémoire visuelle.

— Alex, je m'en voudrais terriblement si j'oubliais de te dire que j'ai copié ces informations directement dans le livre.

Je jette un œil à mes recherches puis ouvre mon manuel de chimie à la page correspondante.

— Alex, sans regarder, dis-moi à quelle température on doit refroidir le mélange ?

Ce garçon adore les défis. Mais cette fois, il va perdre. Il referme son propre manuel et me fixe, l'air décidé.

— Vingt degrés. Et la dissolution doit se faire à cent degrés et pas soixante-dix, répond-il, pleinement confiant.

Je lis la page, puis mes notes. Je retourne à la page. Je ne peux pas m'être trompée. Quelle page ai-je donc...

— Ah oui. Cent degrés... Je le regarde, choquée : Tu as raison.

— Tu m'embrasses maintenant ou plus tard ?

— Tout de suite.

Il en reste ébahi, je le vois à ses mains crispées.

À la maison, papa et maman régissent ma vie. Au lycée, les choses sont différentes. Il faut que je garde le contrôle et la maîtrise de mes actes pour ne pas être qu'un mannequin sans cervelle.

— Vraiment ?

— Oui.

Je place sa main dans la mienne. J'avoue qu'à ce moment, j'apprécie grandement l'intimité du rayon Biographies. Sa respiration ralentit tandis que je me mets à genoux et me penche vers lui. J'évite de penser à ses doigts longs et rugueux que je touche pour la première fois. Je suis nerveuse. Pourtant, je n'ai pas de raison de l'être. C'est moi qui contrôle la situation.

Je sens qu'il se retient. Il me laisse prendre les devants. Je pose sa main sur ma joue ; il gémit. J'ai envie de sourire car sa réaction montre à quel point j'ai du pouvoir sur lui.

Nos regards se croisent, Alex demeure immobile.

De nouveau, le temps s'arrête.

Puis soudain je tourne la tête et lui embrasse la paume.

— Voilà, je t'ai embrassé !

Je lui rends sa main, le jeu est terminé.

Monsieur Latino et son grand ego se sont fait plumer par la blonde écervelée.

14

ALEX

— Tu appelles ça embrasser quelqu'un ?
— Oui.

D'accord, je suis troublé que cette fille ait posé ma main sur sa joue si douce. Bon sang ! J'avais l'impression d'être drogué, vu la réaction de mon corps. Pendant une minute, j'ai été sous son emprise. La jolie sorcière a renversé la partie et a pris le dessus. Elle est surprenante ! Je me mets à rire, attirant délibérément l'attention sur nous puisque c'est ce qu'elle cherche à éviter à tout prix.

— Chut ! soupire Brittany, en me tapant l'épaule pour me faire taire.

Alors je m'esclaffe de plus belle et elle me frappe le bras avec le manuel de chimie.

Le mauvais bras.

— Aïe !

L'entaille sur mon biceps est aussi douloureuse qu'un million de piqûres d'abeilles. *¡Cabrón me dolio !*

Elle se mord la lèvre inférieure, couverte du gloss « Fleur du désert » de Bobbi Brown, qui lui va à ravir.

— Je t'ai fait mal ?

— Oui, lui dis-je entre les dents, me focalisant sur son gloss plutôt que sur ma douleur.

— Tant mieux.

Je relève ma manche pour examiner la plaie, qui saigne à présent autour d'une des agrafes posées par le médecin du dispensaire après la bagarre. Brittany frappe plutôt bien pour une fille qui pèse dix kilos toute mouillée.

Elle se recule avec un grand cri.

— Ô mon Dieu ! Je ne voulais pas te blesser, Alex. Vraiment, je ne voulais pas. Quand tout à l'heure tu m'as menacée de me montrer ta cicatrice, tu as levé ta manche gauche.

— Je ne comptais pas vraiment te la montrer. Je déconnais. Ce n'est pas grave.

Sincèrement, on dirait que cette fille n'a jamais vu la couleur du sang.

— Si, c'est grave, insiste-t-elle en hochant la tête. Tes points de suture sont en train de saigner.

Brittany est encore plus blanche que d'habitude et sa respiration est lourde, presque haletante. Si jamais elle s'évanouit, mon pari avec Lucky est perdu d'avance. Si quelques gouttes de sang la rendent malade, comment pourrait-elle supporter de coucher avec moi ? À moins que nous ne restions habillés et qu'elle ne voie pas toutes mes cicatrices.

— Alex, est-ce que ça va ? me demande-t-elle, morte d'inquiétude.

Devrais-je lui dire que j'étais perdu dans mes pensées à nous imaginer ensemble au lit ?

Mrs P. remonte l'allée, l'air sévère.

— Vous deux, vous êtes dans une bibliothèque. Baissez d'un ton.

Elle remarque alors la fine ligne de sang qui tache ma manche et coule le long de mon bras.

— Brittany, emmenez-le à l'infirmerie. Alex, la prochaine fois, venez au lycée avec un bandage.

— Aucune compassion, n'est-ce pas, madame P. ?

— Aidez l'humanité ou la planète, Alex. Après, vous aurez droit à toute ma compassion. Ceux qui se retrouvent impliqués dans des bagarres à l'arme blanche ne méritent rien d'autre que mon dégoût. Maintenant, nettoyez-moi ça.

Brittany ramasse les livres sur mes genoux et me dit d'une voix chevrotante :

— Allez, viens.

— Je peux tenir mes bouquins.

Je la suis hors de la bibliothèque. Je pourrais lui dire que j'ai besoin d'aide et que je me sens faible, peut-être viendrait-elle à mon secours ?

Devant la porte de l'infirmerie, Brittany se tourne vers moi. Ses mains tremblent.

— Je suis tellement désolée, Alex. Je… je ne voulais…

Elle est en train de péter les plombs. Si elle pleure, je ne saurai pas quoi faire. Je n'ai pas l'habitude des filles qui pleurent. Carmen n'a pas dû pleurer une seule fois pendant notre relation. En réalité, je crois qu'elle est incapable de produire des larmes. Les filles sensibles me font peur.

— Euh… tu vas bien ?

— Si ça s'ébruite, je ne m'en relèverai jamais. Mon Dieu, si Mrs Peterson appelle mes parents, je suis morte. Enfin, il vaudrait mieux que je sois morte.

Elle parle, elle frissonne, comme une voiture cabossée et sans freins.

— *Brittany* ?

— … et ma mère m'en tiendra pour responsable. C'est de ma faute, je sais. Mais elle va devenir folle, et ensuite je devrai m'expliquer et prier pour qu'elle…

— Brittany !

Elle lève enfin les yeux, totalement perdue…

— C'est toi qui es en train de devenir folle.

D'habitude, Brittany a des yeux vifs et brillants mais là, ils paraissent ternes, vides, absents. Son regard fuit dans toutes les directions sans jamais se fixer sur moi.

— Je vais bien, dit-elle, la tête tournée volontairement vers un casier de l'autre côté du couloir. Oublie tout ce que je viens de dire.

— Si tu ne me regardes pas, je vais mettre du sang partout par terre, et il me faudra une putain de transfusion. Regarde-moi, merde !

Elle continue de haleter tout en se concentrant peu à peu sur moi.

— Quoi ?

— Je sais que tu ne cherchais pas à me faire mal. Maintenant, c'est fait et je le méritais certainement.

Espérons que je réussisse à l'apaiser avant qu'elle ne pique une véritable crise de nerfs dans le couloir.

— Tu sais, ce n'est pas un crime de faire des erreurs. À quoi servirait une réputation si on ne pouvait pas la ternir de temps en temps ?

— N'essaie pas de me réconforter, Alex. Je te déteste.

— Je te déteste également. À présent, je t'en prie, écarte-toi avant que le concierge ne doive passer la journée à nettoyer mon sang. C'est quelqu'un de ma famille, tu sais.

Plutôt que de s'écarter, ma binôme m'ouvre la porte de l'infirmerie. Je crois qu'elle est redevenue normale même si ses mains tremblent encore.

— Il saigne, crie-t-elle à l'infirmière scolaire, Mlle Koto.

Mlle Koto me fait asseoir sur une des tables d'auscultation.

— Que s'est-il passé ?

Je pose mes yeux sur Brittany. Elle semble préoccupée, inquiète que je puisse mourir à tout moment.

— Mes agrafes n'ont pas tenu. Rien de grave.

— Et pourquoi n'ont-elles pas tenu ? demande l'infirmière pendant qu'elle pose un tissu mouillé sur ma plaie.

Je retiens ma respiration en attendant que la douleur s'estompe. Pas question de me plaindre devant une fille que je tente de séduire.

— Je l'ai frappé, annonce Brittany d'une voix aiguë.

Mlle Koto se retourne, effarée.

— *Tu* l'as frappé ?

— C'était un accident.

Pourquoi ai-je soudain envie de protéger mademoiselle *Perfecta* qui me hait et préférerait encore être recalée en chimie plutôt que de travailler avec moi ? Ma stratégie avec elle ne fonctionne pas. La haine est le seul sentiment qu'elle éprouve pour moi. Mais imaginer Lucky sur ma moto est encore plus douloureux que l'antiseptique de Mlle Koto.

Je dois persévérer et me retrouver seul avec Brittany pour avoir une chance de garder la face *et* ma Honda. Est-ce que sa crise de folie était sincère ? Cette fille ne fait jamais rien spontanément ou involontairement. C'est un robot. Du moins, c'est ce que je croyais avant de la voir craquer. Chaque fois que je l'ai rencontrée, elle jouait son rôle de princesse.

— On n'a qu'à se voir jeudi après les cours pour avancer sur notre plan.

— Je suis prise, jeudi.

Sans doute avec Tête d'Âne. Elle aime mieux traîner avec ce *pendejo* qu'avec moi, cela ne fait aucun doute.

— Vendredi, alors.

Je dis ça pour la mettre à l'épreuve, même si je ne devrais probablement pas. Mettre une fille comme Brittany à l'épreuve pourrait apporter un sacré bémol à mon ego. Mais à cet instant, elle est encore toute vulnérable et tremblotante. J'avoue, je suis un salaud et un manipulateur.

Elle se mord la lèvre.

— Vendredi, je ne suis pas libre non plus. Et samedi ? On pourrait se retrouver à la bibliothèque municipale.

— Tu es sûre d'arriver à me caser dans ton emploi du temps surchargé ?

— La ferme. On se voit à dix heures.

— Rendez-vous est pris.

Mlle Koto, qui nous épie sans aucune discrétion, termine d'envelopper mon bras avec de la gaze.

Brittany rassemble ses affaires.

— Ce n'est pas un rendez-vous.

J'attrape mon manuel et me précipite dans le couloir pour la suivre. Elle marche seule. Les haut-parleurs n'émettent pas de musique, les cours ne sont pas terminés.

— Ce n'est peut-être pas un rendez-vous mais tu me dois encore un baiser. Je récupère toujours ce qu'on me doit.

Les yeux ternes de ma partenaire s'illuminent, s'enflamment aussitôt. Je lui fais un clin d'œil.

— Et ne t'inquiète pas pour ton gloss, samedi. De toute façon, une fois qu'on se sera embrassés, il faudra que tu en remettes.

15
BRITTANY

U ne seule chose est sûre : je n'embrasserai jamais Alex Fuentes.

Heureusement que Mrs Peterson nous a occupés avec un tas d'expériences pendant la semaine. Ainsi, nous n'avions pas le temps de discuter, sauf pour décider qui allumerait le bec Bunsen. Malgré tout, chaque fois que j'apercevais le bandage d'Alex, je repensais au coup que je lui avais mis.

J'essaie de ne pas songer à ses lèvres pendant que je me mets du gloss pour mon rendez-vous avec Colin. Nous sommes vendredi soir et nous allons dîner avant la séance de cinéma.

Après deux ou trois allers-retours devant le miroir et avoir enfilé le bracelet Tiffany qu'il m'a offert pour notre anniversaire, l'an dernier, je sors dans le jardin. Shelley patauge dans la piscine avec son kiné, tandis que maman, dans un peignoir de velours rose, se repose sur une chaise longue en lisant quelques magazines de décoration.

Hormis la voix du kiné, tout est calme.

— Brit, ne rentre pas après dix heures et demie.

— Le film est à vingt heures. On rentrera juste après.

On sonne à la porte.

— Ce doit être Colin.

— Dépêche-toi d'aller ouvrir. Un garçon comme lui n'attendra pas éternellement, tu sais.

Je me précipite vers la porte d'entrée avant que maman ne le fasse à ma place et nous ridiculise toutes les deux. Colin se tient sur le perron avec un bouquet d'une douzaine de roses rouges.

— Elles sont pour toi.

Wow ! Quelle bêtise d'avoir autant pensé à Alex cette semaine. Je serre Colin dans mes bras et l'embrasse d'un vrai baiser sur les lèvres.

— Je cours les mettre dans l'eau.

Je fredonne joyeusement en pénétrant dans la cuisine et respire le doux parfum des fleurs. Tout en remplissant un vase, je me demande si Alex a déjà apporté des fleurs à ses copines. Il leur offre probablement des couteaux aiguisés, au cas où elles en auraient besoin pendant leur rendez-vous. Sortir avec Colin est si…

Ennuyeux ?

Non. On ne s'ennuie pas ensemble. On se protège. On est à l'aise. On est mignons.

Je coupe la base de chaque rose, les mets dans le vase et retrouve Colin qui discute avec maman dans le patio, une très mauvaise idée.

— Tu es prêt ?

Colin me lance son sourire d'une blancheur éclatante.

— Ramène-la avant dix heures et demie, rappelle maman.

Comme si le couvre-feu garantissait la valeur morale d'une fille.

— Bien sûr, madame Ellis, répond poliment Colin.

Puis nous montons dans sa Mercedes.

— On va voir quel film ?

— Changement de plan. La boîte de mon père a des billets pour le match des Cubs, dans la loge centrale. Ma chérie, c'est parti pour une soirée base-ball.

— OK ! Est-ce qu'on sera de retour pour dix heures et demie ?

Je sais pertinemment que ma mère attendra derrière la porte.

— Oui, si le match ne s'éternise pas. Ta mère craint que tu ne te changes en citrouille ?

Je lui prends la main.

— Non. Simplement, je ne veux pas la contrarier.

— Sans vouloir être méchant, ta mère est bizarre. Elle est sexy mais complètement tarée.

Je retire brusquement ma main.

— Enfin Colin, comment tu parles de ma mère ?

— Allez, Brit. Elle ressemble plus à ta sœur jumelle qu'à ta mère. Elle est canon.

C'est vrai. Elle fait tellement de sport qu'elle paraît quinze ans de moins. Mais penser que mon copain puisse être attiré par ma mère me dégoûte.

Au stade Wrigley, Colin me conduit dans la loge de l'entreprise de son père. Elle est remplie de nombreux avocats des cabinets du centre-ville. Les parents de Colin nous saluent. Sa mère me serre dans ses bras en m'effleurant à peine la joue d'un baiser avant de nous laisser rejoindre les autres invités.

J'observe Colin discutant. Il est parfaitement à l'aise ; il est dans son élément. Il serre de nombreuses mains, fait de larges sourires et rit aux blagues de tout le monde, qu'elles soient drôles ou non.

— On s'installe par là ? me demande-t-il, une fois que nous avons acheté des hot dogs et des boissons au bar. J'espère décrocher un stage au cabinet Harris, Lundstrom & Wallace, l'été prochain, poursuit-il calmement. Alors je dois soigner mes relations avec eux.

À l'arrivée de Mr Lundstrom, Colin se transforme soudain en grand homme d'affaires. Je le regarde pleine d'admiration alors qu'ils conversent comme s'ils étaient de vieux amis. Mon copain pourrait baratiner n'importe qui.

— Il paraît que vous comptez suivre les traces de votre père, déclare Mr Lundstrom.

— Oui, monsieur.

Puis ils se mettent à discuter football, cours de la Bourse, et tout autre sujet que Colin aborde pour continuer de faire parler son interlocuteur.

Coup de fil de Megan sur mon portable. Je lui explique les grands moments du match et nous papotons, le temps que Colin termine sa conversation. Elle me raconte qu'elle s'est éclatée dans une boîte, le Club Mystique, et que Sierra et moi allons adorer cet endroit.

Au septième tour, Colin et moi nous levons pour entamer l'hymne des Cubs. Nous chantons complètement faux mais ce n'est pas grave puisque les milliers de supporters chantent tout aussi faux que nous. Cela me fait du bien d'être avec Colin ainsi, en train de nous amuser. Je me rends compte que j'ai jugé trop durement notre relation, dernièrement.

À neuf heures moins le quart, je rappelle à Colin qu'il serait temps de se mettre en route, bien que le match ne soit pas terminé. Il me prend par la main. Je suppose qu'il va prier Mr Lunderstrom de bien vouloir l'excuser. Mais celui-ci fait signe à Mr Wallace de les rejoindre.

Plus le temps passe, plus je deviens nerveuse. Il y a suffisamment de tensions comme ça à la maison, ce n'est pas la peine d'en rajouter.

— Colin…

Pour toute réponse, il passe un bras autour de mes épaules.

Au début du neuvième tour, à dix heures passées, je finis par intervenir :

— Excusez-moi, mais il est l'heure que Colin me raccompagne à la maison.

Mr Wallace et Mr Lundstrom le saluent alors d'une poignée de main avant que je ne l'entraîne jusqu'à la voiture.

— Brit, tu réalises à quel point c'est difficile d'obtenir un stage chez H. L. & W. ?

— Là maintenant, je m'en fiche. Colin, je devais rentrer avant dix heures et demie.

— Et tu seras rentrée à onze heures. Raconte à ta mère qu'il y avait des embouteillages.

Colin ne connaît pas la face cachée de ma mère, il ignore complètement ses réactions lorsqu'elle s'en prend à moi.

Nous nous arrêtons dans l'allée de la maison non pas à onze heures mais à onze heures trente. Colin ressasse encore cette histoire de stage chez H. L. & W. tout en écoutant la retransmission du match à la radio.

— Je dois y aller, lui dis-je en me penchant pour un petit bisou.

— Attends une minute, répond-il, ses lèvres sur les miennes. Ça fait une éternité qu'on ne s'est pas pelotés. Ça me manque.

— À moi aussi. Mais il est tard. Nous passerons bien d'autres soirées ensemble.

— Le plus tôt sera le mieux.

Je me dirige vers la maison, prête à me faire crier dessus. Évidemment, maman se tient dans le vestibule, les bras croisés.

— Tu es en retard.

— Je sais, pardon.

— Qu'est-ce que tu crois ? Que j'invente des règles pour m'amuser ?

— Non.

Elle soupire.

— Maman, je suis sincèrement désolée. Nous sommes allés à un match des Cubs au lieu du cinéma et il y avait des embouteillages monstres.

— Un match des Cubs ? En plein centre-ville ? Tu aurais pu te faire agresser !

— C'était sans danger, maman.

— Brit, tu crois tout savoir de la vie mais tu te trompes. Tu aurais pu mourir au fin fond d'une sombre ruelle, alors que je te croyais au cinéma. Vérifie si ton argent ou tes papiers n'ont pas disparu de ton sac, s'il te plaît.

Je m'exécute et inspecte le contenu de mon portefeuille, juste pour la calmer. Je sors mon argent et ma carte d'identité.

— Tout est là.

— Tu as eu de la chance, cette fois-ci.

— Je suis toujours prudente quand je vais en ville, maman. En plus, Colin était avec moi.

— Ne cherche pas à te justifier, Brit. Tu ne crois pas que tu aurais pu m'appeler pour me prévenir de vos changements de plan et de ton retard ?

Pour qu'elle hurle au téléphone, puis hurle de nouveau à la maison ? Certainement pas.

— Je n'y ai pas pensé, maman.

— Est-ce qu'il t'arrive de penser à ta famille ? Le monde ne tourne pas qu'autour de toi, Brittany.

— Je sais. Je te promets d'appeler la prochaine fois. Je suis fatiguée, est-ce que je peux aller me coucher, maintenant ?

Et d'un geste de la main, maman m'envoie dans ma chambre.

Le lendemain, je suis réveillée par les cris de ma mère. Je rejette mes couvertures et saute du lit en quatrième vitesse.

Shelley est assise dans son fauteuil roulant, poussé contre la table de la cuisine. Elle a de la nourriture partout sur le visage, son haut et son pantalon. On dirait une enfant plutôt qu'une jeune femme de vingt ans.

— Shelley, si tu recommences, tu vas dans ta chambre ! tempête maman en claquant le bol sur la table.

Ma sœur le balance par terre. Maman pousse un petit cri étouffé et jette un regard assassin à Shelley.

— Je m'en occupe, dis-je en accourant.

— Ne la materne pas, Brittany. Si elle ne mange pas, on la nourrira par intraveineuse. C'est ce que tu veux, Shelley ?

Je déteste lorsqu'elle fait ça : évoquer le pire scénario possible plutôt que d'analyser le problème pour ensuite pouvoir le résoudre. Je lis la douleur de ma sœur dans ses yeux.

Maman montre Shelley puis la nourriture par terre.

— Voilà pourquoi je ne t'ai pas emmenée au restaurant depuis des mois.

— Maman, arrête ! Ce n'est pas la peine d'envenimer les choses. Elle est déjà assez contrariée comme ça. Pourquoi vouloir empirer la situation ?

— Et moi dans tout cela ?

Je commence à me crisper. La colère monte et je suis incapable de la contenir plus longtemps.

— Cela n'a rien à voir avec toi ! Pourquoi faut-il toujours que l'on en revienne à la façon dont les choses t'affectent, toi ? Maman, tu ne vois pas que Shelley souffre… plutôt que de lui hurler dessus, pourquoi est-ce que tu ne passes pas plus de temps à comprendre ce qui ne va pas ?

Sans réfléchir, je prends un torchon, m'agenouille à côté de Shelley et me mets à essuyer son pantalon.

— Brittany, stop !

Je ne l'écoute pas. Tout à coup, les mains de Shelley s'agrippent à mes cheveux et elle se met à les tirer. Fort. Dans toute cette agitation, j'ai oublié le nouveau vice de ma sœur.

— Aïe ! Shelley, je t'en supplie, arrête !

Je tente d'appuyer sur ses poings pour qu'elle lâche prise, comme nous l'a conseillé son médecin, mais rien n'y fait. Je suis dans une mauvaise position, accroupie et tordue à ses pieds. Maman jure, la nourriture vole dans tous les sens et mon crâne me semble déjà à vif.

Shelley continue de tirer malgré les efforts de maman.

Mince alors, combien de cheveux a-t-elle bien pu m'arracher ? J'ai l'impression d'avoir la moitié du crâne chauve.

Finalement, soit maman a appuyé assez fort sur ses poings, soit ma sœur a fini par se lasser, mais Shelley a lâché enfin mes cheveux.

Shelley sourit.

Maman fronce les sourcils.

Et des larmes se forment sous mes paupières.

— Je l'emmène sans plus attendre chez le docteur Meir, annonce maman en hochant la tête. Cela a assez duré, Brittany. Prends la voiture de ton père et va le chercher à l'aéroport. Son avion atterrit à onze heures. C'est bien la moindre des choses que tu puisses faire.

16

ALEX

Ça fait une heure que j'attends à la bibliothèque. Une heure et demie même. Un peu avant dix heures, je me suis assis dehors sur les bancs en ciment. À dix heures pile, je suis rentré et j'ai regardé les panneaux d'affichage, en faisant semblant de m'intéresser aux prochaines manifestations. Je ne voulais pas donner l'impression d'attendre Brittany avec impatience. À dix heures quarante-cinq, je me suis installé sur un canapé du département ados, pour lire mon manuel de chimie, ou plutôt faire comme si.

Maintenant, il est onze heures. Qu'est-ce qu'elle fiche ?

Je pourrais être avec mes amis. Oui, je ferais mieux d'aller traîner avec eux. Pourtant, j'ai un besoin idiot de savoir pourquoi Brittany m'a posé un lapin. Ce doit être une question d'ego mais, au fond de moi, je m'inquiète pour elle. Elle a laissé entendre, au milieu de sa crise devant l'infirmerie, que sa mère était loin d'être la Mère de l'Année. Brittany a dix-huit ans, elle pourrait partir de chez elle si elle le voulait. Si les choses vont si mal, pourquoi rester ?

Parce que ses parents sont riches.

Moi, si je quittais la maison, ma nouvelle vie ne serait pas si différente de l'actuelle. En revanche, pour une fille des quartiers nord, une vie sans serviettes de bain haute couture ni femme de ménage pour ranger ses affaires doit être un véritable cauchemar.

J'en ai marre de l'attendre. Je vais aller la voir pour qu'elle s'explique. Sans y réfléchir à deux fois, je monte sur ma moto et me dirige vers le nord. Je sais où elle habite… dans la gigantesque maison blanche avec des piliers qui décorent la façade.

Je me gare dans l'allée et sonne à la porte. Je me racle la gorge pour ne pas bafouiller. *Mierda*, qu'est-ce que je vais lui dire ? Et pourquoi je stresse autant ?

Pas de réponse. Je sonne de nouveau.

Il n'y a pas un serviteur ou un majordome pour ouvrir la porte ? Au moment de laisser tomber, elle s'ouvre. Face à moi se tient une version plus âgée de Brittany. De toute évidence, sa mère.

— Je peux vous aider ? me demande-t-elle de haut.

Je la suspecte de me prendre pour le jardinier des voisins ou pour un malade qui fait du porte-à-porte pour harceler les gens.

— Les colporteurs sont interdits dans ce quartier.

— Je, euh, ne colporte rien. Je m'appelle Alex. Je souhaitais simplement savoir si Brittany était, euh, à la maison.

Génial, voilà que je marmonne un « euh » toutes les deux secondes.

— Non.

Sa voix est aussi glaciale que son regard.

— Savez-vous où elle est ?

Mrs Ellis ferme à moitié la porte, sans doute pour éviter que je ne regarde à l'intérieur.

— Je ne diffuse pas d'informations sur les va-et-vient de ma fille. Maintenant, je vous prie de m'excuser, conclut-elle en me claquant la porte au nez.

Je me retrouve comme un *pendejo* complet. Si ça se trouve, Brittany se tenait juste derrière, priant sa mère de se débarrasser de moi. Ce petit jeu ne m'étonnerait pas d'elle.

Et je déteste les jeux perdus d'avance.

17

BRITTANY

— P eut-on savoir qui est Alex ?
C'est par ces mots que maman m'accueille à mon retour de l'aéroport.

— C'est un garçon du lycée, dis-je lentement. La prof nous a mis ensemble pour un projet de chimie.

Une minute !

— Comment est-ce que tu connais Alex ?

— Il est venu ici après ton départ. Je l'ai renvoyé sur-le-champ.

Le temps que mes neurones se connectent, la réalité me frappe d'un coup.

Oh ! non.

J'ai oublié de prévenir Alex, ce matin.

La culpabilité m'envahit tandis que je l'imagine en train d'attendre à la bibliothèque. Dire que je n'avais pas confiance en lui et que c'est moi qui ai failli. Il doit être furieux. J'en suis malade.

— Je ne veux pas qu'il approche de cette maison, ajoute-t-elle. Les voisins se mettront à jaser à ton sujet.

Sous-entendu : « Comme ils le font déjà au sujet de ta sœur. » J'espère qu'un jour, je n'aurai plus à me soucier des commérages entre voisins.

— Oui, maman.

— Tu ne peux donc pas changer de partenaire ?

— Non.

— As-tu essayé au moins ?

— Bien sûr. Mrs Peterson refuse de revoir les binômes.

— Peut-être n'as-tu pas été assez convaincante. J'appellerai le lycée lundi pour m'assurer…

— Maman, je gère la situation. Je n'ai pas besoin que tu téléphones au lycée et me fasses passer pour un bébé.

— C'est cet Alex qui t'apprend à manquer de respect ? Tu te permets de me répondre ? Il a déjà une mauvaise influence sur toi !

— Maman…

Si seulement papa voulait bien intervenir. Mais il est parti direct se réfugier dans son bureau pour vérifier ses e-mails. J'aimerais qu'il joue les arbitres, au lieu de rester sur le banc de touche.

— Si tu commences à fréquenter des déchets pareils, les gens *te* prendront pour un déchet. Ce n'est pas comme cela que nous t'avons éduquée, ton père et moi.

Oh ! non, c'est reparti pour un tour. Je préférerais manger du poisson vivant, avec la peau, les écailles et les entrailles, plutôt que de l'écouter encore. Je connais bien le sens caché de son discours. Shelley n'est pas parfaite et c'est donc à moi de l'être.

J'inspire profondément pour essayer de me calmer.

— Maman, j'ai compris le message. Je suis désolée.

— Je ne cherche qu'à te protéger et voilà comment tu me remercies.

— Je sais, je suis désolée. Qu'a dit le docteur Meir à propos de Shelley ?

— Il souhaite la voir deux fois par semaine pour des tests. Tu vas devoir m'aider pour l'emmener à son cabinet.

Je m'abstiens de lui dire que Mlle Small ne tolère aucune absence aux entraînements de pom-pom girls ; ce n'est pas la peine d'en rajouter. Et puis, j'ai autant envie que maman, si ce n'est plus, de comprendre pourquoi Shelley se comporte ainsi.

Par miracle, le téléphone sonne et maman part répondre. Je cours dans la chambre de ma sœur pour m'échapper d'une suite possible à notre conversation. Shelley se tient devant son ordinateur, tapotant sur le clavier.

— Coucou !

Elle lève les yeux. Elle ne sourit pas.

Je tiens à ce qu'elle comprenne que je ne lui en veux pas ; elle ne voulait pas me faire de mal. Shelley ne contrôle sans doute pas ses actes.

— On joue aux échecs ?

Elle hoche la tête.

— On regarde la télévision ?

Nouveau hochement de tête.

— Je veux que tu saches que je ne suis pas fâchée.

Je me rapproche d'elle, en gardant mes cheveux à distance de ses mains, et lui caresse le dos.

— Je t'aime, tu sais.

Pas de réponse, pas de mouvement de tête, pas de paraphasie. Rien.

Je m'assois au bord du lit et l'observe en train de jouer sur son ordinateur. De temps en temps, je fais des petits commentaires pour qu'elle sache que je suis là. Parce qu'un jour, peut-être, elle aura besoin de moi et je ne serai pas là. Cela me terrifie.

Après un certain temps, je laisse ma sœur et me dirige vers ma chambre. Dans l'annuaire des élèves de Fairfield High, je cherche le numéro d'Alex et le compose sur mon portable.

— Allô ? me répond un garçon.

Je prends une profonde inspiration.

— Bonjour, est-ce qu'Alex est là ?

— Il est sorti.

— *¿Quién es ?* demande sa mère de loin.

— Qui est-ce ? traduit le garçon.

Je me ronge les ongles en même temps que je parle.

— Brittany Ellis. Je suis, euh, une amie de lycée d'Alex.

— C'est Brittany Ellis, une amie de lycée d'Alex, répète-t-il à sa mère.

— *Toma el mensaje.*

— Vous êtes sa nouvelle petite amie ?

J'entends un coup, suivi d'un « aïe ! » et le garçon reprend :

— Je peux prendre un message ?

— Dites-lui que Brittany a appelé. Mon numéro est le...

18

ALEX

Me voilà dans l'entrepôt où traîne le Latino Blood chaque nuit. Je viens de terminer ma deuxième ou troisième cigarette... je ne les compte plus.

— Prends une bière et arrête de faire cette tête d'enterrement, me dit Paco en me lançant une Corona.

Je lui ai raconté que Brittany m'avait posé un lapin, ce matin ; il a simplement secoué la tête pour me signifier que je perdais mon temps dans les quartiers nord.

— Non, merci.

— *¿Que tienes, ese ?* Cette bière n'est pas assez bonne pour toi ? s'exclame Javier, sans doute le membre le plus stupide du gang.

Sans un mot, je lui fais comprendre de ne pas me chercher.

— Je blague, mec, bafouille Javier, déjà saoul.

Personne n'ose se mesurer à moi. Pendant ma première année avec le Latino Blood, au cours d'une bagarre avec un gang rival, j'ai prouvé ma valeur aux yeux de tous.

Quand j'étais petit, je me croyais capable de sauver le monde... ou du moins ma famille. Je me répétais sans arrêt : « Je ne ferai jamais partie d'un gang. Je protégerai *mi familia* seul. » Dans le sud de Fairfield, on est soit dans un gang, soit contre eux. Autrefois, je gardais l'illusion absurde que je pouvais rester éloigné des mauvais garçons tout en protégeant ma famille. Mais tous mes espoirs se sont brisés le soir où, à l'âge de six ans, mes yeux d'enfant ont vu mon père se faire tirer dessus. Debout, devant son cadavre, je fixais la marque rouge sur le devant de sa chemise. Au début, ce n'était qu'une petite tache minuscule mais qui a fini par s'étendre, encore et encore. Il a eu un cri étouffé et en l'espace d'une seconde, c'était terminé.

Mon père était mort.

Je ne l'ai ni étreint ni même touché. J'avais trop peur. Dans les jours qui ont suivi, je n'ai pas prononcé un mot. Même lorsque la police m'a interrogé, je suis resté muet. J'étais choqué et mon cerveau ne savait pas comment gérer ce traumatisme. Je n'ai jamais été capable de venger la mort de mon père, si bien que, chaque nuit, je rejoue la scène dans ma tête pour essayer d'assembler les pièces du puzzle. Si je pouvais me souvenir, je ferais payer le connard responsable de sa mort.

Le souvenir d'aujourd'hui, lui, est intact. Me faire planter par Brittany, dégager par sa mère… Une journée merdique !

Paco vide la moitié de sa bière d'un coup et relance la conversation.

— Carmen t'a sacrément amoché, tu sais.

— Comment ça ?

— Depuis votre histoire, tu ne fais plus confiance aux nanas. Prends Brittany Ellis…

— Paco, tout compte fait, passe-moi la Corona.

Je l'attrape, la descends d'une traite et éclate la canette contre le mur.

— Tu n'as sans doute pas envie d'entendre ça, Alex, mais je vais te le dire quand même, que tu sois saoul ou non. Carmen, ton ex latina, sexy et chaude comme la braise, t'a poignardé dans le dos. Alors tu te venges en le faisant payer à Brittany.

J'écoute Paco sans le vouloir tout en attrapant une autre bière.

— Je me venge ?

— Oui, et cela va se retourner méchamment contre toi, mec, parce que, en réalité, tu aimes bien cette jolie Blanche. Admets-le.

Je n'ai aucune envie de l'admettre.

— Je m'intéresse à elle pour le pari.

Paco rit si fort qu'il se casse la figure et termine assis par terre.

— Mon pote, pour te voiler la face, t'es un champion. Tu finis même par croire aux conneries que tu sors. Ces deux filles sont diamétralement opposées.

Je prends une troisième bière. En l'ouvrant, je réfléchis aux différences entre Carmen et Brittany. Carmen a des yeux mystérieux, sombres, sexy. En revanche, ceux de Brittany, d'un bleu clair, presque transparent, lui donnent un regard en apparence innocent. Resteront-ils ainsi lorsque je lui ferai l'amour ?

Merde. Faire l'amour ? Qu'est-ce qui me prend de mettre les mots « amour » et « Brittany » dans la même phrase ? Je suis en train de devenir fou.

Je passe la demi-heure suivante à ingurgiter autant de bières que possible afin de ne plus penser à rien… à rien du tout.

Une voix féminine et familière rompt la confusion qui s'est emparée de moi.

— Tu viens faire la fête à la plage de Danwood ?

J'aperçois des yeux chocolat. Même si j'ai la tête dans le brouillard, je sais malgré tout que le chocolat est à l'opposé du bleu. Je n'aime pas le bleu. Le bleu me perturbe trop. Le chocolat, c'est direct et plus facile à digérer.

Et quand les lèvres de la « femme chocolat » touchent les miennes, y laissant pourtant un goût amer, je ne me soucie plus de rien ; je veux simplement oublier tout ce qui est bleu.

— *Sì*, on va s'éclater. *¡Vamos a gozar !*

Une heure plus tard, j'ai de l'eau jusqu'à la taille. J'ai envie de devenir pirate et de naviguer sur des mers lointaines. Au fond de mon esprit embrumé, devenir pirate me semble une putain de bonne idée. Pas de famille, pas d'ennuis, aucune blonde aux yeux bleus pour me mettre les nerfs en pelote.

Je sens des bras, semblables à des tentacules, m'enlacer.

— À quoi penses-tu, *novio* ?

— À devenir pirate, murmuré-je à la pieuvre qui vient de m'appeler son petit ami.

Les ventouses de la pieuvre m'embrassent le dos et se frayent un chemin vers mon visage. Je n'ai pas peur, je me sens bien.

— Tu seras un pirate et moi une sirène. Tu viendras me sauver.

— Carmen, dis-je à la belle sirène aux yeux marron, soudainement conscient d'être ivre, nu et immergé jusqu'à la taille dans le lac Michigan.

— Chut, on s'amuse.

Carmen me connaît suffisamment bien pour me faire oublier mes problèmes et m'aider à me concentrer sur l'instant présent. Elle paraît incroyablement légère dans l'eau. Mes mains touchent des zones familières ; mon corps se presse contre un terrain connu mais j'ai du mal à me laisser transporter. Et quand je me retourne vers la rive, les bruits de mes potes déchaînés me rappellent que nous avons un public. Ma pieuvre/sirène aime ça.

J'attrape sa main et l'entraîne vers la rive.

Sans faire attention aux commentaires de mes amis, je lui conseille de se couvrir tandis que j'enfile mon jean. Je m'assieds contre un gros rocher et étends mes jambes. Mon ex se pose à califourchon sur moi, comme si nous n'avions jamais rompu et qu'elle ne m'avait jamais trompé. Je me sens piégé.

Elle tire une bouffée d'un truc plus fort que le tabac, qu'elle me passe ensuite. J'ai sous les yeux un petit joint roulé maison.

— C'est juste de l'herbe ?

Je suis complètement fait, je n'ai pas besoin de drogue. J'ai envie de m'évader, pas de mourir.

Elle le porte à mes lèvres.

— C'est un très bon cannabis, de l'Acapulco Gold, *novio*.

Peut-être que cela me permettra d'effacer définitivement ma mémoire et d'oublier les coups de feu, les ex et cette fille qui me prend pour le dernier des losers.

J'attrape le joint et commence à inhaler.

Ma sirène glisse ses mains sur ma poitrine.

— Je peux te rendre heureux, Alex, murmure-t-elle.

Elle est si proche que je peux sentir l'alcool et la *mota* de son souffle.

— Donne-moi une seconde chance.

La drogue et l'alcool m'embrouillent complètement. L'image de Brittany et de Colin se serrant dans les bras l'un de l'autre se forme dans mon esprit et j'attire le corps de Carmen plus près de moi.

Il me faut une fille chaude comme Carmen, ma petite sirène infidèle.

Je n'ai pas besoin d'une fille comme Brittany.

19

BRITTANY

J'ai convaincu Sierra, Doug, Colin, Shane et Darlene de sortir au Club Mystique ce soir, la boîte dont Megan m'a parlé. Elle se trouve à Highland Grove, sur la plage. Colin n'aime pas danser donc je me suis retrouvée sur la piste avec le reste de la bande, dont Troy, qui a un talent fou.

Maintenant, nous voilà chez Sierra, en route pour la plage privée derrière sa maison. Maman sait que je dors chez elle ce soir, alors je n'ai pas besoin de m'inquiéter de mon heure de retour. Tandis que Sierra et moi étalons les couvertures sur la plage, Darlene traîne derrière avec les garçons, qui eux-mêmes déchargent les bières et les bouteilles de vin du coffre de Colin.

— Doug et moi, on a couché ensemble le week-end dernier, lance Sierra.

— Pas possible ?

— Si. Je comptais attendre que nous soyons à la fac mais cela s'est passé naturellement. Ses parents étaient en voyage, alors je suis allée chez lui. Une chose en a entraîné une autre, et nous l'avons fait.

— Wow ! C'était comment ?

— Je ne sais pas. Pour être honnête, plutôt bizarre. Mais il a été tellement adorable après, à me demander encore et encore si je me sentais bien. Puis la nuit même, il est venu m'apporter trois douzaines de roses rouges. J'ai dû mentir à mes parents en disant que c'était notre anniversaire. Je ne pouvais quand même pas leur dire que ces fleurs marquaient la fin de ma virginité. Et toi avec Colin, vous en êtes où ?

— Colin *veut* qu'on couche ensemble.

— Comme *tous* les garçons après quatorze ans. Pour eux, c'est normal.

— Oui mais moi, c'est simple, je… n'en ai pas envie. Pas pour l'instant, du moins.

— Alors dis non.

Plus facile à dire qu'à faire. Pourquoi est-ce si dur pour moi de dire oui ?

— Comment saurais-je que c'est le bon moment ?

— Quand tu arrêteras de me le demander ! Quand tu seras prête, tu auras envie de le faire sans réserve, sans te poser de questions. Les filles *savent* que les garçons ont envie de coucher. C'est donc à nous de passer à l'action ou non. Écoute, ma première fois n'a été ni drôle ni facile. On a fait un peu n'importe quoi et la plupart du temps, je me suis sentie bête. Accepter de commettre des erreurs et se montrer vulnérable, c'est ce qui rend l'acte si beau et si spécial avec la personne qu'on aime.

Serait-ce pour cela que je n'en ai pas envie avec Colin ? Peut-être qu'au plus profond de moi, je ne l'aime pas autant que je le pense. Suis-je capable d'aimer quelqu'un au point d'accepter de me montrer vulnérable ?

— Tyler a rompu avec Darlene, aujourd'hui, me chuchote Sierra. Il s'est mis avec une fille de sa résidence.

À présent, je comprends pourquoi elle a sauté sur Shane ce soir. Elle ne peut pas rester seule. Elle a besoin que les garçons s'intéressent à elle.

La voilà qui arrive avec les autres, ils étendent tous leurs couvertures sur la plage. Darlene attrape Shane par sa chemise et le tire vers elle.

— Si on allait s'embrasser plus loin ? lui propose-t-elle.

Shane, aux belles boucles brunes, ne demande que ça.

Je chuchote à Darlene :

— Ne t'amuse pas avec Shane.

— Et pourquoi ?

— Parce que tu ne l'aimes pas. Ne l'utilise pas. Et ne le laisse pas t'utiliser.

Darlene me repousse.

— Brit, tu vois les choses de manière complètement absurde. Ou alors peut-être veux-tu souligner les imperfections des autres pour demeurer la Reine de la perfection.

Ce n'est pas juste. Je ne cherche pas à souligner ses défauts, mais si je vois qu'elle se fait du mal, je me dois, en tant qu'amie, de l'en empêcher, non ?

Peut-être pas. Nous sommes amies, mais pas super amies. Je ne me sens vraiment proche que de Sierra. Pourquoi donner des conseils à Darlene alors qu'elle ne me renverra jamais l'ascenseur ?

Sierra, Doug, Colin et moi nous asseyons sur les couvertures et discutons du dernier match de football devant le feu de camp que nous venons d'allumer. Nous rions en nous en rappelant tous les ratés et en imitant le coach qui hurle sur les joueurs depuis la ligne de touche. Son visage devient tout rouge quand il s'énerve, et en plus il se met à postillonner. Les joueurs doivent s'écarter pour ne pas être aspergés. Doug est hilarant quand il l'imite.

Quel plaisir d'être avec Colin et mes amis et d'oublier enfin mon binôme de chimie.

Au bout d'un moment, Sierra et Doug partent se promener et je me penche contre Colin ; la lumière des flammes donne au sable un bel éclat. Malgré mes conseils, Darlene et Shane continuent à se bécoter et ne sont toujours pas revenus.

Je m'empare de la bouteille de chardonnay qu'ont achetée les garçons. Eux ont bu de la bière et les filles du vin parce que Sierra ne supporte pas le goût de la bière. Je porte la bouteille à mes lèvres et la termine d'une traite. Je suis un peu sonnée mais j'ai besoin d'oublier toutes mes galères.

— Est-ce que je t'ai manqué cet été ? dis-je à Colin qui caresse mes cheveux.

Je dois être toute décoiffée. Comme j'aimerais être assez saoule pour ne pas m'en soucier.

Colin prend ma main dans la sienne et l'attire vers son entrejambe. Il gémit doucement.

— Oui, beaucoup.

Je retire ma main mais il glisse son bras autour de mes épaules et se met à me peloter. Que Colin me touche ne m'a jamais dérangée mais là, ses mains baladeuses m'énervent, je le trouve obscène. Je hausse les épaules pour qu'il me lâche.

— Qu'est-ce qui ne va pas, Brit ?

— Je ne sais pas.

C'est la vérité. Ma relation avec Colin est tendue depuis que les cours ont repris. Et je ne cesse de penser à Alex, ce qui m'embête plus que tout. Je tends le bras pour attraper une bière.

— Ça me semble forcé. Ne pourrait-on pas rester simplement assis là, tranquillement ?

Colin pousse un grand soupir tragique.

— Brit, j'ai envie qu'on le fasse.

Je tente de boire ma canette cul sec mais finit par en recracher un peu.

— Tu veux dire, maintenant ? Avec nos amis qui peuvent nous voir s'ils tournent la tête ?

— Pourquoi pas ? On a assez attendu.

— Je n'en sais rien, Colin.

Cette conversation me fait peur bien que je sache qu'elle est inévitable.

— Je croyais sans doute que... que ça viendrait naturellement.

— Quoi de plus naturel que de le faire ici, sur le sable ?

— Et les préservatifs ?

— Je me retirerai.

Quel romantisme ! Je stresserai tout du long de tomber enceinte. Ce n'est pas la façon dont j'envisage ma première fois.

— Faire l'amour signifie beaucoup pour moi, dis-je.

— Pour moi aussi. Alors allons-y.

— J'ai l'impression que tu as changé, cet été.

— Peut-être bien. Peut-être que j'ai réalisé que notre relation devait évoluer. Bon sang, Brit ! Depuis quand les terminales restent vierges, putain. Tout le monde croit que nous l'avons fait alors pourquoi ne pas le faire ? Merde à la fin, tu laisses même croire que ce mec, Fuentes, pourrait te mettre dans son lit.

Je sens mon cœur battre violemment.

— Tu crois que je préférerais coucher avec Alex plutôt qu'avec toi ?

J'en ai les larmes aux yeux. J'ignore si c'est l'alcool qui me rend émotive ou si je pleure parce qu'il a visé juste. Je pense à mon binôme. Je m'en veux terriblement de penser à lui et j'en veux terriblement à Colin pour sa remarque.

— Et Darlene, alors ? Je jette un œil autour de nous pour m'assurer qu'elle n'est pas dans les parages : Vous formez un mignon petit couple en cours de chimie.

— Ne commence pas, Brit. Oui, certaines filles font attention à moi en chimie. Toi, par contre, tu es trop occupée à t'engueuler avec Fuentes. Tout le monde a compris que c'est un jeu de séduction.

— Ce n'est pas juste, Colin.

— Que se passe-t-il ? demande Sierra, surgissant avec Doug de derrière un grand rocher.

— Rien… Je me lève, mes sandales à la main : Je rentre à la maison.

Sierra attrape mon sac.

— Je t'accompagne.

— Non.

Je me sens légère, enfin. J'ai l'impression de perdre le contrôle de mon corps et j'adore ça.

— Je n'ai ni envie, ni besoin, de personne. Je vais marcher.

— Elle est ivre, commente Doug en lorgnant la bouteille vide et la canette de bière à mes pieds.

— C'est pas vrai !

J'attrape une autre bière et l'ouvre en commençant à marcher sur la plage.

— Je ne veux pas que tu partes seule, insiste Sierra.

— Fiche-moi la paix. J'ai besoin de faire le point.

— Brit, reviens, lance Colin sans même se lever.

— Ne dépasse pas la quatrième jetée, me prévient Sierra. C'est dangereux.

Qu'importe s'il m'arrive quelque chose. Colin s'en fiche. Mes parents aussi, d'ailleurs.

Je ferme les yeux, le sable s'infiltre entre mes doigts de pied, je respire le parfum de la brise fraîche du lac Michigan qui me caresse le visage, et bois une autre gorgée de bière. Tout disparaît, hormis le sable et la bière, et je continue de marcher, m'arrêtant de temps à autre pour admirer les reflets de la lune sur l'eau noire du lac.

J'ai dépassé deux jetées. Ou peut-être trois. Quoi qu'il en soit, la route est courte jusqu'à chez moi, moins d'un kilomètre. Ce n'est pas la première fois que je fais ça.

Le sable sous mes pieds me procure une sensation si agréable. J'entends de la musique au loin. J'adore la musique. Les yeux clos, mon corps se met à bouger au rythme d'une chanson inconnue.

Je n'ai pas réalisé la distance que j'ai parcourue en marchant et en dansant ; soudain, je me fige sur place en entendant des rires et des voix parler en espagnol. Au vu de ceux portant un bandana rouge et noir en face de moi, pas de doute : j'ai dépassé la quatrième jetée.

— Hé, regardez, tout le monde ! C'est Brittany Ellis, la plus sexy des pom-pom girls de Fairfield. Viens par là, *mamacita*. Danse avec moi.

Désespérée, je sonde la foule à la recherche d'un visage connu ou amical. Alex. Il est là. Et Carmen Sanchez est assise sur ses genoux.

Le type qui m'a demandé de danser avec lui s'avance.

— Tu ne sais pas que cette partie de la plage est réservée aux *Mexicanos* ? À moins que tu ne sois en quête d'un peu de chair brune.

— Laisse-moi tranquille !

Je n'arrive pas à articuler.

— Tu te crois trop bonne pour moi ?

Il se rapproche encore, le regard haineux. La musique s'arrête.

Je recule en vacillant. Je suis assez lucide pour saisir le danger.

— Javier, arrête !

Alex parle d'une voix posée. C'est un ordre. Alex, en train de caresser l'épaule de Carmen, ses lèvres à quelques centimètres de sa peau. Je chancelle. C'est un cauchemar, je dois m'enfuir, vite.

Je me mets à courir sous les rires du gang qui résonnent à mes oreilles. J'aimerais courir plus vite, mais je suis trop bouleversée.

— Brittany, attends ! crie une voix derrière moi.

Je me retourne et tombe nez à nez avec le garçon qui hante mes rêves… jour et nuit.

Alex.

Le garçon que je déteste.

Celui que je suis incapable de chasser de mon esprit, quelle que soit la quantité d'alcool que j'ingurgite.

— Oublie Javier. Parfois, il se laisse emporter en voulant jouer les caïds.

Je suis complètement paralysée. Il s'approche de moi et essuie une larme sur ma joue.

— Ne pleure pas. Je ne l'aurais pas laissé te faire de mal.

Et si je lui disais que je n'ai pas peur d'avoir mal ? J'ai seulement peur de perdre le contrôle. Nous sommes plutôt loin de ses amis. Ils ne peuvent ni me voir ni m'entendre.

— Qu'est-ce qui te plaît chez Carmen ? J'ai la tête qui tourne et je trébuche dans le sable : Elle est tellement méchante.

Il tend la main pour m'aider mais je me recule et il la remet dans sa poche.

— Qu'est-ce que ça peut te foutre ? Tu m'as posé un lapin de toute façon.

— J'étais occupée.

— À te laver les cheveux ou à te faire une manucure ?

Ou à me faire littéralement arracher les cheveux par ma sœur et engueuler par ma mère ?

— Tu es un connard, dis-je en lui martelant la poitrine.

— Et toi une connasse. Une connasse avec un sourire à tomber et des yeux à rendre dingue n'importe quel mec, balbutie-t-il comme s'il voulait ravaler ses mots.

Avec lui, je m'attendais à tout, sauf à ça. Je remarque alors ses yeux injectés de sang.

— Alex, tu es défoncé.

— Oui et tu n'as pas l'air très fraîche non plus. Peut-être que c'est le bon moment pour régler ta dette et m'embrasser.

— Sûrement pas.

— *¿Por qué no ?* Tu as peur que ça te plaise tellement que tu en oublieras ton copain ?

Embrasser Alex ? Jamais de la vie. D'accord, j'y ai pensé. Souvent. Plus que je n'aurais dû. Il a des lèvres charnues, accueillantes. Mon Dieu, il a raison, je suis ivre. Et je ne me sens vraiment pas bien. Finie l'insouciance, bonjour la folie : je pense à des choses auxquelles je ne devrais pas penser, comme au goût de sa bouche sur la mienne.

— Très bien. Alex, embrasse-moi, dis-je en me rapprochant et me penchant vers lui. Alors nous serons quittes.

Ses mains serrent mes bras. C'est parti : je vais enfin connaître l'effet que cela fait d'embrasser Alex Fuentes. C'est un garçon dangereux qui se fiche de moi. Mais c'est un garçon sexy, mystérieux et magnifique. Si près de moi, il me fait tourner la tête et tressaillir d'excitation. Je glisse mon doigt dans un des passants de son jean pour me stabiliser. J'ai l'impression d'être dans un manège.

— Tu vas être malade, déclare Alex.

— Mais non. Je... profite de notre balade.

— On est à l'arrêt là.

— Ah...

Je suis totalement perdue. Je concentre mon attention sur mes pieds. On dirait qu'ils se détachent du sol, qu'ils flottent au-dessus du sable.

— Je suis un peu étourdie, c'est tout. Je vais bien.

— Ben voyons.

— Si tu arrêtais de bouger aussi, ça irait mieux.

— Je ne bouge pas. Et pardon de t'annoncer la mauvaise nouvelle, *mamacita*, mais tu es sur le point de gerber.

Il a raison. J'ai l'estomac qui se soulève. Alex me tient le torse d'une main, les cheveux de l'autre, alors que je vomis. Et que je vomis encore. D'horribles gargouillements sortent de ma bouche mais je suis trop saoule pour y faire attention.

— Regarde, dis-je entre deux spasmes. Mon dîner s'étale partout sur ta chaussure.

20

ALEX

J e baisse les yeux vers mes pompes.
— On m'a déjà fait pire.

Elle se redresse et je lâche ses cheveux que je n'ai pas pu m'empêcher de protéger. J'essaie de ne pas penser à la manière dont ils glissent entre mes doigts, pareils à des fils de soie. Je m'imagine en pirate l'emportant sur mon navire. Quoique je ne sois pas un pirate, ni elle une princesse captive. Nous ne sommes que deux ados qui se détestent, soi-disant…

J'enlève mon bandana.

— Tiens, essuie-toi.

Elle le prend et se tapote la bouche avec, comme s'il s'agissait d'une serviette d'un grand restaurant, pendant que je nettoie ma chaussure dans l'eau glacée.

Je ne sais pas quoi dire ni quoi faire. Je suis seul… avec Brittany Ellis ivre morte. Je n'ai pas l'habitude de me retrouver seul avec des Blanches bourrées, encore moins avec une qui m'excite. Soit je profite d'elle et gagne le pari, ce qui serait un jeu d'enfant vu son état, soit…

— On va trouver quelqu'un pour te ramener en voiture.

Je préfère lui proposer cela avant que mon esprit tordu ne trouve un million de façons de me la faire ce soir. Et puis, je suis bourré et défoncé. Quand je couche avec une fille, je veux être en possession de toutes mes facultés.

Elle se mord les lèvres et fait une moue de petite fille.

— Non, je ne veux pas aller à la maison. N'importe où, mais pas à la maison.

Ô mon Dieu ! Je suis mal barré. *Tengo un problema grande.*

Elle lève ses yeux vers moi, des yeux qui brillent dans le clair de lune comme deux pierres précieuses.

— Colin croit que j'ai envie de toi, tu sais. Selon lui, on se dispute pour se séduire.

— Et selon toi ?

Je retiens mon souffle en attendant sa réponse. Je prie, je prie pour m'en souvenir demain matin.

Elle dresse un doigt en l'air.

— Une seconde.

Puis elle s'agenouille et vomit une nouvelle fois. Quand elle a terminé, elle est trop faible pour marcher. Je décide de la porter jusqu'à l'immense feu de camp que mes amis ont allumé. Alors qu'elle m'entoure le cou de ses bras, je sens qu'elle a besoin d'un véritable héros, dans sa vie. Colin n'en est certainement pas un. Moi non plus d'ailleurs. On m'a dit que pendant son année de seconde, avant Colin, elle était sortie avec un élève de première. Cette fille doit avoir une sacrée expérience. Alors pourquoi semble-t-elle si innocente à ce moment précis ? Sexy comme jamais, mais innocente.

Tous les regards se tournent vers moi à mesure que j'avance vers le groupe. Ils me voient avec une Blanche, riche et sans défense, dans les bras et imaginent tout de suite le pire. Car oui, ma binôme n'a rien trouvé de mieux que de s'endormir dans mes bras.

— Qu'est-ce que tu lui as fait ? demande Paco.

Lucky se lève, la rage au ventre.

— Merde, Alex ! Est-ce que j'ai paumé ma RX-7 ?

— Non, abruti. Je ne me tape pas les filles évanouies.

Du coin de l'œil, j'aperçois une Carmen explosive. Merde. Je l'ai royalement abandonnée ce soir. Je m'approche alors d'Isabel.

— Isa, j'ai besoin de toi.

— Qu'est-ce que tu veux que je fasse d'elle ?

— Aide-moi à l'emmener loin d'ici. Je suis saoul et je ne peux pas conduire.

Isa hoche la tête.

— Tu es au courant qu'elle a un copain ? Et qu'elle est riche. Et blanche. Et porte des vêtements de marques que tu ne pourras jamais te payer.

Oui, je sais tout ça. Et j'en ai ras le bol qu'on me le rappelle sans cesse.

— J'ai besoin de ton aide, Isa, pas d'une leçon de morale. Paco s'en est déjà chargé.

— Je mets les points sur les i, c'est tout. Tu es un gars intelligent, Alex, réfléchis. Peu importe à quel point tu la désires, elle n'appartient pas à notre milieu. Un triangle ne rentre pas dans un carré. À présent, je me tais.

— *Gracias*.

J'évite d'ajouter que si le carré est assez grand, un petit triangle peut parfaitement rentrer dedans. Il faut juste procéder à quelques ajustements. Mais je suis trop saoul et défoncé pour expliquer ça maintenant.

— Je suis garée de l'autre côté de la rue, dit Isa avant de pousser un grand soupir de frustration. Viens.

Je la suis jusqu'à sa voiture, priant pour qu'on marche en silence. Pas de bol.

— J'étais déjà en cours avec elle, l'année dernière, dit-elle.

— Ah, ah !

Elle hausse les épaules.

— C'est une gentille fille. Mais elle met trop de maquillage.

— La plupart des autres nanas la détestent.

— La plupart des autres nanas rêvent de lui ressembler. Et rêveraient d'avoir son argent et son copain.

Je pile et la regarde, dégoûté.

— Tête d'Âne ?

— Sois honnête, Alex. Colin Adams est mignon, c'est le capitaine de l'équipe de football et le héros de Fairfield. Toi, tu te prends pour Danny Zuko dans *Grease*. Tu fumes, tu fais partie d'un gang et tu es sorti avec les pires tigresses du coin. Brittany, elle, ressemble à Sandy... une Sandy qui ne se montrera jamais au lycée en veste de cuir noir, avec une clope au bec. Oublie ce fantasme.

J'étends mon fantasme sur la banquette arrière de la voiture et me glisse à ses côtés. Brittany se blottit contre moi, comme sur un coussin, ses boucles dorées éparpillées sur mon entrejambe. Je ferme les yeux une seconde pour m'enlever cette image de la tête. Et je ne sais pas quoi faire de mes mains. La droite est plaquée contre l'accoudoir de la portière et la gauche reste suspendue au-dessus du corps de Brittany.

J'hésite. Qu'est-ce que j'ai ? Je ne suis plus puceau. Je suis un garçon de dix-huit ans, capable de gérer la présence d'une jolie fille sexy, évanouie à côté de lui. Pourquoi ai-je si peur de poser mon bras à un endroit confortable, comme ses hanches, par exemple ?

Je retiens ma respiration en posant ma main sur elle. Elle se blottit encore davantage et je me sens à la fois bizarre et soulagé. Soit je subis les effets du joint, soit... Je n'ai pas envie de penser à l'autre option. Ses longs cheveux m'enveloppent les cuisses. Sans réfléchir, je passe ma main à travers et observe les fils de soie tomber lentement entre mes doigts. Soudain, je stoppe mon geste. Il y a une énorme zone chauve et irritée à l'arrière de son crâne. Comme si elle s'en était arraché une touffe entière.

Alors qu'Isa sort en marche arrière, Paco l'arrête et saute sur le siège passager. Je remets rapidement les cheveux de Brittany en place. Pourquoi ? Je ne sais pas, et pour le moment, je ne suis pas en mesure de réfléchir. Ce serait trop douloureux.

— Salut tout le monde. Je pensais me joindre à vous, lance Paco.

Il se retourne et aperçoit mon bras sur Brittany. Visiblement écœuré, il secoue la tête.

— La ferme.

— Je n'ai rien dit.

Un téléphone sonne. Je le sens vibrer à travers le pantalon de Brittany.

— C'est le sien, dis-je aux deux autres.

— Réponds, m'ordonne Isa.

J'ai déjà l'impression d'avoir séquestré cette fille, maintenant il faudrait que je réponde à ses appels ? Merde. Je la fais légèrement rouler sur le côté et sens la bosse dans sa poche arrière.

— *Contesta,* répète Isa en chuchotant.

— C'est ce que je fais.

Je fouille sa poche avec des doigts engourdis.

— Laisse-moi faire, s'exclame Paco qui se penche vers la banquette arrière et tend le bras vers le cul de Brittany.

Je lui mets un grand coup sur la main.

— Enlève tes sales pattes !

— C'est bon, mec. Je voulais juste t'aider.

Je le foudroie du regard.

Mes doigts plongés dans sa poche arrière, j'essaie de ne pas penser à ce que je ressentirais si elle n'avait pas son jean. Je ressors le portable qui continue de vibrer.

— C'est sa copine Sierra.

— Réponds, dit Paco.

— *¿Estás loco, güey ?* Je ne parle pas à ces gens.

— Alors pourquoi as-tu sorti son téléphone ?

Bonne question, à laquelle je suis incapable de répondre.

— Voilà ce qui arrive quand on s'intéresse à un carré, dit Isa.

— On devrait la ramener chez elle, propose Paco. Tu ne peux pas la garder avec toi.

Je sais. Mais je ne suis pas prêt à me séparer d'elle.

— Isa, ramène-la chez toi.

21

BRITTANY

J e vis un cauchemar : j'ai l'impression qu'un millier de nains me martèlent le crâne à coups de pioche. Quand j'ouvre les yeux, la lumière éclatante me brûle le visage. Je me suis réveillée mais les nains sont toujours là.

— Tu as la gueule de bois, m'annonce une voix féminine.

Je cligne des yeux et aperçois Isabel qui se tient au-dessus de moi. Apparemment, nous sommes dans une petite chambre aux murs jaune pastel. Par la fenêtre ouverte, le vent soulève des rideaux du même jaune. Impossible que ce soit chez moi : nous n'ouvrons jamais les fenêtres. Nous gardons toujours la climatisation ou le chauffage allumés.

Je plisse les yeux.

— Où suis-je ?

— Chez moi. Si j'étais toi, je resterais allongée. Tu risques de vomir de nouveau et mes parents seront furieux si tu salis la moquette. Heureusement pour nous, ils sont en voyage, donc je suis seule à la maison jusqu'à ce soir.

— Comment ai-je atterri ici ?

La dernière chose dont je me souvienne, c'est d'avoir commencé à marcher vers la maison...

— Tu as perdu connaissance à la plage. Alex et moi t'avons amenée ici.

Au nom d'« Alex », j'ouvre grand les yeux. Je me souviens vaguement d'avoir bu, puis d'avoir marché sur le sable et trouvé Alex et Carmen ensemble. Ensuite Alex et moi...

Est-ce que je l'aurais embrassé ? Je me rappelle m'être penchée vers lui, mais après...

J'ai vomi. Je me souviens précisément d'avoir vomi. Cela ne correspond pas vraiment à l'image parfaite que je veux me donner. Je m'assois lentement, priant pour que ma tête s'arrête enfin de tourner.

— Est-ce que j'ai fait des bêtises ?

— Je n'en suis pas sûre. Alex ne laissait personne s'approcher de toi. Tu as perdu connaissance dans ses bras, à toi de voir si c'est une bêtise ou non.

Je plonge ma tête dans mes mains.

— Oh ! non. Isabel, je t'en supplie, n'en parle à personne de notre équipe.

Elle sourit.

— Ne t'inquiète pas. Je ne dirai à personne que Brittany Ellis est en fin de compte un être humain.

— Pourquoi es-tu aussi gentille avec moi ? Tu m'as défendue devant Carmen. Et tu me laisses dormir chez toi alors même que tu as été très claire : nous ne sommes pas amies.

— Carmen et moi sommes ennemies depuis très longtemps. Je ferais n'importe quoi pour l'emmerder. Elle ne supporte pas l'idée qu'Alex ne soit plus son petit ami.

— Pourquoi ont-ils rompu ?

— Tu n'as qu'à lui demander, il dort sur le canapé du salon. Il a perdu connaissance après t'avoir portée jusqu'à mon lit.

Oh ! non. Alex est là, chez Isabel.

— Il t'aime bien, tu sais, ajoute Isabel en scrutant ses ongles.

Tout à coup, j'ai les nerfs à vif.

— Ce n'est pas vrai, lui dis-je malgré l'envie de lui demander plus de détails.

— Je t'en prie. Tu le sais, même si tu ne veux pas l'admettre.

— Pour quelqu'un qui prétend que nous ne serons jamais amies, tu partages beaucoup de choses avec moi ce matin.

— Pour être honnête, je préférerais que tu sois la connasse dont parlent certains.

— Pourquoi ?

— C'est plus facile de détester quelqu'un qui a tout pour elle.

Un petit rire cynique m'échappe. Je ne vais tout de même pas lui dire la vérité, que ma vie se dérobe sous mes pieds comme le sable, hier soir.

— Je dois rentrer.

Je palpe ma poche arrière.

— Où est mon portable ? Et mon sac ?

— Alex les a, je crois.

Filer à l'anglaise sans lui parler n'est donc pas envisageable. Je titube hors de la chambre pour le rejoindre, luttant pour que les nains reposent leurs pioches.

Alex est allongé sur un vieux canapé, vêtu de son seul pantalon. Il a les yeux ouverts mais rougis et vitreux à cause de la fatigue.

— Salut, me dit-il amicalement en s'étirant.

Mon Dieu ! Je suis dans de sales draps : je n'arrête pas de le fixer. Je ne peux pas m'empêcher d'admirer ses muscles saillants, ses biceps, ses triceps, et tous ses autres « eps » possibles. Mes nerfs s'agitent encore plus quand mon regard en balade croise le sien.

— Salut, fais-je. Je, euh, dois sans doute te remercier de m'avoir ramenée ici plutôt que de m'avoir laissée évanouie sur la plage.

Son regard ne faiblit pas.

— La nuit dernière, j'ai réalisé quelque chose. Toi et moi, nous ne sommes pas si différents. Tu joues un jeu, tout comme moi. Tu utilises ton apparence, tes formes et ta tête pour t'assurer d'avoir toujours le contrôle de ta vie.

— Alex, j'ai la gueule de bois. Je suis incapable de penser normalement et toi, tu me sors ton analyse psychologique.

— Tu vois ? Tu joues encore un jeu. Sois honnête avec moi, *mamacita*. Je te mets au défi.

Il blague ? Être honnête ? Impossible. Si je cède, je me mettrai à pleurer et craquerai sans doute au point de déballer toute la vérité : je me crée une image de fille parfaite pour me cacher.

— Je ferais mieux de rentrer à la maison.

— Avant de partir, tu devrais faire un tour dans la salle de bains.

Je jette un œil à mon reflet dans le miroir accroché au mur.

— Oh ! merde !

Mon mascara noir forme des paquets sous mes yeux et il a dégouliné sur mes joues. J'ai l'air d'un cadavre. Mes cheveux ressemblent à un nid d'oiseau. Et puis mon visage est d'une pâleur extrême, avec de gros cernes sous les yeux.

En bref, c'est pas joli joli.

J'imbibe du papier-toilette que je frotte sous mes yeux et sur mes joues jusqu'à ce que les traces disparaissent. J'aurais besoin d'un véritable démaquillant pour les effacer entièrement. En plus maman m'a prévenu que frotter le contour de mes yeux ne fera qu'étirer ma peau et la rider prématurément. J'asperge mon visage d'eau froide.

Il s'agit uniquement de limiter les dégâts et de prier pour que personne ne remarque mon état. Je me peigne avec les doigts, sans résultat probant.

Enfin je me rince la bouche et passe un peu de dentifrice sur mes dents pour en retirer au maximum le mélange de vomi, sommeil et ivresse de la nuit dernière, jusqu'à mon retour à la maison.

Si seulement j'avais du gloss sur moi...

Épaules redressées et tête haute, j'ouvre la porte et retourne dans le salon. Isabel part alors dans sa chambre et Alex se met debout.

— Où est mon portable ? Et s'il te plaît, enfile un T-shirt.

Il se penche pour attraper mon téléphone par terre.

— Pourquoi ?

— Je veux mon téléphone, dis-je en le lui prenant des mains, pour appeler un taxi et je veux que tu t'habilles pour, eh bien, euh...

— Tu n'as jamais vu de garçon torse nu ?

— Ha, ha. Très drôle. Crois-moi, il n'y a rien chez toi que je n'ai déjà vu avant.

— Tu veux parier ?

Alex baisse ses mains vers son jean qu'il commence à déboutonner.

Isabel entre à cet instant précis.

— Wow, Alex ! Garde ton pantalon, tu veux.

Je lève les mains en l'air à la seconde où elle se tourne vers moi.

— Ne me regarde pas comme ça. J'étais sur le point d'appeler un taxi quand il...

— Oublie le taxi. Je vais te raccompagner, dit Isabel en sortant un jeu de clés de son sac.

— *Je* vais la raccompagner, intervient Alex.

— Tu préfères que ce soit moi ou Alex qui te conduise ?

J'ai un petit ami. D'accord, j'avoue que chaque fois qu'Alex me regarde, une vague de chaleur submerge mon corps. Mais c'est normal. Nous sommes deux adolescents entre lesquels vibre une tension sexuelle évidente. Tant que je ne me laisse pas aller, tout ira bien. Sinon, il y aurait d'horribles conséquences. Je perdrais Colin. Je perdrais mes amis. Je perdrais le contrôle de ma vie. Pire que tout, je perdrais le peu d'amour qu'il me reste de ma mère.

Mon image parfaite régit son amour pour moi. Si ses amies du country club me voient avec Alex, ma mère sera rapidement marginalisée. Si ses amies la rejettent, elle me rejettera à son tour. Je ne peux pas prendre ce risque. Voilà le vrai destin de Brittany Ellis.

— Isabel, ramène-moi à la maison.

Alex secoue légèrement la tête, attrape son T-shirt et ses clés puis s'empresse de partir, sans un mot. J'entends alors le bruit de sa moto qui s'éloigne.

Je suis silencieusement Isabel jusqu'à sa voiture puis lui demande :

— Alex est plus qu'un ami pour toi ?

— C'est plutôt un frère. Nous nous connaissons depuis l'enfance.

Est-ce qu'elle me dit la vérité ?

— Tu ne le trouves pas canon ?

— Je le connais depuis qu'il a pleuré parce que sa glace était tombée dans la rue quand nous avions quatre ans. J'étais là quand, bref... retiens simplement qu'on a vécu énormément de choses ensemble.

— Quelles choses ?

— Ça ne te regarde pas.

D'un seul coup, je sens un mur invisible se dresser entre nous.

— Notre amitié s'arrête donc ici ?

Elle m'observe du coin de l'œil.

— Notre amitié ne fait que commencer, Brittany. N'insiste pas.

Nous arrivons chez moi.

Isabel arrête la voiture sans se donner la peine de se garer dans l'allée. Je la regarde. Elle me regarde. S'attend-elle que je l'invite à l'intérieur ? Je ne laisse même pas entrer mes amis proches.

— Merci de m'avoir raccompagnée et accueillie.

Isabel esquisse un faible sourire.

— Pas de problème.

Je m'agrippe à la poignée de la portière.

— Je ne laisserai rien arriver entre Alex et moi, d'accord ?

Même si, malgré les apparences, il se passe déjà quelque chose.

— Bien. Parce que sinon, cela vous explosera à la figure.

Les nains se remettent à cogner et je suis incapable de réfléchir à son avertissement.

Dans la maison, maman et papa sont assis dans la cuisine. Tout est calme. Trop calme. Des papiers sont éparpillés devant eux. On dirait des brochures. Ils se redressent brutalement, comme des petits enfants qu'on aurait pris la main dans le sac.

— Je… je te croyais tou… toujours… chez Sierra, bredouille maman.

Mon sang ne fait qu'un tour. Maman ne bafouille *jamais*. Et puis elle ne me fait aucun commentaire sur mon apparence. C'est mauvais signe.

— J'y étais mais j'ai été prise d'un mal de crâne atroce.

Je m'avance et me concentre sur les brochures suspectes auxquelles s'intéressent mes parents.

La Maison du Soleil : centre pour personnes handicapées.

— Qu'est-ce que vous faites ?

— Nous envisageons toutes les possibilités, répond papa.

— Les possibilités ? Est-ce qu'on ne s'est pas déjà tous mis d'accord sur le fait qu'éloigner Shelley était une mauvaise idée ?

— Non, intervient maman. *Tu* as décidé que c'était une mauvaise idée. Nous en discutons toujours.

— L'année prochaine, j'irai à Northwestern pour pouvoir vivre ici et vous aider.

— L'année prochaine, renchérit papa, tu devras te concentrer sur tes études, pas sur ta sœur. Brittany, écoute. Il faut vraiment que nous envisagions cette possibilité. Après ce qui s'est passé hier...

— Stop ! Jamais je ne vous laisserai placer ma sœur dans une institution.

Je saisis les brochures sur la table. Shelley a besoin de vivre avec sa famille, pas dans une institution et entourée d'inconnus. Je déchire les fascicules, les jette à la poubelle et cours dans ma chambre.

— Ouvre la porte, Brit, ordonne maman, une minute plus tard, en agitant la poignée.

Je suis assise au bord de mon lit, bouleversée à l'idée que ma sœur soit chassée de la maison. C'est inacceptable. Rien que d'y penser, j'en suis malade.

— Tu n'as même pas formé Baghda. C'est comme si tu avais voulu envoyer Shelley dans un centre spécialisé, depuis le début...

Je ne le leur permettrai jamais. Je ferai tout mon possible pour garder ma sœur ici.

— Ne sois pas ridicule, dit ma mère d'une voix étouffée à travers la porte. Il y a un nouveau centre qui s'est ouvert dans le Colorado. Si tu ouvres cette porte, on pourra en parler entre gens civilisés.

— Je ne veux pas d'une conversation entre gens civilisés. Vous voulez envoyer ma sœur dans une *institution* derrière mon dos ! Pas question d'en parler. Fiche-moi la paix, compris ?

Quelque chose ressort de ma poche : le bandana d'Alex. Isabel n'est peut-être pas une amie mais elle m'a bien aidée. Et Alex, le garçon qui a fait plus attention à moi que mon propre copain, la nuit dernière, s'est comporté en héros et me pousse à dévoiler mon vrai moi. Mais en suis-je seulement capable ?

Je presse le bandana contre ma poitrine.

Et, enfin, je fonds en larmes.

22
ALEX

Elle m'a appelé. Sans le petit morceau de papier déchiré avec son nom et son numéro gribouillés par mon frère Luis, je n'aurais jamais cru que Brittany ait vraiment composé mon numéro. Toutes mes questions à Luis ont été vaines ; il a la mémoire d'un poisson rouge et ne se souvenait même pas d'avoir pris l'appel. Il m'a simplement dit que je devais la rappeler.

C'était hier après-midi, quand elle n'avait pas encore vomi sur ma chaussure et perdu connaissance dans mes bras.

Quand je lui ai dit d'être honnête, j'ai bien vu qu'elle avait peur. Mais de quoi ? Mon objectif, à présent, est de briser son mur de perfection. Elle vaut certainement plus que ses boucles blondes et son corps de rêve. Elle a des secrets qu'elle emportera sans doute dans sa tombe et d'autres qu'elle meurt d'envie de partager. Cette fille est une énigme, et je n'ai qu'une obsession, lever le voile de son mystère. J'étais sérieux en lui disant que nous n'étions pas si différents. Le lien qui existe entre nous ne disparaîtra pas, il ne peut que se renforcer. Plus je passe de temps avec elle, plus je me sens proche d'elle.

J'ai une soudaine envie de lui téléphoner, juste pour entendre sa voix, même si elle ne fera que cracher son venin sur moi. J'enregistre son numéro.

— T'appelles qui ?

Paco déboule chez moi sans même sonner ni frapper à la porte, accompagné d'Isa.

Je referme mon portable.

— *Nadie*.

— Alors lève ton cul de ce canapé et viens faire une partie.

Jouer au foot, ce sera toujours mieux que de rester assis ici, obsédé par Brittany et ses secrets, même si je subis encore les effets de la fête d'hier. Nous allons donc au parc où plusieurs gars s'échauffent déjà. Mario, un type de ma classe dont le frère a été tué par balle l'an dernier, me tape dans le dos.

— Tu fais le gardien de but, Alex ?

— Non.

Je suis plutôt du genre offensif, au foot comme dans la vie.

— Et toi, Paco ?

Paco est d'accord et se met en position, c'est-à-dire qu'il pose ses fesses devant la ligne de but. Comme d'habitude, cette flemmasse ne va pas se lever tant que le ballon ne se rapprochera pas de sa cage.

La plupart des joueurs viennent de mon quartier. Nous avons grandi ensemble, joué ensemble sur ce terrain depuis que nous sommes petits, et intégré le Latino Blood en même temps. Avant que je ne sois enrôlé, je me souviens que Lucky nous racontait qu'être dans un gang, c'était comme avoir une deuxième famille… une famille qui serait là si la première faisait défaut. Le gang offrirait protection et sécurité. Parfait pour un gosse qui avait perdu son père.

Au fil des ans, j'ai appris à faire abstraction des mauvaises choses : les passages à tabac, les trafics de drogue, les coups de feu quand ça tourne mal. J'en connais qui ont essayé d'en sortir, qu'on a retrouvés morts ou battus si violemment par leur propre gang qu'ils auraient probablement préféré mourir. En toute honnêteté, j'aime mieux éviter de penser à tout cela ; ça me fout les boules.

Nous prenons chacun notre place sur le terrain. J'imagine alors que le ballon contient un trésor. Si je le tiens éloigné de tous les autres et que je le tire dans la cage adverse, je deviendrais, comme par magie, un homme riche et puissant qui pourra emmener sa famille (et Paco) loin de ce quartier infernal.

Il y a de très bons joueurs dans chaque équipe. Nos adversaires ont un avantage puisque Paco nous sert de gardien et se gratte les parties à l'autre bout du terrain.

— Hé, Paco ! Arrête de te toucher ! crie Mario.

Paco ne trouve rien de mieux que de s'agripper les parties et de rigoler. Chris tire dans le ballon et marque.

Mario le récupère à l'intérieur des buts et le jette sur Paco.

— Si tu t'intéressais autant au match qu'à tes *huevos*, ils n'auraient pas marqué.

— J'y peux rien si elles me grattent, mec. Ta copine a dû me refiler des morpions hier soir.

Mario éclate de rire, ne croyant pas une seule seconde que sa copine ait pu le tromper avec lui. Paco lance le ballon à Mario, qui le passe à Lucky. Lucky parcourt une bonne distance avec et me le passe. J'ai une chance de marquer. Je dribble encore un peu, m'arrêtant seulement pour jauger la distance qu'il me reste à franchir avant de pouvoir tirer. Je fais une feinte à gauche et passe le ballon à Mario qui me le rend. D'un grand coup de pied, le ballon fuse : on a marqué.

— Buuuuuuuut, chante l'équipe, tandis que Mario me tape dans la main.

Notre triomphe tourne court. Une voiture suspecte, une Escalade bleue, remonte la rue.

— Tu la reconnais ? me demande Mario, tendu.

Le match est suspendu ; ça sent l'embrouille, tout le monde s'en rend compte.

— C'est peut-être l'heure des représailles.

Je ne quitte pas la voiture des yeux. Elle stoppe. Nous nous attendons tous à en voir sortir quelque chose ou quelqu'un. Nous nous tenons prêts à réagir.

Prêts à tout sauf à ça : mon frère Carlos descend de la voiture avec un autre type, Wil. Sa mère embauche de nouvelles recrues pour le Blood. Mon frère a intérêt à ne pas en faire partie. Si je suis dans le gang, c'est pour qu'il n'ait pas besoin d'y être. Quand un membre de la famille travaille pour le gang, les autres sont protégés. Moi, j'y suis. Carlos et Luis restent en dehors et je ferais n'importe quoi pour que cela continue.

Je m'avance vers Wil.

— Nouvelle voiture ?

— C'est celle de ma mère.

— Jolie.

Je me tourne vers mon frère.

— Vous étiez où, tous les deux ?

Carlos s'appuie contre la voiture, comme si ce n'était pas grave de traîner avec Wil. Ce mec-là a été initié récemment et maintenant, il se prend pour un caïd.

— Au centre commercial. Il y a un nouveau magasin de guitares génial. Hector est venu et…

— Hector ?

La dernière chose que je veux, c'est que mon frère se mette à fréquenter Hector.

Wil, vêtu d'un grand T-shirt flottant par-dessus son pantalon, claque l'épaule de Carlos pour qu'il se taise. Mon frère lui obéit. Je lui botterai le cul jusqu'au Mexique s'il osait seulement envisager de rejoindre le Blood.

— Fuentes, tu continues ou pas ? crie un gars sur le terrain.

Masquant ma colère, je me tourne vers mon frère et ce copain qui risque de l'entraîner du mauvais côté.

— Vous jouez ?

— Non, répond Wil. On va traîner chez moi.

Je hausse les épaules pour donner le change et uniquement pour donner le change. *¡Qué me importa !* Je ne peux pas me permettre de faire une scène, on le rapporterait à Hector et il pourrait remettre ma loyauté en question.

Parfois, j'ai l'impression que ma vie est un gigantesque mensonge.

Carlos part avec Wil. Cela me rend fou, d'autant qu'en plus je n'arrive toujours pas à chasser Brittany de mon esprit. Le match reprend et je me déchaîne. Les joueurs de l'équipe adverse ne sont plus des copains mais des ennemis qui se mettent en travers de mon chemin. Je fonce sur le ballon.

— Faute ! crie le cousin d'un de mes amis lorsque je lui rentre dedans.

— Il n'y a *pas* faute.

— Tu m'as poussé.

— Fais pas ta *panocha*.

Je me rends bien compte que je vais trop loin. J'ai envie d'une baston. Je ne cherche que ça et il le sait.

— Tu veux te battre, *pendejo* ?

— Viens, si tu l'oses.

Paco s'interpose.

— Alex, calme-toi, mec.

— Battez-vous ou venez jouer ! lance un joueur.

— D'après lui, j'ai fait une faute, dis-je.

Paco hausse les épaules avec désinvolture.

— Il a raison.

Bon, si mon meilleur ami ne me soutient plus, je comprends que j'ai perdu la bataille. Je regarde autour de moi. Tout le monde attend de voir ma réaction. Je suis surexcité, ce qui attise encore plus leur attention. J'ai vraiment envie de me battre, ne serait-ce que pour expulser l'énergie brute emmagasinée dans mon corps. Et pour oublier, même une petite minute, que le numéro de ma binôme de chimie est enregistré dans mon portable. Mais aussi que le Blood a des vues sur mon frère.

Mon meilleur ami me tire sur la touche puis demande à des gars de nous remplacer.

— Qu'est-ce que tu fous ?

— Je te sauve la mise, mec. Alex, tu es devenu fou. Complètement fou.

Paco me regarde droit dans les yeux.

Je retire ses mains de mon T-shirt et m'arrache. Comment ma vie a-t-elle pu devenir aussi merdique en seulement quelques semaines ? Je dois arranger ça. Je m'occuperai de Carlos quand il rentrera ce soir. Je n'ai pas fini de l'engueuler. Quant à Brittany…

Dire qu'elle ne voulait pas que je la raccompagne chez elle, quand on était chez Isa, pour ne pas être vue avec moi. Quelle merde ! Carlos n'est pas la seule personne contre qui je suis en colère.

J'allume mon téléphone et appelle Brittany.

— Allô ?

— C'est Alex. Retrouve-moi à la bibliothèque.

— Je suis occupée.

Le spectacle de mademoiselle Ellis est terminé. Désormais, c'est à mon tour de jouer.

— Voilà ce qui va se passer, *mamacita*, lui dis-je alors que j'arrive à la maison et enfourche ma moto. Soit tu viens à la bibliothèque dans un quart d'heure, soit je ramène cinq potes chez toi et on campe sur ta pelouse cette nuit.

— Comment oses-tu…

Je coupe avant qu'elle ne termine sa phrase.

23

BRITTANY

Je déboule furieuse sur le parking de la bibliothèque et me gare près du bois, à l'autre extrémité. Le projet de chimie est bien le cadet de mes soucis.

Alex m'attend, appuyé contre sa moto. Je retire mes clés du contact et me précipite vers lui.

— Comment oses-tu me donner des ordres ?

Ma vie est remplie de gens qui veulent me contrôler. Ma mère... Colin. Et maintenant Alex. Je n'en peux plus.

— Si tu crois pouvoir me menacer de...

Sans dire un mot, Alex me fauche les clés des mains et s'installe au volant.

— Alex, qu'est-ce que tu fais ?

— Monte.

Le moteur rugit. Alex va démarrer et me laisser comme une vieille chaussette sur le parking de la bibliothèque. Les poings serrés, je grimpe sur le siège passager et Alex appuie sur l'accélérateur. Mon regard se pose alors sur le tableau de bord.

— Où est ma photo de Colin ?

— Ne t'inquiète pas, tu vas la récupérer. Je suis juste incapable de supporter sa tronche pendant que je conduis.

— Est-ce qu'au moins tu sais conduire avec une boîte manuelle ?

Sans broncher ni baisser les yeux, Alex enclenche la première et la voiture crisse en sortant de la place de parking. Ma BM répond au doigt et à l'œil, comme si Alex et elle étaient en parfaite harmonie.

— Tu es en train de voler ma voiture, tu sais.

Silence.

— Et de m'enlever !

Nous nous arrêtons au feu. J'inspecte les autres voitures, heureuse que la capote soit mise et que personne ne nous voie.

— *Mira*, tu es montée volontairement.

— Parce que c'est *ma* voiture ! Et si quelqu'un nous voyait ?

Je n'aurais pas dû dire ça : les pneus crissent violemment dès que le feu passe au vert. Alex est en train d'abîmer délibérément ma voiture.

— Arrête-toi ! Et ramène-moi à la bibliothèque.

Mais il n'en fait qu'à sa tête et ne dit mot tandis que nous traversons des villes inconnues sur des routes désertes, comme des personnages de film qui vont rencontrer un dangereux trafiquant de drogue.

Génial ! Je vais assister à ma première transaction. Si on m'arrête, est-ce que mes parents paieront la caution pour me faire sortir ? Comment maman expliquerait cela à ses amies ? Peut-être qu'ils m'enverront dans un camp militaire pour délinquants juvéniles. Je parie que cela leur ferait plaisir… envoyer Shelley en institution et moi en camp militaire.

Ma vie serait encore plus pourrie.

Je refuse d'être mêlée à quoi que ce soit d'illégal. Je suis maîtresse de mon destin, pas Alex. J'agrippe la poignée de la portière.

— Laisse-moi descendre ou je te promets que je saute en marche.

— Ta ceinture de sécurité est bouclée, dit Alex en levant les yeux au ciel. Détends-toi. On sera arrivés dans deux minutes.

Il rétrograde et ralentit en entrant sur le terrain d'un vieil aéroport désaffecté.

— Nous y voilà, annonce-t-il en serrant le frein à main.

— OK, mais *où* ? Je suis désolée de te le faire remarquer mais le dernier endroit habité était, genre, à trois kilomètres. Je ne sors pas de cette voiture, Alex. Occupe-toi de tes trafics tout seul.

— Eh bien, au moins maintenant, je suis sûr que tu es une vraie blonde… Comme si j'allais te faire participer à un truc louche. Allez, descends.

— Donne-moi une bonne raison de t'obéir.

— Si tu ne le fais pas, je te tirerai de force. Fais-moi confiance, *mujer*.

Il plonge mes clés dans sa poche arrière et descend de voiture. Sans alternative, je sors à mon tour.

— Écoute, si tu voulais discuter de nos chauffe-mains, on pouvait le faire au téléphone.

Nous nous rejoignons à l'arrière de la voiture. Nous sommes debout, face à face, au milieu de nulle part. Quelque chose m'inquiète depuis ce matin. Autant profiter de la situation, et lui demander tout de suite.

— Est-ce que nous nous sommes embrassés, hier soir ?

— Oui.

— Eh bien, ça n'avait rien de mémorable ; je ne m'en souviens absolument pas.

Alex éclate de rire.

— Je rigole. Non, on ne s'est pas embrassés. Quand on le fera, tu t'en souviendras. Toujours.

Ô mon Dieu ! Comme j'aimerais ne pas sentir mes genoux faiblir. Je devrais avoir peur, seule dans cet endroit désert, à parler de baisers avec un voyou, et pourtant... Au fond de moi, je sais qu'il ne me blesserait pas intentionnellement ni me forcerait à faire quoi que ce soit.

— Pourquoi est-ce que tu m'as enlevée ?

Il me prend par la main et m'entraîne jusqu'à la place du conducteur.

— Monte.

— Pourquoi ?

— Pour que je t'apprenne à conduire cette voiture correctement, avant que le moteur ne lâche à force d'être martyrisé.

— Je croyais que tu m'en voulais. Pourquoi m'aider ?

— Parce que j'en ai envie.

Je ne m'y attendais pas du tout. Mon cœur se met à palpiter ; cela fait longtemps que personne n'avait été assez gentil pour me venir en aide. À moins que...

— Tu ne comptes tout de même pas te faire rembourser avec une quelconque... faveur ?

Alex secoue la tête.

— Vraiment ?

— Vraiment.

— Et tu ne m'en veux pas à cause de ce que j'ai pu dire ou faire ?

— J'ai la haine, Brittany. À cause de toi, de mon frère, d'un tas de merdes.

— Alors pourquoi m'avoir emmenée ici ?

— Ne pose pas de questions dont tu ne serais pas capable d'encaisser les réponses, d'accord ?

— D'accord.

Je me glisse au volant et patiente, le temps qu'il s'asseye à côté de moi et mette sa ceinture.

— Tu es prête ?

— Oui.

Il insère la clé dans le contact. Je desserre le frein à main, démarre, et la voiture cale.

— Tu n'étais pas au point mort. Si tu ne gardes pas le pied sur l'embrayage, tu caleras à chaque fois que tu démarreras avec la première enclenchée.

Je me sens complètement idiote. Alex place le levier de vitesse au point mort.

— Mets ton pied gauche sur l'embrayage, le pied droit sur l'accélérateur, et tu enclenches la première.

J'enfonce le pied droit tout en relâchant l'embrayage et la voiture fait un bond en avant.

Alex se tient avec une main au tableau de bord.

— Stop !

J'arrête la voiture et me mets au point mort.

— Tu dois trouver le point de patinage.

— Le point de patinage ?

— Ouais. C'est le moment où le disque de l'embrayage entre en contact avec le disque du moteur. Tu relâches l'embrayage trop vite. Trouve le point de contact et restes-y... Tu dois sentir les choses. Allez, réessaie.

Je repasse la première et relève le pied de l'embrayage tout en accélérant.

— Doucement... Sens le point de patinage. Maintiens-le un moment.

J'essaie mais la voiture bondit puis s'immobilise.

— Tu as débrayé trop vite. Recommence.

Il ne bronche pas. Il n'est ni irrité ni énervé, et ne se décourage pas.

— Tu dois accélérer davantage. N'exagère pas, mais envoie assez de jus pour faire avancer la voiture.

Je recommence les étapes et, cette fois, la voiture avance sans à-coup. Nous roulons sur une piste et je monte à quinze kilomètres heure.

— Appuie sur l'embrayage.

Alex pose sa main sur la mienne et m'aide à passer la seconde. Je m'efforce de ne pas faire attention à son geste si doux et à la chaleur de sa main, en telle contradiction avec sa personnalité, et tâche de me concentrer sur ma conduite. Il se montre très patient pour m'apprendre comment rétrograder et faire s'arrêter la voiture en bout de piste. Ses doigts enveloppent toujours les miens.

— Le cours est terminé ?

— Euh, oui.

Il retire sa main et passe ses doigts dans ses cheveux noirs, dont quelques mèches pendent sur son front.

— Merci.

— Oui, en fait, mes oreilles souffraient à chaque fois que j'entendais ton moteur hurler sur le parking du lycée. Je ne l'ai pas fait par bonté de cœur.

J'essaie d'attraper son regard, en vain.

— Pourquoi est-ce important pour toi de passer pour un voyou, hein ? Explique-moi.

24
ALEX

Pour la première fois, nous avons une conversation cordiale. À présent, je dois trouver quelque chose pour briser ses défenses à elle. Mon Dieu. J'ai besoin de révéler quelque chose qui me fasse paraître vulnérable. Si elle pense que je le suis et que je n'ai rien d'un salaud, peut-être que je progresserai un minimum avec elle. Malgré tout, je dois faire attention : je suis certain qu'elle saura si je mens ou non.

Finalement, est-ce que je fais tout ça pour le pari, pour le projet de chimie ou pour moi ? En fait, ça me convient parfaitement de ne rien analyser de ce qui se passe.

— Mon père a été tué devant mes yeux lorsque j'avais six ans.

Elle ouvre grand les yeux.

— Quoi ?

Je n'aime pas en parler, je crains même d'en être incapable.

Ses doigts manucurés se posent sur sa bouche.

— Mon Dieu, je suis désolée. C'est terrible.

— Ouais.

Ça fait du bien de m'en décharger, de m'obliger à en parler à voix haute. Je revois le sourire nerveux de mon père qui se transforme en stupéfaction avant le tir.

Wow, je n'arrive pas à croire que je me souvienne de son expression. Pourquoi semblait-il soudain si choqué ? J'avais complètement oublié ce détail jusqu'à aujourd'hui.

— Si je m'attache trop à quelque chose et qu'on me l'enlève, j'aurai le même sentiment qu'à la mort de mon père, dis-je, encore troublé. Je ne veux plus jamais ressentir ça, alors je préfère ne m'attacher à rien.

Sur son visage apparaît un mélange de regret, de tristesse et de sympathie. Je vois qu'elle est sincère.

— Merci de m'en avoir parlé, répond-elle, le front plissé. Mais je ne crois pas qu'on puisse ne s'attacher à rien. Tu ne peux pas te programmer ainsi.

— On parie ? Mais j'ai un soudain besoin de changer de sujet : À toi de me révéler quelque chose.

Brittany détourne les yeux. Je n'insiste pas, de peur qu'elle ne se ressaisisse et décide de partir. Est-ce que partager un morceau de sa vie est plus difficile encore pour elle que pour moi ? Ma vie est tellement à chier... Une larme solitaire perle au coin de son œil, qu'elle essuie aussitôt.

— Ma sœur... ma sœur a une infirmité motrice cérébrale et souffre d'une déficience mentale. D'habitude, les gens parlent d'une retardée. Elle est incapable de marcher, elle utilise ce qu'on appelle des paraphasies verbales et la communication non verbale plutôt que des mots car elle est incapable de parler...

Coule alors une nouvelle larme. Cette fois, Brittany la laisse couler sans l'essuyer. J'ai envie de le faire à sa place mais sens bien qu'elle préférerait ne pas être touchée. Elle inspire profondément.

— Ces derniers temps, elle est en colère mais je ne sais pas pourquoi. Elle a commencé à tirer les cheveux et hier elle m'en a carrément arraché une touffe. Mon crâne saignait et ma mère s'est mise à paniquer en s'en prenant à moi.

Cela explique cette mystérieuse zone chauve. Rien à voir avec des tests toxicologiques. C'est bien la première fois que je me sens désolé pour elle. J'imaginais sa vie comme un conte de fées, où la pire chose qui pouvait lui arriver, c'était un petit pois sous son matelas qui l'empêcherait de dormir. Apparemment, j'avais tort.

Quelque chose est en train de se produire. Le vent tourne… comme si nous arrivions ensemble à un accord mutuel. Je n'ai pas ressenti ça depuis longtemps. Je me racle la gorge.

— Ta mère se défoule sur toi probablement parce qu'elle sait que tu peux encaisser le choc.

— Tu as sans doute raison. Il vaut mieux que ce soit sur moi que sur ma sœur.

— Mais cela n'excuse rien. À présent, je me montre sincère, j'espère qu'elle aussi : Écoute, je ne veux pas passer pour un connard à tes yeux.

Mon spectacle est terminé.

— Je sais. C'est l'image que tu veux te donner, celle d'Alex Fuentes. C'est comme une marque de fabrique… celle d'un Mexicain aussi sexy que dangereux. Se fabriquer une image, je suis experte en la matière. Malgré cela, je ne voulais pas celle d'une bimbo blonde. Je visais plutôt celle d'une fille parfaite et intouchable.

Wow, retour en arrière : Brittany vient de me qualifier de « sexy » ! Je ne m'y attendais absolument pas. Après tout, j'ai peut-être une chance de gagner ce pari idiot.

— Tu te rends compte que tu viens de dire que j'étais sexy ?

— Comme si tu n'étais pas au courant.

Que *Brittany Ellis* me trouve sexy, non.

— Au passage, je te croyais vraiment intouchable. Mais maintenant, je sais que tu me considères comme un dieu du sexe mexicain...

— Je n'ai jamais dit « dieu ».

Je porte un doigt à mes lèvres.

— Chut, laisse-moi rêver, juste une minute.

Je ferme les yeux. Brittany éclate de rire, un bruit si doux qui résonne à mes oreilles.

— D'une façon étrange, Alex, je crois que je te comprends. Même si ton côté homme des cavernes m'énerve toujours autant.

J'écarquille les yeux ; elle me dévisage.

— Ne parle à personne de ma sœur. Je n'aime pas que les gens sachent des choses sur moi.

— Dans la vie, nous sommes des comédiens. On joue un rôle pour que les gens pensent de nous ce que nous voulons.

— Alors tu comprends pourquoi je stresse à l'idée que mes parents découvrent que nous sommes... amis.

— Tu aurais des ennuis ? Tu as dix-huit ans, je te rappelle. Tu ne penses pas qu'à ton âge, tu peux choisir tes amis ? Le cordon est coupé, tu sais.

— Tu ne comprends pas.

— Ben voyons.

— Pourquoi veux-tu en savoir autant sur moi ?

— Les binômes de chimie ne sont-ils pas censés tout savoir l'un de l'autre ?

Elle étouffe un rire.

— J'espère que non.

La vérité, c'est que cette fille est bien différente de ce que j'imaginais. À la seconde où je lui ai raconté l'histoire de mon père, on aurait dit que son corps tout entier se détendait. Comme si le malheur des autres la réconfortait, comme si elle n'était plus seule. Cependant, je ne comprends toujours pas pourquoi elle attache autant d'importance au qu'en-dira-t-on et pourquoi elle a choisi de se montrer parfaite aux yeux du monde.

Le « pari » reste une menace au-dessus de ma tête. Je dois la pousser à m'aimer. Alors que mon corps me dit : « Fonce ! », ma tête pense : « Tu es un vrai salaud, cette fille est fragile. »

— Dans la vie, je recherche les mêmes choses que toi, finis-je par admettre. Simplement, j'emploie des moyens différents. Tu t'adaptes à ton environnement, je m'adapte au mien. Je pose ma main sur les siennes : Laisse-moi te montrer qui je suis vraiment. *Oye*, est-ce que tu sortirais avec un garçon qui ne peut pas t'offrir à dîner dans un grand restaurant ni t'acheter de l'or et des diamants ?

— Absolument. Elle retire ses mains : Mais j'ai déjà un copain.

— Si ce n'était pas le cas, est-ce que tu donnerais une chance au *Mexicano* devant toi ?

Ses joues deviennent toutes roses. Je me demande si Colin la fait parfois rougir comme ça.

— Je ne te répondrais pas.

— Pourquoi ? C'est une question simple.

— Je t'en prie. Avec toi, rien n'est simple. Restons-en là. Elle enclenche la première : On s'en va ?

— *Sí*, comme tu veux. Tu n'es pas fâchée ?

— Non, du tout.

Je tends le bras pour qu'on se serre la main. Elle regarde mes tatouages sur les doigts puis tend sa main vers la mienne, visiblement enthousiaste.

— Au chauffe-mains ! dit-elle avec un grand sourire.

— Au chauffe-mains !

Et au sexe !

— Est-ce que tu peux conduire au retour ? Je ne connais pas la route.

Je prends le volant et nous rentrons dans un silence confortable, alors que le soleil se couche. Notre trêve me rapproche de mes objectifs : finir le lycée, gagner le pari... et autre chose que je ne souhaite pas admettre.

Enfin, je pénètre avec sa bagnole de rêve sur le parking sombre de la bibliothèque.

— Merci, tu sais, de m'avoir laissé te kidnapper. Je te reverrai, je suppose.

Je sors mes propres clés de ma poche, me demandant si j'arriverai un jour à m'offrir une voiture qui ne soit pas rouillée, ni usée ni vieille. Je descends de la BMW, tire la photo de Colin de ma poche arrière et la pose sur le siège que je viens de quitter.

— Attends, crie Brittany, au moment où je m'éloigne.

— Oui ?

Elle me lance un sourire aguicheur, comme si elle désirait plus qu'une simple trêve. Beaucoup plus. Merde, est-ce qu'elle va venir m'embrasser ? Là, elle m'a eu par surprise, cela ne m'arrive jamais. Elle se mord la lèvre, réfléchissant à sa prochaine manœuvre. Tandis que je passe en revue tous les scénarios possibles, elle s'avance vers moi.

Et me pique mes clés des mains !

— On peut savoir ce que tu fais ?

— Je me venge de mon kidnappeur.

Elle prend son élan et, de toutes ses forces, jette mes clés au milieu des arbres.

— Je ne peux pas croire que tu viens de faire *ça*.

Brittany continue de reculer, me faisant toujours face.

— Sans rancune. La vengeance, c'est merdique, n'est-ce pas, Alex ? dit-elle en essayant de garder le regard droit.

Je reste bouche bée alors que ma binôme se tire dans sa BM. Elle quitte le parking sans à-coup, ni secousse, aucun problème. Un démarrage parfait.

J'ai la haine : je vais devoir soit ramper à travers les arbres, dans l'obscurité pour retrouver mes clés, soit appeler Enrique pour qu'il vienne me chercher.

Pourtant ça m'amuse aussi. Brittany Ellis m'a battu à mon propre jeu.

— Oui, je vois ça, dis-je alors qu'elle est déjà à un kilomètre de là.

¡Carajo !

25
BRITTANY

R éveillée par les premiers rayons du soleil, j'entends la respiration profonde de ma sœur à mes côtés. Hier soir, je suis allée dans la chambre de Shelley et suis restée allongée près d'elle pendant des heures, à la regarder dormir paisiblement avant de sombrer dans le sommeil à mon tour.

Quand j'étais petite, je courais dans sa chambre à chaque orage. Non pas pour la réconforter mais pour qu'elle me réconforte. Quand je tenais sa main dans la mienne, toutes mes peurs s'évanouissaient.

À la voir dormir ainsi, je n'arrive pas à croire que mes parents veuillent l'éloigner d'ici. Shelley tient une grande place dans ma vie ; vivre sans elle me semble si… sinistre. Je crois que peu de personnes peuvent comprendre le lien qui existe entre Shelley et moi. Lorsque mes parents ne saisissent pas ce que Shelley tente de dire, ou pourquoi elle est énervée, en général, pour moi, c'est tout à fait clair.

C'est pour ça que j'étais effondrée lorsqu'elle m'a arraché des cheveux. Je ne pensais pas qu'elle s'en prendrait un jour à moi.

Et pourtant…

— Je ne les laisserai pas t'éloigner ; je te protégerai toujours.

Je me glisse hors du lit de Shelley, encore endormie. Je ne peux pas passer du temps avec elle sans qu'elle soupçonne que je suis contrariée. Alors je m'habille et quitte la maison avant qu'elle ne se réveille.

Hier, je me suis confiée à Alex et le ciel ne m'est pas tombé sur la tête. Je me sentais vraiment mieux après notre discussion sur Shelley. Si je peux lui en parler à lui, je peux certainement en parler à Sierra et Darlene.

Arrivée devant la maison de Sierra, je reste assise dans ma voiture à réfléchir à ma vie. Tout va de travers. Mon année de terminale devait être géniale, facile et amusante. Et jusqu'à présent, c'est tout le contraire. Colin me met la pression, un garçon d'un gang représente plus qu'un simple binôme de chimie pour moi, et mes parents veulent envoyer ma sœur loin de Chicago. Qu'est-ce qui pourrait encore foirer en plus ?

Je remarque des mouvements derrière la fenêtre de Sierra, à l'étage. D'abord des jambes, puis des fesses. Mon Dieu ! C'est Doug Thompson qui essaie de sauter sur le treillage. Ma présence ne passe pas non plus inaperçue puisque Sierra passe la tête de sa fenêtre et me fait de grands gestes pour me dire d'attendre.

Le pied de Doug n'a pas encore atteint le treillage. Sierra tient son amoureux par la main pour qu'il garde l'équilibre. Enfin il le touche mais glisse sur les fleurs et tombe, son corps se balançant dans toutes les directions. Il s'en sort indemne cependant et lève le pouce vers Sierra avant de filer.

Est-ce que Colin escaladerait des treillages pour moi ?

La porte d'entrée s'ouvre trois minutes plus tard et Sierra sort en culotte et petit haut.

— Brit, qu'est-ce que tu fiches ici ? Il est sept heures du matin. Tu sais que les profs sont en journée pédagogique et que les cours sont annulés.

— Je sais mais ma vie est en train de partir en vrille.

— Entre, on va discuter, propose-t-elle en ouvrant ma portière. Je me gèle les fesses ici. Ah, pourquoi est-ce que l'été à Chicago ne dure pas plus longtemps ?

Une fois à l'intérieur, je me déchausse pour ne pas réveiller ses parents.

— Ne t'inquiète pas, ils sont partis au club de gym, il y a une heure.

— Alors pourquoi est-ce que Doug s'est échappé par ta fenêtre ?

Sierra me lance un clin d'œil.

— Tu sais, pour garder du piment dans notre relation. Les garçons adorent jouer les aventuriers.

Je la suis dans sa chambre spacieuse, décorée dans des tons fuchsia et vert pomme, des couleurs choisies par le décorateur de sa mère. Je m'affale sur le lit extralarge pendant que Sierra téléphone à Darlene.

— Dar, viens ici. Brit est en pleine crise.

Darlene, en pyjama et pantoufles, apparaît quelques minutes plus tard puisqu'elle habite seulement deux maisons plus loin.

— Allez, balance, exige Sierra, une fois que nous sommes réunies.

Soudain, avec ces regards fixés sur moi, je ne suis plus si sûre que m'ouvrir à elles soit une si bonne idée.

— Il n'y a rien d'important.

Darlene se dresse d'un coup.

— Écoute, Brit. Tu m'as fait lever à sept heures du matin. Maintenant, vas-y, parle !

— Oui, renchérit Sierra, nous sommes tes amies. Si tu ne peux pas te confier à nous, avec qui pourras-tu le faire ?

Alex Fuentes. Mais jamais je ne leur dirai ça.

— Pourquoi on ne regarderait pas de vieux films ? suggère Sierra. Si Audrey Hepburn ne te convainc pas de te confier à nous, alors c'est peine perdue.

Darlene grogne un peu.

— Dire que vous m'avez réveillée pour une crise inexistante et des vieux films. Sincèrement, c'est pas une vie, les filles. Vous pourriez au moins balancer quelques potins. Qui commence ?

Sierra nous emmène dans le salon et nous nous enfonçons dans les coussins du canapé.

— Il paraît qu'on a surpris Samantha Jacoby en train d'embrasser quelqu'un dans la loge des gardiens, mardi, déclare Sierra.

— Oh ! là, là ! fait Darlene, pas le moins du monde impressionnée.

— Est-ce que je vous ai dit que c'était avec Chuck, un des gardiens ?

— Alors *ça*, c'est intéressant !

C'est donc comme ça que ça va se terminer ? Mes malheurs vont se transformer en potins pour amuser la galerie ?

Au bout de quatre heures, deux films et un énorme pot de glace Ben & Jerry's, je me sens mieux. Peut-être grâce à Audrey Hepburn dans *Sabrina*. Finalement, en tout cas, tout me semble possible. Ce qui me fait songer à...

— Les filles, qu'est-ce que vous pensez d'Alex Fuentes ?

Sierra lance un morceau de pop-corn dans sa bouche.

— Comment ça « qu'est-ce qu'on pense de lui » ?

— Je ne sais pas… Je suis incapable d'oublier notre attraction évidente, en toutes circonstances. C'est mon binôme de chimie.

— Et alors ? demande Sierra.

J'attrape la télécommande et arrête le film.

— Il est canon. Avouez-le.

— Beurk, Brit ! s'exclame Darlene en faisant mine de se faire vomir.

— D'accord, commence Sierra, c'est vrai qu'il est mignon. Mais je ne sortirai jamais avec un garçon comme lui. Il est dans un *gang* !

— La moitié du temps, il se pointe au lycée camé, enchaîne Darlene.

— Je suis assise à côté de lui et je n'ai jamais remarqué qu'il était camé.

— Tu plaisantes, Brit ? Alex se drogue avant les cours et dans les toilettes des garçons pendant l'heure d'étude qu'il sèche. Et pas seulement avec de l'herbe. Il prend des drogues dures.

Darlene en parle comme de faits avérés.

— Est-ce que tu l'as déjà vu en prendre ?

— Écoute, Brit. Je n'ai pas besoin de me trouver dans la même pièce que lui pour savoir qu'il sniffe et se pique. Alex est dangereux. En plus, les filles comme nous ne se mélangent pas aux membres du Latino Blood.

Je m'enfonce dans les coussins moelleux du canapé.

— Oui, je sais.

— Colin t'aime, dit Sierra pour changer de sujet.

L'amour me paraît bien loin de ce que Colin ressentait pour moi à la plage, mais je n'ai aucune envie d'aller sur ce terrain-là.

Maman a essayé de m'appeler trois fois. Mais que j'éteigne mon portable ne l'a pas découragée puisque c'est déjà la deuxième fois qu'elle appelle chez Sierra.

— Ta mère va venir ici si tu refuses de lui parler, explique Sierra, le téléphone à la main.

— Si elle vient, je pars.

Sierra me tend le combiné.

— Allez, on te laisse. J'ignore ce qui se passe entre vous mais tu dois lui parler.

Je porte le téléphone à mon oreille.

— Bonjour, maman.

— Écoute, Brittany, je sais que tu nous en veux. Hier soir, nous avons arrêté notre décision concernant Shelley. Je sais que c'est difficile pour toi mais elle est de plus en plus agitée.

— Maman, elle a vingt ans et s'énerve lorsqu'on ne la comprend pas. C'est normal, tu ne trouves pas ?

— L'année prochaine, tu iras à l'université. Ce n'est pas juste de l'obliger à rester à la maison. Cesse d'être aussi égoïste !

Si on éloigne Shelley parce que je vais à l'université, ça devient donc de *ma* faute.

— Vous allez passer à l'acte quel que soit mon avis sur la question, n'est-ce pas ?

— Oui, tout est arrangé.

26

ALEX

Nous sommes vendredi. Je réfléchis encore à comment je me suis vengé de Brittany pour avoir balancé mes clés dans le bois, le week-end dernier, quand elle entre dans la classe de Mrs P. Il m'a fallu quarante-cinq minutes pour les trouver, quarante-cinq longues minutes que j'ai passées à l'insulter. D'accord, je la félicite d'avoir eu autant de cran. Je dois également la remercier de m'avoir aidé à évoquer la mort de mon *papá*. Grâce à cela, j'ai pu commencer à contacter des Anciens du Blood pour savoir s'ils lui connaissaient des ennemis.

Brittany s'est montrée méfiante toute la semaine. Elle s'attend que je lui fasse un sale coup, que je me venge. Après les cours, je vais à mon casier prendre les livres dont j'ai besoin pour mes devoirs, et elle accourt dans son uniforme de pom-pom girl sexy.

— Viens me retrouver au gymnase.

J'ai deux possibilités : lui obéir et la rejoindre ou partir. Je prends mes manuels et pénètre dans le gymnase. Brittany se tient droite, me présentant son porte-clés, sans clé accrochée dessus.

— Les clés ont disparu comme par magie. Peux-tu m'expliquer où elles sont ? Je vais être en retard pour le match si tu ne me le dis pas immédiatement. Mademoiselle Small me renverra de l'équipe si je manque le match.

— Je les ai jetées quelque part. Tu sais, je te conseille vraiment de t'acheter un sac à fermeture Éclair. Il y a toujours quelqu'un pour y plonger la main et attraper quelque chose.

— Je suis ravie d'apprendre que tu es cleptomane. Maintenant, est-ce que tu pourrais au moins me donner un indice sur l'endroit où tu les as cachées ?

Je m'appuie contre le mur et me mets à penser à ce que l'on dirait si l'on nous trouvait ici ensemble.

— Elles sont dans un endroit humide. Très, très humide.

— La piscine ?

Je hoche la tête.

— Original, non ?

Brittany tente alors de m'incruster dans le mur.

— Je vais te tuer ! Tu ferais mieux d'aller les chercher.

Si je ne la connaissais pas, je dirais qu'elle flirte avec moi. Je crois qu'elle aime ça.

— *Mamacita*, tu devrais me connaître mieux que ça. Tu te débrouilles, comme j'ai dû me débrouiller quand tu m'as abandonné sur le parking de la bibliothèque.

Elle baisse la tête, me lance un regard attristé et fait la moue. Il vaut mieux que je ne regarde pas ses lèvres charnues, c'est trop dangereux. Mais je ne peux pas m'en empêcher.

— Montre-moi où elles sont, Alex. *S'il te plaît.*

Je la laisse mijoter encore une minute avant de céder. À cette heure-ci, le lycée est désert. La moitié des élèves sont en route pour le match de football américain. L'autre moitié est ravie de ne pas y aller. Nous marchons en direction de la piscine. Les lumières sont éteintes mais le soleil brille encore à travers les fenêtres. Les clés de Brittany sont toujours à l'endroit où je les ai jetées, en plein milieu du grand bain. Je désigne du doigt les morceaux argentés au fond de l'eau.

— Les voilà ! Tu peux les prendre.

Après réflexion, Brittany attrape la perche posée contre le mur.

— C'est du gâteau, annonce-t-elle.

Peut-être mais quand elle plonge la perche dans l'eau, elle découvre vite que c'est loin d'en être, du gâteau. Je me retiens de rire à la regarder tenter l'impossible.

— Tu peux toujours te déshabiller et plonger. Je surveillerai que personne ne rentre.

Elle se rapproche de moi, tenant fermement la perche.

— Ça te plairait, n'est-ce pas ?

— Oh ! oui. Mais je dois te prévenir. Si tu portes une culotte de grand-mère, tu vas bousiller mon fantasme.

— Pour info, elle est en satin rose. Et tant qu'on y est, tu es plutôt slip ou caleçon ?

— Ni l'un ni l'autre. Mes bijoux de famille sont libres de leurs mouvements.

— Alex, tu es dégueulasse.

— Il faut essayer avant de juger.

Je me dirige alors vers la porte.

— Tu t'en vas ?

— Euh… oui.

— Tu ne vas pas m'aider à récupérer mes clés ?

— Euh… non.

Si je reste, j'aurai envie de lui proposer de manquer le match pour être avec moi. Et je ne suis absolument pas prêt à entendre la réponse qu'elle me ferait. Jouer avec elle, pourquoi pas, mais l'autre fois, en me montrant sous mon vrai jour, j'ai baissé ma garde. Pas question de recommencer. Après un dernier regard lancé à Brittany, je sors. Est-ce que l'abandonner maintenant fait de moi un idiot, un salaud ou un lâche ? Peut-être bien les trois en même temps.

De retour à la maison, loin de Brittany et de ses histoires de clés, je me mets en quête de mon frère. Je me suis juré de parler à Carlos cette semaine et j'ai déjà trop tardé à le faire. En un clin d'œil, il sera intégré au Latino Blood et roué de coups, en guise d'initiation rituelle, comme moi à l'époque.

Je le trouve dans notre chambre, qui cache quelque chose sous son lit.

— Qu'est-ce que c'est ?

Carlos s'assoit sur son matelas, les bras croisés.

— *Nada*.

— *Nada*, mon œil !

Je le pousse de côté et fouille sous son lit. Ce n'était pas rien : un Beretta.25 étincelle devant mes yeux.

— Où est-ce que tu as dégotté ça ?

— Ça ne te regarde pas.

C'est bien la première fois de ma vie que je ressens le besoin de terroriser Carlos une bonne fois pour toutes. Je suis tenté de pointer le flingue entre ses deux yeux et de lui montrer ce que vivent les membres d'un gang en permanence à se sentir menacés et incertains de terminer la journée en vie.

— Je suis ton grand frère, Carlos. *Se nos fue mi papá*, alors c'est à moi de te mettre du plomb dans la cervelle.

J'inspecte le pistolet. Compte tenu de son poids, il est chargé. Mon Dieu, si un coup partait par accident, Carlos pourrait mourir. Si Luis tombait dessus… c'est la merde.

Carlos tente de se lever ; je le repousse contre le lit.

— Tu te promènes armé, alors pourquoi pas moi ? dit-il.

— Tu sais pourquoi. Je suis dans un gang. Toi non. Toi, tu vas faire des études, tu iras à la fac et tu auras une vie.

— Tu crois savoir de quoi nos vies seront faites, n'est-ce pas ? hurle Carlos. Eh bien, moi aussi j'ai un plan.

— Tu n'as pas intérêt à te faire embrigader !

Carlos reste muet.

Je crains de ne l'avoir déjà perdu ; mon corps est aussi raide que l'acier. Je ne pourrai pas l'empêcher d'intégrer le gang, à moins qu'il n'ait envie que j'intervienne. J'aperçois alors une photo de Destiny au-dessus de son lit. Il l'a rencontrée à Chicago lorsque nous sommes allés voir les feux d'artifice sur la jetée de Navy Pier, le jour de la fête nationale. La famille de cette fille vit à Gurnee et depuis qu'ils se sont croisés, Carlos ne pense plus qu'à elle. Ils discutent au téléphone tous les soirs. C'est une fille intelligente, qui plus est mexicaine. Lorsque Carlos a voulu nous présenter, elle a eu un regard terrible en voyant mes tatouages, comme si on lui avait tiré dessus.

— Tu penses sincèrement que Destiny voudra sortir avec toi si tu es dans un gang et te balades avec une arme ?

Pas de réponse, c'est bon signe. Il réfléchit.

— Elle te jettera dès qu'elle verra ton flingue.

Les yeux de Carlos se lèvent vers la photo.

— Carlos, demande-lui dans quelle fac elle compte aller. Je suis sûr qu'elle a un plan. Si toi aussi, tu as le même plan, je suis certain que tu y arriveras.

Je le vois lutter contre lui-même, il lui faut choisir entre la facilité – vivre dans un gang – et des objectifs plus difficiles à atteindre et qu'il s'est fixés – comme Destiny.

— Ne traîne plus avec Wil. Trouve-toi de nouveaux amis et intègre l'équipe de foot du lycée, par exemple. Vis ta vie d'ado et je m'occuperai du reste.

Je rentre le Beretta dans la ceinture de mon jean puis sors de la maison, direction l'entrepôt.

27

BRITTANY

Je suis arrivée en retard au match de football. Après le départ d'Alex, je me suis mise en sous-vêtements et j'ai plongé. À cause de lui, j'ai perdu mon rang dans l'équipe. Darlene, mon ancienne cocapitaine, est maintenant la capitaine officielle. Il m'a fallu une demi-heure pour me sécher les cheveux et me remaquiller dans le vestiaire des filles. Mademoiselle Small était furieuse que je sois en retard. Elle m'a dit que je devais me considérer chanceuse d'être seulement rétrogradée et non renvoyée de l'équipe.

De retour du match, je m'assois sur le canapé du salon près de ma sœur. Mes cheveux sentent encore le chlore mais je suis trop fatiguée pour y remédier. Après dîner, je regarde des émissions de télé-réalité et sens mes paupières se fermer.

— Brit, réveille-toi. Colin est là, m'annonce maman en me secouant.

Je lève les yeux vers lui, qui se tient au-dessus de moi, paumes tournées vers le ciel.

— Tu es prête ?

Mince, j'ai complètement oublié la fête de Shane, prévue depuis des mois. J'ai autant envie d'y aller que de me pendre.

— On pourrait rester ici.

— Tu plaisantes ? Tout le monde nous attend. Il est impossible que tu rates la plus grande soirée de l'année.

Il jette un coup d'œil à mon survêtement et à mon T-shirt, celui où est écrit « FAITES LE TEST », que j'ai acheté lors de la marche contre le cancer du sein, l'an dernier.

— Je t'attends pendant que tu te changes. Dépêche-toi. Pourquoi tu ne mettrais pas la minirobe noire que j'adore ?

Je me traîne jusqu'à mon armoire. Dans le coin, près de mon haut DKNY, gît le bandana d'Alex. Je l'ai lavé la nuit dernière mais je ferme quand même les yeux et le porte à mon nez pour sentir si le tissu est encore imprégné de son parfum. Je ne retrouve que l'odeur de la lessive, je suis terriblement déçue. Mais ce n'est pas le moment d'analyser mes sentiments, surtout que Colin m'attend en bas des escaliers.

Enfiler ma minirobe noire, me coiffer et me maquiller prend un certain temps. J'espère que Colin ne m'en veut pas d'être si longue. Je ne dois pas faire d'erreur ce soir. Maman risque de faire un commentaire sur mon apparence devant lui.

De retour au rez-de-chaussée, je découvre Colin assis sur le bord du canapé, ignorant ma sœur. Je crois qu'elle le rend nerveux.

Ma mère « l'inspectrice » s'avance pour toucher mes cheveux.

— Est-ce que tu as mis de l'après-shampoing ?

— Maman, s'il te plaît.

— Tu es splendide, dit Colin en se faufilant à côté de moi.

Heureusement, maman laisse tomber, visiblement contente et rassurée de l'approbation de Colin.

Pendant le trajet vers la maison de Shane, j'observe mon petit ami, avec qui je sors depuis deux ans. Nous nous sommes embrassés pour la première fois pendant le jeu de la bouteille chez Shane, au cours de l'année de seconde. On a fait ça devant tout le monde ; Colin m'a prise dans ses bras et embrassée durant cinq minutes chrono. Eh oui, les spectateurs ont chronométré. Et depuis, nous sommes ensemble.

— Pourquoi est-ce que tu me regardes comme ça ?

— Je me rappelais notre premier baiser.

— Chez Shane. Oui, on a offert un joli spectacle aux autres, non ? Même les terminales de l'époque étaient impressionnés.

— Maintenant, les terminales, c'est nous.

— Et on forme toujours un couple en or, chérie.

Colin engage la voiture dans l'allée de la maison de Shane.

— Que la fête commence, le couple en or est arrivé, crie-t-il quand nous entrons à l'intérieur.

Colin rejoint les garçons et moi Sierra, dans le salon. Elle me prend dans ses bras, puis m'indique une place libre sur le canapé, à côté d'elle. Un groupe de filles de notre équipe est là aussi, dont Darlene.

— Maintenant que Brit est arrivée, déclare Sierra, le jeu peut démarrer.

— Qui est-ce que tu préférerais embrasser ? demande Madison.

Sierra se recule dans le canapé.

— Commençons doucement. Carlin ou caniche ?

J'éclate de rire.

— On parle de chiens ?

— Oui.

— D'accord.

Les caniches sont mignons et tout doux mais les carlins font plus virils et n'ont pas cet air hargneux. Évidemment, j'aime tout ce qui est mignon et doux, mais tant pis pour les caniches.

— Carlin !

Morgan tire une drôle de tête.

— Berk ! Un caniche, sans hésitation. Les carlins ont le nez enfoncé et reniflent en permanence. Ça ne donne vraiment pas envie d'en embrasser un.

— Ce que tu es bête, réplique Sierra. On ne va pas vraiment essayer !

À mon tour, je me lance.

— Tiens, j'en ai une bonne. Le coach Garrison ou Mr Harris, le prof de maths ?

Toutes les filles crient à l'unisson :

— Garrison !

— Il est trop beau ! s'exclame Megan.

— Désolée de vous décevoir mais on m'a dit qu'il était gay, rigole Sierra.

— Je le crois pas, s'écrie Megan. Tu es sûre ? Bref, quoi qu'il en soit, je le choisirai toujours face à Harris.

— À moi ! intervient Darlene. Colin Adams ou Alex Fuentes ?

Tous les regards se fixent sur moi. Sierra me donne un coup de coude pour me faire comprendre qu'on a de la compagnie : Colin. Pourquoi Darlene m'a-t-elle tendu ce piège ? Tous les yeux sont maintenant rivés sur Colin qui se tient derrière moi.

— Oups, désolée, s'excuse Darlene en se couvrant la bouche.

— Tout le monde sait que Brittany choisirait Colin, affirme Sierra en mettant un bretzel dans sa bouche.

Megan se tourne vers Darlene, l'air méprisant.

— C'est quoi, ton problème ?

— Quoi ? Ce n'est qu'un jeu, Megan.

— Oui, mais le nôtre est différent du tien.

— Qu'est-ce que tu veux dire par là ? Ce n'est parce que tu n'as pas de copain que…

Colin s'éloigne de nous et se dirige vers le patio. Je lance un œil furieux à Darlene, remercie dans mon esprit Megan de lui avoir dit ses quatre vérités, et rejoins Colin dehors.

Il est assis sur une des chaises longues installées autour de la piscine.

— Merde, pourquoi est-ce que tu as hésité quand Darlene t'a posé sa question ? Tu m'as fait passer pour un con.

— Oui et j'en veux beaucoup à Darlene.

Il émet un petit rire.

— Tu ne comprends donc pas ? Darlene n'est pas fautive dans l'histoire.

— Et moi si ? Comme si j'avais répondu Alex.

Il se redresse d'un coup.

— Tu ne t'es pas vraiment plainte.

— Tu veux qu'on se dispute, Colin ?

— Peut-être bien, oui. Tu ne te comportes plus comme ma petite amie.

— Comment oses-tu dire ça ? Qui est-ce qui t'a emmené à l'hôpital quand tu t'es foulé le poignet ? Qui est-ce qui a couru sur le terrain pour t'embrasser après ton premier touchdown ? Qui est venue te voir tous les jours quand tu as eu la varicelle, l'an dernier ?

J'ai aussi profité contre mon gré d'un cours de conduite. Perdu connaissance dans les bras d'Alex à cause de l'alcool, mais je ne savais pas ce que je faisais. Il ne s'est rien passé avec Alex. Je suis innocente, même si mes pensées le sont moins.

— C'était l'année dernière. Colin me tire par la main dans la maison : Je veux que tu me montres combien je compte pour toi. Maintenant.

Nous montons dans la chambre de Shane et Colin m'attire sur le lit avec lui. Au moment où il frotte son nez dans mon cou, je le repousse immédiatement.

— Arrête de faire comme si je te forçais, Brit, proteste Colin. Le lit grince sous son poids.

— Depuis que nous avons repris les cours, tu joues les petites filles prudes.

Je me relève.

— Je ne veux pas que notre relation soit basée sur le sexe. On ne parle plus, ces temps-ci.

— Alors, parle, dit-il pendant que sa main se promène sur ma poitrine.

— Commence et je te répondrai.

— C'est le truc le plus con que j'aie jamais entendu. Je n'ai rien à dire, Brit. Si tu as envie de parler, lâche-toi.

Je respire profondément, culpabilisant de me sentir mieux avec Alex qu'ici, au lit, avec Colin. Il ne faut pas que notre relation se termine. Maman deviendrait folle, mes amies aussi…

Colin me tire à côté de lui. Je ne peux pas rompre simplement parce que j'ai peur du sexe. Après tout, lui aussi est vierge. Et il attend que je sois prête pour que nous partagions notre première fois ensemble. La plupart de mes amies sont déjà passées à l'acte ; c'est peut-être bête de ma part d'en faire toute une histoire. Peut-être que mon attirance pour Alex n'est qu'une excuse pour éviter de passer à l'acte avec Colin. Son bras enserre ma taille. Nous sommes en couple depuis deux ans, pourquoi tout gâcher à cause d'un désir stupide pour quelqu'un à qui je ne devrais même pas adresser la parole ?

Ses lèvres se retrouvent à quelques centimètres des miennes et mon regard se fige. Sur la commode de Shane se trouve une photo, une photo de lui et Colin à la plage, cet été. Il y a deux filles à côté d'eux, et Colin enlace tendrement la jolie brune aux cheveux courts, en bataille. Tous deux affichent un grand sourire comme s'ils partageaient un secret qu'ils souhaitaient garder caché.

— C'est qui, ça ? dis-je d'une voix neutre, en pointant la photo du doigt.

— Juste deux filles qu'on a rencontrées sur la plage, répond-il en s'allongeant sur le lit pour regarder le cliché.

— C'est qui la fille que tu enlaces ?

— Je ne sais pas. Je crois qu'elle s'appelle Mia ou quelque chose dans le genre.

— Vous formez un joli couple.

— Ne sois pas jalouse. Viens ici, dit-il en se relevant pour m'empêcher de voir la photo. Maintenant, c'est de toi que j'ai envie, Brit.

Comment ça « maintenant » ? Comme s'il avait eu envie de Mia pendant l'été et que c'était mon tour ? Est-ce que je réfléchis trop ?

Je n'ai pas le temps de pousser la réflexion plus loin que Colin remonte ma robe et mon soutien-gorge jusqu'à mon menton. J'essaie de me mettre dans l'ambiance et de me convaincre que mes hésitations viennent de ma nervosité.

— Est-ce que tu as verrouillé la porte ?

— Oui, dit-il, hypnotisé par mes seins.

Consciente que je dois participer, bien que j'aie du mal à me motiver, je parcours son corps à travers son pantalon. Colin se redresse, éloigne ma main et ouvre sa braguette. Puis il descend son pantalon au niveau de ses genoux.

— Allez, Brit, on va essayer quelque chose de nouveau.

Ça ne semble pas naturel, tout paraît calculé. Je me rapproche de lui, l'esprit détaché.

Soudain la porte s'ouvre et Shane passe sa tête dans la pièce. Sur sa bouche se dessine un large sourire.

— Merde, alors ! J'aurais dû garder mon téléphone sur moi.

— Je croyais que tu avais verrouillé la porte ! Furieuse, je remets mon soutien-gorge et ma robe en place : Tu m'as menti !

Colin attrape la couverture et se couvre avec.

— Putain, Shane, tu nous laisses tranquilles, oui ? Brit, arrête de flipper comme une malade.

— Au cas où tu ne serais pas au courant, c'est *ma* chambre, souligne Shane. Il s'appuie contre l'encadrement de la porte et agite les sourcils en me regardant : Brit, dis-moi la vérité. Est-ce qu'ils sont vrais ?

— Shane, tu es un porc !

Colin m'attrape alors que je saute du lit.

— Reviens, Brit. Je suis désolé pour la porte. J'étais pris par l'action.

Le problème, c'est que la porte non verrouillée n'est pas la seule raison pour laquelle je suis en colère. Colin m'a mal parlé et ne s'excuse même pas, sans compter qu'il ne m'a pas défendue devant Shane.

— Ah oui ? Eh bien, moi, je m'en vais !

Il est une heure et demie du matin et je suis dans ma chambre, les yeux rivés sur mon portable. Colin a appelé trente-six fois et laissé dix messages. Depuis que Sierra m'a ramenée à la maison, ma colère ne s'est pas calmée. J'ai honte que Shane m'ait vue à moitié nue. Le temps que je trouve Sierra et lui demande de me raccompagner, au moins cinq personnes chuchotaient en me regardant.

À son trente-neuvième appel, mon cœur bat encore fort, mais je sais que je n'arriverai pas à l'apaiser davantage. Je décroche enfin.

— Arrête de m'appeler.

— J'arrêterai quand tu écouteras ce que j'ai à te dire, répond Colin d'une voix furieuse.

— Alors parle. Je t'écoute.

Je l'entends prendre une profonde inspiration.

— Brit, je suis désolé. Désolé de ne pas avoir verrouillé la porte, ce soir. Désolé d'avoir voulu coucher avec toi. Désolé qu'un de mes meilleurs amis se croie drôle quand il ne l'est pas. Désolé de ne pas supporter de te voir avec Fuentes en cours de Peterson. Désolé d'avoir changé cet été.

Je ne sais pas quoi répondre. C'est vrai qu'il a changé. Et moi, aurais-je changé depuis qu'il m'a dit au revoir avant de partir en vacances ? Je n'en sais rien. Cependant, je suis sûre d'une chose :

— Colin, je ne veux plus me battre avec toi.

— Moi non plus. Est-ce que tu peux oublier ce qui s'est passé ce soir ? Je te promets que je me rattraperai. Tu te rappelles notre anniversaire, l'an dernier, quand mon oncle nous a emmenés dans le Michigan pour la journée, dans son petit avion Cessna ?

Nous étions allés dans un hôtel. Quand nous sommes arrivés au restaurant ce soir-là, un énorme bouquet de roses rouges m'attendait sur la table, avec une boîte turquoise. À l'intérieur, il y avait un bracelet en or blanc de chez Tiffany.

— Je m'en souviens, oui.

— Je vais t'acheter les boucles d'oreilles assorties au bracelet, Brit.

Je n'ai pas le cœur à lui dire que je me fiche des boucles d'oreilles. J'adore le bracelet et je le porte constamment. Mais ce n'est pas le cadeau lui-même qui m'avait impressionnée, c'était le fait que Colin se soit mis en quatre pour faire de cette journée une journée vraiment spéciale pour nous deux. C'est cela dont je me souviens en regardant le bracelet. Ces boucles d'oreilles hors de prix symboliseraient les excuses de Colin et me rappelleraient uniquement la soirée d'aujourd'hui. Il pourrait également s'en servir pour que je me sente redevable et doive lui offrir quelque chose en échange… comme ma virginité. Il n'en a peut-être pas conscience mais le simple fait que j'y pense est un signe. Je refuse une telle pression.

— Colin, je ne veux pas de boucles d'oreilles.

— Alors de quoi as-tu envie ? Dis-moi.

Il me faut un moment avant de répondre. Il y a six mois, j'aurais pu écrire une centaine de pages sur ce dont j'avais envie. Depuis que le lycée a recommencé, tout a changé.

— Je ne sais plus.

Cela me fait mal de le dire à haute voix mais c'est la vérité.

— Bon, quand tu auras trouvé, tu m'en parleras, d'accord ?

Oui, *si* je trouve.

28

ALEX

Aujourd'hui, lundi, je suis impatient d'être en cours de chimie et ce n'est certainement pas à cause de Mrs P. Mais à cause de Brittany. Laquelle arrive en retard.

— Salut.

— Salut, répond-elle en marmonnant.

Pas de sourire, pas de grands yeux clairs. De toute évidence, elle est préoccupée.

— Bonjour tout le monde, commence Mrs P. Sortez vos stylos. On va voir si vous avez bien étudié.

Je jette un œil à ma voisine et maudis en silence Mrs P. de ne pas nous confier d'expérience, ce qui nous aurait permis de parler. Brittany a l'air perdue. J'ai envie de la protéger, bien que je n'en aie pas le droit, et lève la main.

— J'ai peur de ce que vous allez m'annoncer, Alex, dit Mrs P. en me regardant de haut.

— Juste une petite question.

— Allez-y mais faites vite.

— On peut garder notre manuel pendant le contrôle, n'est-ce pas ?

La prof baisse ses lunettes.

— Non, Alex, vous ne pouvez pas le garder. Et si vous n'avez pas révisé, vous allez obtenir un joli F. Compris ?

En réponse, je laisse tomber mes livres par terre avec fracas.

Mrs P. fait passer les sujets et je lis la première question. « La densité de l'Al(aluminium) est de 2,7 grammes par millimètre. Quel volume occuperont 10,5 grammes d'Al(aluminium) ? »

Je prends le temps de terminer ma réponse puis me tourne vers Brittany. Elle scrute, absente, la feuille d'examen.

— Quoi ? fait-elle.

— Rien. *Nada.*

— Alors arrête de me fixer comme ça.

Mrs P. nous a dans le collimateur. Je respire profondément pour me calmer et me concentre sur mon contrôle. Pourquoi Brittany est devenue soudainement froide, sans le moindre signe explicatif ? Qu'est-ce qui la préoccupe ?

Elle pose sa tête sur la paillasse pour écrire ses réponses. Je sens qu'elle n'est pas concentrée, elle veut juste bâcler le contrôle. Enfin, Mrs P. réclame les copies et je remarque le regard vide de ma voisine.

— Si ça peut te consoler, lui dis-je à voix basse pour qu'elle soit la seule à m'entendre, j'ai raté le brevet de secourisme en quatrième parce que j'avais allumé une cigarette à la bouche du mannequin.

— C'est cool pour toi, répond-elle sans même lever les yeux.

La musique à travers les haut-parleurs marque la fin de l'heure. J'observe les cheveux dorés de Brittany moins souples que d'habitude, tandis qu'elle se traîne hors de la classe. Étonnamment, son copain ne l'accompagne pas. Elle se dit peut-être que tout lui est dû et même les bonnes notes. Pour ma part, je dois travailler dur pour obtenir quoi que ce soit. Rien ne me tombe tout cuit dans le bec.

— Salut, Alex !

Carmen m'attendait à mon casier.

— *¿Que pasa ?*

Mon ex penche vers moi son décolleté très plongeant.

— On est tout un groupe à aller à la plage après les cours. Tu viens ?

— J'ai du boulot. Je vous rejoindrai peut-être après.

Je repense aux événements d'il y a deux semaines. Après être allé chez Brittany et m'être fait rembarré par sa mère, j'ai eu comme un déclic.

Boire pour panser la blessure de mon ego était une idée vraiment bête. Je voulais être avec Brittany, non seulement pour étudier mais aussi pour découvrir celle qui se cache derrière ces cheveux blonds. Ma binôme m'a impressionné. Pas Carmen. Mes souvenirs sont vagues mais je revois Carmen au bord du lac, enveloppant mon corps du sien, puis assise sur moi, près du feu, pendant que nous fumions quelque chose de beaucoup plus fort qu'une Marlboro. Entre l'alcool, la drogue et mes blessures, je me serais contenté de n'importe quelle fille.

Carmen était là, prête, et je lui dois des excuses : même si elle s'offrait à moi, je n'aurais pas dû mordre à l'hameçon. Il faudra que je lui parle de mon comportement à la con.

Après le lycée, je remarque une foule agglutinée autour de ma moto. S'il est arrivé quoi que ce soit à Julio, je jure que je vais frapper quelqu'un. Je n'ai pas besoin de me frayer un chemin, on s'écarte pour me laisser passer. Et je découvre ma moto vandalisée. On s'attend à me voir enrager : qui a osé mettre un klaxon de tricycle rose et coller des rubans à paillettes aux extrémités du guidon ? Personne ne peut faire ça impunément.

Sauf Brittany.

Je regarde alentour mais je ne la trouve pas.

— Ce n'est pas moi, se dépêche de dire Lucky.

Tout le monde se met à murmurer la même chose. Puis des noms se répandent à travers la foule.

— Colin Adams…

— Greg Hanson…

Je ne les écoute pas. Je connais parfaitement le coupable : ma binôme, celle qui m'ignorait ce matin. J'arrache les rubans d'une main puis dévisse le klaxon en caoutchouc rose. Rose ! Est-ce que c'était le sien à une époque ?

— Dégagez !

La foule se disperse très vite : ils croient certainement que je suis furieux et personne ne veut en subir les conséquences. Parfois, avoir une image de dur présente des avantages. Mais pour dire la vérité, le klaxon rose et les rubans vont me servir de prétexte pour reparler à Brittany.

Une fois seul, je me rends au terrain de football. L'équipe de pom-pom girls est là, à l'entraînement comme d'habitude.

— Tu cherches quelqu'un ?

C'est Darlene, une amie de Brittany.

— Est-ce que Brittany est là ?

— Non.

— Tu ne saurais pas où elle est ?

Alex Fuentes qui s'intéresse aux allées et venues de Brittany Ellis ? Je m'attends qu'elle me réponde que cela ne me regarde pas ou que je devrais la laisser tranquille, mais non.

— Elle est rentrée chez elle.

Je la remercie et compose le numéro de mon cousin pendant que je me dirige vers Julio.

— Garage Enrique.

— C'est Alex. Je serai en retard aujourd'hui.

— Tu t'es pris une nouvelle retenue ?

— Non, ça n'a rien à voir.

— Bien mais occupe-toi de la Lexus de Chuy. Je lui ai dit qu'il pourrait la récupérer à dix-neuf heures et tu sais comment il est quand il est contrarié.

— Pas de problème.

Membre du Blood, Chuy est le genre de type à qui personne n'a envie d'être confronté, un gars qui ne connaît pas le sens du mot « empathie ». Si quelqu'un se montre déloyal, Chuy est chargé soit de le remettre sur le droit chemin, soit de lui enlever toute tentation d'être une balance. Il emploiera tous les moyens possibles, même si l'autre implore qu'on le laisse en vie.

— Ce sera fait.

Dix minutes plus tard, je frappe à la porte des Ellis, le klaxon rose et les rubans dans une main. J'essaie de prendre une pose de beau gosse. Quand Brittany ouvre la porte, vêtue d'un T-shirt et un short beaucoup trop larges pour elle, je reste bouche bée.

Ses yeux bleu clair s'écarquillent.

— Alex, qu'est-ce que tu fiches ici ?

Je lui tends mes trésors.

— Je ne peux pas croire que tu sois venu jusqu'ici pour une simple blague.

— Nous devons discuter et pas seulement de cette blague.

Elle déglutit nerveusement.

— Je ne me sens pas bien, d'accord ? On parlera au lycée.

Brittany commence à fermer la porte.

Merde, je n'arrive pas à croire que je m'apprête à faire comme les prédateurs que l'on voit dans les films : je rouvre la porte d'un coup brusque. *¡Qué mierda !*

— Alex, arrête.

— Laisse-moi entrer. Juste une minute. S'il te plaît.

Elle hoche la tête et ses boucles divines volent de part et d'autre de son visage.

— Mes parents n'aiment pas les visiteurs.

— Est-ce qu'ils sont là ?

— Non.

Elle soupire et finit par ouvrir la porte fébrilement.

J'entre. La maison paraît encore plus grande à l'intérieur. Les murs sont peints d'un blanc éclatant, comme dans un hôpital. Je parie que la poussière n'ose même pas se déposer sur les meubles. L'escalier dans l'entrée, sur deux étages, rivaliserait avec celui de *La Mélodie du bonheur*, qu'on nous avait obligés à regarder au collège, et le sol est aussi brillant qu'un miroir.

Brittany avait raison : je n'ai pas ma place ici. Ce n'est pas grave. Elle est ici et je veux être là où elle est.

— Eh bien, de quoi voulais-tu me parler ?

Si seulement ses longues jambes élancées, dépassant de son petit short ne me déconcentraient pas. Je détourne les yeux, cherchant désespérément à rester maître de moi. Qu'importe qu'elle ait des jambes sexy, que ses yeux soient aussi clairs que des billes, qu'elle encaisse les coups comme un homme et qu'elle sache les rendre.

Mais qui j'essaie de leurrer ? Ma seule raison d'être ici, c'est mon envie d'être près d'elle. J'en ai rien à faire du pari. J'ai envie de savoir ce qui la fait rire, ce qui la fait pleurer. J'ai envie de connaître l'effet de son regard sur moi si elle me voyait comme son prince charmant.

— Bwiee !

On entend une voix résonner dans la maison, rompant le silence entre nous.

— Attends-moi là, m'ordonne Brittany en se précipitant au bout du couloir sur la droite. Je reviens tout de suite.

Pas question de rester planté comme un idiot dans l'entrée. Je la suis, conscient que j'aurai ainsi un aperçu de sa vie privée.

29
BRITTANY

Je n'ai pas honte du handicap de ma sœur mais je ne veux pas qu'Alex la juge. S'il se mettait à rire, je ne le supporterais pas. Je me retourne en un éclair.

— Tu n'es pas du genre à obéir, je me trompe ?

Il sourit, l'air de dire : « Je suis dans un gang, tu t'attendais à quoi ? »

— Je dois m'occuper de ma sœur.

— Pas de soucis. Ça me donnera l'occasion de la rencontrer. Fais-moi confiance.

Je devrais le ficher à la porte, avec ses tatouages et le reste. Mais je ne le fais pas.

Sans un mot, je le guide à travers la sombre bibliothèque en acajou. Shelley est assise dans son fauteuil roulant, la tête penchant bizarrement sur le côté tandis qu'elle regarde la télévision. Elle réalise alors qu'elle a de la compagnie et ses yeux dévient de l'écran vers Alex et moi.

— Je te présente Alex, lui dis-je en éteignant la télé. C'est un ami du lycée.

Shelley fait un sourire tordu à Alex et appuie sur les touches de son clavier phonétique avec les phalanges.

— Bonjour, scande une voix féminine électronique. Je m'appelle Shelley.

Alex se baisse au niveau de ma sœur. Ce geste simple de respect me serre le cœur. Colin fait toujours semblant de ne pas la voir et la traite comme si elle était aveugle et sourde en plus d'être une handicapée physique et mentale.

— Comment ça va ? demande Alex en prenant la main de Shelley dans la sienne pour la saluer. Tu as un bel ordinateur.

— C'est un assistant personnel de communication, dis-je en guise d'explication, cela l'aide à communiquer.

— Jeu, annonce la voix électronique.

Alex se place à côté de Shelley. Je retiens mon souffle, les yeux rivés sur les mains de ma sœur, pour m'assurer qu'elles ne s'approchent pas de l'épaisse chevelure noire.

— Tu as des jeux installés là-dessus ?

— Oui, elle est devenue fana des échecs. Shelley, montre-lui comment ça marche.

Pendant que Shelley appuie lentement sur son écran, Alex observe, visiblement fasciné. L'écran d'échecs apparaît et Shelley tape la main d'Alex.

— Tu commences, dit-il.

Elle secoue la tête.

— Elle veut que ce soit toi qui commences.

— Cool.

Il appuie sur l'écran.

Tout émue, je regarde ce garçon aux airs de gros dur jouer tranquillement avec ma grande sœur.

— Ça t'ennuie si je vais lui préparer un en-cas ?

J'ai très envie de sortir de cette pièce.

— Non, je t'en prie, répond-il, très concentré sur la partie.

— Pas la peine de la laisser gagner, elle se défend très bien.

— Euh, merci de ta confiance, ça fait plaisir, mais j'essaie justement de gagner.

Il fait alors un sourire plein de franchise, sans vouloir se donner un air cool ou arrogant. J'ai d'autant plus envie de fuir.

Quand je reviens quelques minutes plus tard avec le plateau de Shelley, Alex m'annonce qu'elle l'a battu.

— Je t'avais prévenu qu'elle était douée. Maintenant, on doit arrêter le jeu, dis-je à Shelley avant de me tourner vers Alex. J'espère que ça ne t'ennuie pas si je lui donne à manger.

— Du tout, vas-y.

Il s'assoit dans le fauteuil en cuir préféré de papa tandis que je pose le plateau devant Shelley et lui donne sa compote de pomme. Elle en met partout, comme d'habitude. Je lève la tête et aperçois Alex qui me regarde essuyer le coin de la bouche de ma sœur avec une serviette.

— Shelley, tu aurais dû le laisser gagner. Tu sais, pour être polie.

Shelley secoue la tête en retour. De la compote coule sur son menton.

— Ah ! bon, tu veux la jouer comme ça ?

J'espère que la scène ne dégoûte pas Alex. Peut-être que c'est ma façon de le tester pour voir s'il peut supporter cet échantillon de ma vie à la maison. Si c'est le cas, il est en train de réussir l'examen.

— Attends qu'Alex s'en aille. Je vais te montrer une vraie championne d'échecs.

Ma sœur lance son sourire tordu si doux. Un sourire qui vaut un million de mots. L'espace d'un instant, j'oublie la présence d'Alex. C'est vraiment bizarre de le savoir chez moi, dans ma maison et dans ma vie. Il n'est peut-être pas à sa place mais cela ne le dérange pas d'être là.

— Pourquoi étais-tu de mauvaise humeur en cours de chimie ? demande-t-il.

Parce que ma sœur va être placée dans une institution et qu'hier, j'ai été surprise les seins à l'air alors que Colin avait son pantalon baissé devant moi.

— Je suis sûre que tu as entendu les rumeurs scabreuses, dis-je.

— Non, rien du tout. Peut-être que tu es juste parano.

Peut-être. Shane nous a vus et il est bavard. Aujourd'hui, chaque fois que quelqu'un regardait dans ma direction, j'avais l'impression qu'il savait.

— Parfois, j'aimerais qu'on ait des jours à recommencer.

— Parfois, j'aimerais qu'on ait des *années* à recommencer, répond Alex sérieusement. Ou des jours en accéléré.

— Malheureusement, la vie ne nous offre pas de télé-commande.

Une fois le repas de Shelley terminé, je l'installe face à la télévision et guide Alex vers la cuisine. Je nous sors des boissons du frigo.

— Ma vie ne te semble pas si parfaite finalement, je me trompe ?

Il semble surpris.

— Pardon ? dit-il, puis haussant les épaules : Je suppose que nous avons tous un fardeau à porter. Je possède plus de démons qu'un film d'horreur.

Des démons ? Rien ne dérange jamais Alex. Il ne se plaint jamais de sa vie.

— Et quels sont tes démons ?

— *Oye*, si je te parlais d'eux, tu t'enfuirais en courant.

— Je pense que tu serais étonné de ce que j'aimerais fuir, Alex.

L'horloge de mon grand-père résonne dans toute la maison. Un, deux, trois, quatre, cinq coups.

— Je dois y aller, déclare Alex. Ça te dirait qu'on travaille demain, après les cours ? Chez moi.

— Chez toi ? Dans les quartiers sud ?

— Tu auras un aperçu de ma vie. Tu te sens prête ?

Je déglutis.

— Absolument !

C'est parti.

Alors que je le raccompagne à la porte, j'entends une voiture dans l'allée. Si c'est maman, je suis dans de beaux draps. Peu importe que nous ayons eu un entretien parfaitement innocent, elle piquera une crise. Je regarde à travers la fenêtre de la porte d'entrée et reconnais la voiture de sport rouge de Darlene.

— Mince, mes amies sont là.

— Tu ne peux pas prétendre que je ne suis pas là. Ma moto est garée dans ton allée. Pas de panique, ouvre la porte.

Il a raison. J'ouvre la porte et sors sur le perron. Alex se tient juste derrière moi. Darlene, Morgan et Sierra s'avancent vers nous. Je les salue.

— Coucou les filles !

Peut-être qu'en prenant un air innocent, elles ne feront pas tout un drame de la présence d'Alex chez moi.

— Nous discutions de notre projet de chimie. N'est-ce pas, Alex ? dis-je, posant ma main sur son coude.

— Exactement.

Sierra hausse les sourcils. Je crois que Morgan résiste à l'envie de prendre son portable, sans doute pour informer les autres « M » qu'elle a vu Alex Fuentes sortir de chez moi.

— Est-ce que vous voulez qu'on s'en aille pour que vous soyez tranquilles ? demande Darlene.

— Ne sois pas ridicule.

Je me suis sans doute trop empressée de répondre pour avoir
l'air honnête.

Alex s'approche de sa moto. Son T-shirt met en valeur son
dos musclé si parfait, et son jean son si parfait petit…

Il met son casque et agite la main.

— À demain.

Demain. Chez lui.

Je fais un signe de la tête.

À peine Alex parti, Sierra ouvre les hostilités.

— C'était quoi, *ça* ?

— De la chimie, dis-je en marmonnant.

Morgan reste bouche bée.

— Est-ce que vous êtes passés à l'action ? demande Darlene.
Parce que nous sommes amies depuis dix ans et je peux compter sur les doigts d'une main le nombre de fois où j'ai été invitée
à rentrer chez toi.

— C'est mon binôme de chimie.

— Il est membre d'*un gang*, Brit ! Ne l'oublie jamais.

Sierra hoche la tête.

— Est-ce que tu aurais un faible pour un autre garçon que
ton copain ? Colin a dit à Doug que tu te comportais bizarrement ces derniers temps. En tant qu'amies, c'est notre rôle de
te ramener à la raison.

Je m'assois sur le perron et les écoute parler de réputations,
de petits amis et de fidélité pendant une demi-heure. Elles ont
raison.

— Jure-nous qu'il n'y a rien entre Alex et toi, exige Sierra
pendant que Morgan et Darlene sont parties l'attendre dans la
voiture.

— Il n'y a rien entre Alex et moi. Je le jure.

30

ALEX

En cours d'algèbre, le vigile de l'établissement frappe à la porte et dit au prof que je dois le suivre. Je lève les yeux au ciel, attrape mes bouquins et laisse le type prendre son pied à m'humilier devant tout le monde.

— Qu'est-ce qui se passe encore ?

Hier, j'ai été exclu de cours pour avoir déclenché une bataille de nourriture dans la cour. Ce n'est pas moi qui avais commencé pourtant. D'accord, j'y avais peut-être participé.

— On va faire un petit tour sur le terrain de basket-ball.

Je lui emboîte le pas.

— Alejandro, vandaliser les biens du lycée, c'est très grave.

— Je n'ai rien fait.

— Quelque chose m'a mis la puce à l'oreille.

Quelque chose ou quelqu'un ? Celui qui m'a balancé est certainement le coupable.

— On peut savoir quoi ?

Le garde pointe son doigt vers le sol du gymnase, où l'on a tagué une très mauvaise imitation du symbole du Latino Blood.

— Est-ce que tu peux m'expliquer ça ?

— Non.

Un autre garde nous rejoint.

— On devrait inspecter son casier.

— Excellente idée.

Ils ne trouveront qu'une veste en cuir et des manuels.

Je suis en train de faire la combinaison du cadenas quand arrive Mrs P.

— Que se passe-t-il ? leur demande-t-elle.

— Un cas de vandalisme, sur le terrain de basket-ball.

J'ouvre mon casier et fais un pas en arrière pour qu'ils le fouillent.

— Ah, ah ! s'exclame un des types de la sécurité, en sortant une bombe de peinture noire, qu'il me met sous le nez. Est-ce que tu vas continuer de nier avec ça ?

— C'est un coup monté !

Je me tourne vers Mrs P. qui me regarde comme si j'avais tué son chat.

— Je n'ai rien fait. Madame P., vous devez me croire.

Je me vois déjà emmené en cellule à cause de la connerie d'un autre.

Elle hoche la tête.

— Alex, nous avons là une preuve. J'aimerais vous croire, mais ça m'est difficile.

Les mecs de la sécurité m'encadrent et je sais déjà ce qui m'attend. Mrs P. lève la main pour les arrêter.

— Alex, il faut que vous m'aidiez.

Je suis tenté de me taire, de les laisser croire que je suis coupable des dégradations du lycée. De toute manière, on ne m'écoutera pas. Cependant, Mrs P. me regarde comme le ferait un ado rebelle qui voudrait prouver à tous qu'ils ont tort.

— Le tag est totalement raté, lui dis-je. Je découvre mon avant-bras : Voici le véritable symbole du Latino Blood. Une étoile à cinq branches avec deux tridents qui partent de la branche supérieure et les lettres « LB » inscrites au milieu. Le tag dans le gymnase a six branches et deux flèches. Personne dans le Blood ne commettrait une telle erreur.

— Où se trouve Mr Aguirre ? demande Mrs P. aux deux gardes.

— En réunion avec l'administrateur du lycée. Sa secrétaire dit qu'il ne veut pas être dérangé.

Peterson jette un coup d'œil à sa montre.

— J'ai un cours dans quinze minutes. Joe, veuillez contacter Mr Aguirre sur votre talkie-walkie.

— Madame, c'est le genre d'affaire qui fait partie de notre boulot.

— Je sais. Mais Alex est mon élève et je vous prie de me croire quand je vous dis qu'il ne doit absolument pas manquer le cours d'aujourd'hui.

Joe hausse les épaules et appelle Mr Aguirre pour qu'il nous retrouve dans le couloir L. Quand la secrétaire demande s'il s'agit d'une urgence, Mrs P. s'empare du talkie-walkie et confirme que c'en est bien une, qu'elle en fait une affaire personnelle, et que Mr Aguirre doit se présenter immédiatement dans le couloir L.

Deux minutes plus tard, celui-ci débarque, l'air consterné.

— Qu'est-ce qui se passe enfin ?

— On a vandalisé la salle de sport, l'informe Joe.

— Mince, Fuentes, encore vous !

— Ce n'est pas moi.

— Alors qui ?

Je hausse les épaules.

— Monsieur Aguirre, intervient Peterson, il dit la vérité. Vous pouvez me congédier si je me trompe.

Il secoue la tête puis se tourne vers un des types.

— Envoyez Chuck dans la salle de sport et voyez ce qu'il peut faire pour nettoyer... Il tend alors la bombe de peinture vers moi : Mais je vous préviens, Alex, si je découvre que vous êtes coupable, vous ne serez pas seulement renvoyé mais arrêté. C'est clair ?

Une fois les deux gardes partis, Aguirre reprend :

— Alex, je ne vous l'ai encore jamais dit mais maintenant, je le fais. Au lycée, je pensais que la terre entière me voulait du mal. Je n'étais pas si différent de vous, vous savez. Il m'a fallu un sacré long moment pour comprendre que je me faisais du mal tout seul. Quand j'ai compris cela, j'ai changé. Mrs Perterson et moi, nous ne vous voulons aucun mal.

— Je sais.

Je suis sincère.

— Bien. Il se trouve que j'étais au milieu d'une réunion importante, je vous prie donc de m'excuser mais je dois retourner dans mon bureau.

— Merci de m'avoir cru, dis-je à Mrs P. après le départ d'Aguirre.

— Sais-tu qui est responsable de cet acte de vandalisme ?

Je la fixe droit dans les yeux.

— Je n'en ai pas la moindre idée. Je suis convaincu que ce n'est pas un de mes amis.

— Alex, si vous n'étiez pas dans un gang, vous ne vous attireriez pas tous ces ennuis.

— Oui, mais je m'en attirerais d'autres.

31

BRITTANY

— On dirait que certains d'entre vous traitent mon cours par-dessus la jambe, s'exclame Mrs Peterson.

Elle se met à distribuer les copies d'hier. Au fur et à mesure qu'elle se rapproche de notre table, je glisse sur ma chaise. Je ne suis vraiment pas d'humeur à subir la colère de Mrs Peterson.

— Beau travail.

Elle place la feuille retournée devant moi puis s'adresse à Alex.

— Pour quelqu'un qui aspire à devenir professeur de chimie, vous commencez bien mal, monsieur Fuentes. Peut-être que j'y réfléchirai à deux fois avant de vous défendre si vous n'apprenez pas votre cours avant de venir en classe.

Elle dépose la copie d'Alex devant lui avec l'index et le pouce, comme si la feuille était trop dégoûtante pour être touchée à pleine main.

— Venez me voir à la fin de l'heure, conclut-elle avant de continuer à distribuer les copies.

Je ne comprends pas pourquoi Mrs Peterson ne s'est pas déchaînée contre moi. Je retourne ma feuille et découvre un A inscrit au sommet. Je me frotte les yeux et jette un nouveau coup d'œil. Il doit y avoir une erreur. En moins d'une seconde, je saisis qui est derrière tout ça. Je le prends comme un coup en plein estomac. Je tourne alors le regard vers Alex qui range son contrôle raté dans son manuel.

J'ai attendu que Mrs Peterson termine sa discussion avec Alex pour m'approcher de lui. Je me tiens à côté de son casier, il ne m'accorde aucune attention, ou presque. J'en oublie les yeux rivés sur moi.

— Pourquoi as-tu fait ça ?

— Je ne vois pas de quoi tu parles.

— Tu as échangé nos copies.

Alex claque la porte de son casier.

— Ce n'est pas grand-chose.

Oh ! que si. Il s'éloigne, comme si j'allais me contenter de si peu. Je l'ai vu étudier longuement pour ce test et quand j'ai aperçu l'énorme F marqué en rouge sur sa copie, j'ai reconnu ma feuille.

À la fin de la journée, je me précipite à l'entrée du lycée pour le rattraper avant qu'il ne s'en aille. Il a déjà enfourché sa moto, prêt à partir.

— Alex, attends !

— Monte, m'ordonne-t-il.

— Comment ?

— Monte. Si tu veux me remercier de t'avoir sauvé la mise en chimie, viens chez moi. Je ne plaisantais pas hier. Tu m'as donné un aperçu de ta vie, je vais t'en donner un de la mienne. Ça me paraît juste, non ?

Je sonde le parking. Des élèves regardent dans notre direction, probablement prêts à diffuser l'information : Brittany Ellis discute avec Alex Fuentes. Si je pars avec lui, les rumeurs vont éclater.

Le bruit de la moto me ramène soudain à Alex.

— N'aie pas peur de ce qu'ils peuvent penser.

Je l'observe de la tête aux pieds, dans son jean troué, sa veste de cuir et son bandana rouge et noir, aux couleurs de son gang, qu'il vient à peine de mettre. Je devrais être terrifiée. Mais je me souviens de son attitude vis-à-vis de Shelley hier.

Qu'ils aillent au diable.

Je tourne mon sac de cours sur mon dos et monte sur la moto.

— Tiens-toi bien, dit-il en plaçant mes mains autour de sa taille.

Ses mains puissantes posées sur les miennes me donnent la sensation d'une intense intimité. Est-ce qu'il éprouve la même chose ? On verra plus tard. Alex Fuentes est un dur, il a de l'expérience. Le contact infime de nos mains ne va pas faire palpiter son cœur. Il caresse volontairement le bout de mes doigts avant de prendre le guidon. Ô mon Dieu ! Dans quoi est-ce que je m'embarque ?

Nous accélérons à la sortie du parking et je serre les abdos d'acier d'Alex encore plus fort. La vitesse de la moto me fait peur. Je me sens étourdie, comme si j'étais sur un grand huit sans barre de sécurité. Quand la moto s'arrête au feu rouge, je me détends un peu.

J'entends son rire au moment où le feu passe au vert et qu'il accélère. Je m'agrippe à sa taille et enfonce mon visage dans son dos.

Lorsqu'il coupe enfin le moteur et abaisse la béquille, je jette un œil autour de moi. Je ne suis jamais venue dans cette rue. Les maisons sont si... petites. La plupart n'ont pas d'étage. Un chat ne passerait pas entre deux d'entre elles. Je suis incapable de refréner ma peine. Ma maison fait peut-être sept, huit, voire même neuf fois la taille de celle d'Alex. Je sais que ce quartier est pauvre mais…

— C'était une erreur, déclare Alex. Je te ramène chez toi.

— Pourquoi ?

— Entre autres, à cause du dégoût sur ton visage.

— Je ne suis pas dégoûtée. Seulement désolée…

— Pas de pitié, s'énerve Alex. Je suis pauvre, pas clochard.

— Alors est-ce que tu vas finir par m'inviter à entrer ? Les types de l'autre côté de la rue regardent la Blanche d'un air ahuri.

— À vrai dire, ici on vous appelle des Blanche-Neige.

— Je déteste la neige.

Il a un sourire moqueur.

— On s'en fout de la météo, *querida*. C'est à cause de ta peau blanche. Maintenant, suis-moi et ne dévisage pas les voisins, même si eux ne se gênent pas pour le faire.

Je le sens hésitant alors qu'il me fait pénétrer à l'intérieur. Le salon doit être plus petit que n'importe quelle pièce de ma maison mais l'atmosphère y est chaude et accueillante. Deux couvertures au crochet sont étendues sur le canapé ; j'adorerais en avoir de pareilles pour les nuits d'hiver. Chez nous, il n'y a que des édredons… spécialement fabriqués pour être assortis au reste de la décoration.

J'explore la maison d'Alex, effleurant les meubles de la main. Sur une étagère se trouvent une bougie à moitié fondue et la photo d'un homme séduisant. Je sens la chaleur d'Alex derrière moi.

— C'est ton papa ?

Il acquiesce.

— Je suis incapable d'imaginer comment ce serait si mon père était mort.

Bien qu'il ne soit pas très présent, je sais qu'il est un point de repère dans ma vie. J'en attends toujours davantage de la part de mes parents. Ne devrais-je pas déjà me sentir chanceuse de les avoir encore tous les deux ?

Alex étudie la photo de son père.

— Sur le moment, tu es comme paralysé, tu essaies de ne pas y penser. Je veux dire, tu sais parfaitement qu'il est parti, mais tu as l'impression d'évoluer dans le brouillard. Puis la routine reprend et tu retombes dans le quotidien. Il hausse les épaules : À la fin, tu cesses de trop y penser et tu te remets à avancer. Tu n'as pas le choix.

J'aperçois mon reflet dans le miroir sur le mur opposé. Inconsciemment, je me passe la main dans les cheveux.

— Tu fais toujours ça.

— Quoi donc ?

— Te recoiffer ou te maquiller.

— Et alors ? Qu'est-ce qu'il y a de mal à vouloir être jolie ?

— Rien, sauf quand ça devient une obsession.

J'abaisse immédiatement mes mains ; si seulement je pouvais les coller le long de mon corps.

— Je ne suis pas obsédée.

Il hausse de nouveau les épaules.

— Est-ce que c'est si important que les gens te trouvent belle ?

— Je me fiche de ce que les gens pensent.

Je suis bien consciente de mentir.

— Après tout, tu l'es... tu es belle. Mais ça ne devrait pas avoir autant d'importance.

Bien sûr. Mais dans mon milieu, ce que les autres attendent de nous est primordial. À ce propos :

— Qu'est-ce que t'a dit Mrs Peterson après le cours ?

— Le baratin habituel. Que si je ne prenais pas son cours au sérieux, elle ferait de ma vie un enfer.

Je déglutis, incertaine de vouloir lui dévoiler mon plan.

— Je vais lui dire que tu as échangé nos copies.

— Ne fais pas ça.

— Pourquoi ?

— Parce que ça n'a pas d'importance.

— Oh ! que si. Il te faut de bonnes notes pour entrer…

— Où ? Dans une grande université ? Et puis quoi encore ? Je n'irai pas à l'université et tu le sais. Vous, les gosses de riches, vous vous souciez de vos notes comme si elles vous définissaient. Je n'ai besoin de rien, alors ne me rends aucun service. Je m'en sortirai avec un C de moyenne. Assure-toi seulement que ces chauffe-mains vont éclater tous les autres projets !

Si je m'y attelle, on est sûrs d'obtenir un A+ pour le projet.

— Où se trouve ta chambre ? dis-je pour changer de sujet. Une chambre en dit long sur quelqu'un.

Alex montre une alcôve de l'autre côté de la pièce. Trois lits occupent la majorité du petit espace, laissant juste suffisamment de place pour une armoire.

— Je la partage avec mes deux frères. Nous n'avons pas beaucoup d'intimité.

— Laisse-moi deviner quel est ton lit, lui dis-je en souriant.

J'observe les murs autour des lits. Une petite photo d'une jolie fille hispanique est accrochée sur l'un d'eux.

— Humm… fais-je, fixant Alex et me demandant si cette fille correspond à son idéal féminin.

Je le contourne lentement et inspecte le lit suivant. Cette fois, ce sont des photos de footballeurs qui sont accrochées. Le lit est en désordre et des vêtements sont étalés tout du long. Autour du troisième, aucune décoration, comme si la personne qui dormait là n'était qu'un simple visiteur.

Je m'assois sur le lit d'Alex, celui qui est vide et déprimant, et je le regarde droit dans les yeux.

— Ton lit en dit beaucoup sur toi.

— Ah ? C'est-à-dire ?

— J'ignore pourquoi tu ne comptes pas rester longtemps ici. Peut-être as-tu réellement l'intention de partir à l'université.

Alex s'appuie contre l'encadrement de la porte.

— Je ne quitterai pas Fairfield. Jamais.

— Tu ne veux pas de diplôme ?

— Voilà que tu parles comme ce fichu conseiller d'orientation au lycée.

— N'as-tu pas envie de partir et de commencer à vivre ta propre vie ? En laissant le passé loin derrière.

— Selon toi, l'université est un moyen de fuir ?

— De fuir ? Alex, tu te trompes complètement. Je vais intégrer une université proche du lieu où vivra ma sœur. Au départ, c'était Northwestern, maintenant l'université du Colorado. Ma vie est régie par les caprices de mes parents et l'endroit où ils enverront Shelley. Toi, tu cherches la solution de facilité, alors tu ne comptes pas bouger d'ici.

— Tu penses que c'est facile d'être l'homme de la maison ? Merde, m'assurer que ma mère ne finisse pas avec un tocard ou que mes frères ne commencent pas à se piquer ou à prendre du crack sont des raisons suffisantes pour que je ne parte pas.

— Je suis désolée.

— Je t'ai déjà dit que je ne voulais pas de ta pitié.

— Tu as raison. On te sent si proche de ta famille et pourtant, tu n'installes rien autour de ton lit, comme si tu étais près de partir à tout instant. C'est ça qui me désole.

— Tu en as fini avec ta psychanalyse ? demande-t-il pour me faire taire.

Comment Alex envisage-t-il son avenir ? Il semble prêt à quitter cette maison... ou cette terre. Se pourrait-il que ce soit parce qu'il se prépare à mourir qu'il n'installe rien dans son coin à lui ? Se voit-il condamné à finir comme son père ?

S'agit-il des démons dont il a parlé ?

Pendant deux heures, nous élaborons, assis sur le canapé, les détails de nos chauffe-mains. Il est bien plus intelligent que je le croyais ; le A sur son test n'était pas volé. Il a plein de bonnes idées sur la façon de mener nos recherches en ligne ou à la bibliothèque, afin d'obtenir des données sur la construction des chauffe-mains et leurs différents usages pour notre dossier. Nous avons besoin des produits chimiques que Mrs Peterson pourra nous fournir, de sachets à fermeture hermétique pour les contenir et, pour nous faire bien voir, nous envelopperons les sachets dans du tissu que nous irons acheter. Je reste volontairement focalisée sur la chimie, attentive à ne pas aborder de sujets trop personnels.

Quand enfin je ferme mon manuel de chimie, j'aperçois du coin de l'œil Alex se passer la main dans les cheveux.

— Écoute, je ne voulais pas être impoli tout à l'heure.

— Ce n'est pas grave. J'étais trop curieuse.

— C'est vrai.

Je me lève, mal à l'aise. Il m'attrape par le bras et me prie de me rasseoir.

— Attends, je voulais dire que tu avais raison à mon sujet. Je n'installe rien à moi, ici.

— Pourquoi ?

— Mon père, dit-il en fixant la photo sur le mur opposé. Puis il ferme les yeux : Mon Dieu, il y avait tellement de sang !

Il rouvre les paupières et croise mon regard : S'il y a une chose dont je suis sûr, c'est que rien n'est définitif. Il faut vivre l'instant présent, jour après jour... ici et maintenant.

— Et de quoi as-tu envie là, maintenant ?

Pour ma part, j'ai envie de guérir ses blessures et d'oublier les miennes.

Il effleure ma joue du bout des doigts.

Le souffle coupé, je lui murmure :

— Est-ce que tu veux m'embrasser, Alex ?

— *Dios mío*, comme j'en ai envie... t'embrasser, goûter tes lèvres, ta langue. Il caresse délicatement mes lèvres : Et toi, tu as envie que je t'embrasse ?

32
ALEX

B rittany mouille ses superbes lèvres en forme de cœur du bout de sa langue, des lèvres éclatantes et si accueillantes.

— Ne me tente pas comme ça, lui dis-je doucement, ma bouche à quelques centimètres de la sienne.

Ses livres tombent par terre et ses yeux suivent le mouvement. Si je perds son attention, je risque de ne plus jamais la retrouver. Je pose mes doigts sur son menton pour lui faire comprendre avec délicatesse qu'elle doit me regarder.

Elle redresse la tête, l'air si vulnérable.

— Et si ce baiser représentait quelque chose ?

— Quelle importance ?

— Jure-moi qu'il ne signifiera rien.

Je repose ma tête contre le canapé.

— Il ne signifiera rien.

Ne suis-je pas censé faire l'homme dans cette histoire, refuser l'engagement ?

— Et pas de langue, ajoute-t-elle.

— *Mi vida*, si je t'embrasse, je te garantis que j'y mettrai la langue.

Elle hésite. Je me répète pour la rassurer :

— Je te promets que ça ne signifiera rien.

Je ne m'attends pas qu'elle le fasse vraiment. Elle doit jouer avec moi, tester ma résistance. Mais quand ses paupières se ferment et qu'elle se penche vers moi, je prends conscience que cela va enfin arriver. La fille de mes rêves, celle qui me ressemble plus que toutes les autres, veut m'embrasser. Je décide de prendre les devants. À peine nos lèvres se touchent-elles que je glisse mes doigts dans ses cheveux et continue de l'embrasser doucement. J'enveloppe sa joue de ma main, sentant sa peau de bébé sous mes doigts rugueux. Mon corps me pousse à abuser de la situation mais ma tête (l'esprit qui loge à l'intérieur plus exactement) me maintient les idées en place.

Un soupir de satisfaction sort de la bouche de Brittany comme si elle voulait rester dans mes bras pour toujours.

J'effleure ses lèvres du bout de ma langue, l'incitant à ouvrir la bouche. Sa langue rejoint timidement la mienne. Nos lèvres et nos langues se mélangent dans une lente danse érotique, jusqu'à ce que le bruit de la porte d'entrée fasse bondir Brittany sur place.

Merde ! J'ai la haine. Premièrement, de m'être abandonné dans ce baiser. Deuxièmement, d'avoir souhaité que ce moment dure éternellement. Et enfin, que ma mère et mes frères soient rentrés au pire moment.

Brittany essaie de se montrer occupée à ramasser ses livres. Ma mère et mes frères se tiennent à la porte, les yeux écarquillés.

— Salut, maman, dis-je nerveusement.

Vu le visage consterné de *mi'amá*, je comprends qu'elle n'est pas ravie de nous avoir surpris au milieu d'un baiser.

— Luis, Carlos, allez dans votre chambre, ordonne-t-elle en entrant dans la pièce et en se ressaisissant. Est-ce que tu comptes me présenter à ton amie, Alejandro ?

Brittany se lève, ses livres dans les bras.

— Bonjour, je m'appelle Brittany.

Malgré ses cheveux décoiffés à cause de mes mains et du tour en moto, elle reste magnifique.

— Alex et moi étions en train d'étudier la chimie, dit-elle en tendant la main vers ma mère.

— Ce que j'ai vu ne s'appelle pas étudier, répond maman en ignorant son geste.

— *Mamá*, laisse-la tranquille.

— Ma maison n'est pas un bordel.

— *Por favor*, *mamá*, on ne faisait que s'embrasser.

— S'embrasser conduit à faire des *niños*, Alejandro.

— Allons-nous-en, dis-je en mettant ma veste, totalement honteux.

— Je suis désolée si je vous ai manqué de respect, madame Fuentes, dit Brittany, visiblement embarrassée.

Maman part dans la cuisine ranger ses courses, sans prêter attention aux excuses de Brittany.

Une fois dehors, j'entends Brittany soupirer profondément. On dirait qu'elle est sur le point de craquer, comme si elle ne tenait plus que par un fil. L'histoire n'était pourtant pas censée se dérouler comme ça : la fille vient à la maison, on l'embrasse, maman l'insulte et la fille part en pleurant.

— Ne t'inquiète pas. Elle n'a simplement pas l'habitude que je ramène des filles.

Ses yeux bleus si expressifs paraissent froids, distants.

— Cela n'aurait pas dû arriver.

Elle rejette les épaules en arrière et se tient aussi droite qu'une statue.

— Quoi donc ? Le baiser ou le fait que tu l'aies apprécié ?

— J'ai un petit ami, souligne-t-elle tout en triturant la bandoulière de son sac de marque.

— Est-ce que tu essaies de m'en convaincre ou de t'en convaincre ?

— Ne retourne pas le problème. Je ne veux pas irriter mes amies. Je ne veux pas irriter ma mère. Et Colin... Je suis complètement perdue, voilà.

— Je ne comprends pas. Il te traite comme si tu étais un trophée.

— Tu ne sais rien de ce qu'il y a entre Colin et moi...

— Alors raconte-moi ! D'instinct, je préfère me garder de dire ce que j'ai sur le cœur mais finis par craquer : Notre baiser... signifie quelque chose. Tu le sais aussi bien que moi. Je te mets au défi de me dire que c'est mieux avec Colin.

Elle détourne les yeux en vitesse.

— Tu ne comprendrais pas.

— Essaie pour voir.

— Lorsque les gens me voient avec Colin, ils disent combien nous sommes parfaits ensemble. Un couple en or. Tu vois ?

Je la fixe, abasourdi. On nage en plein délire.

— Je vois. Je n'arrive pas à croire ce que j'entends. Être parfaite est donc si important pour toi ?

S'ensuit un long silence angoissant. Je saisis un signe de tristesse dans ses yeux de saphir, qui disparaît en une seconde. D'un coup, ses traits se raidissent et elle semble très sérieuse.

— Je n'y ai pas excellé dernièrement, mais oui. C'est important. Ma sœur n'est pas parfaite, c'est donc à moi de l'être.

C'est le truc le plus pathétique que j'aie jamais entendu. Je suis dépité.

— Monte, lui dis-je en montrant ma moto. Je te ramène au bahut pour que tu récupères ta voiture.

Sans un mot, Brittany grimpe sur la moto. Elle se tient si éloignée de moi que je peux à peine la sentir dans mon dos. Je prends une route un peu longue pour faire durer notre trajet. Elle s'occupe de sa sœur avec patience et adoration. Dieu sait que je serais incapable de nourrir un de mes frères à la cuiller puis de lui essuyer la bouche. Cette fille que j'ai autrefois accusée d'être égoïste cache bien des choses.

Dios mío, comme je l'admire. D'une certaine façon, fréquenter Brittany apporte quelque chose qui manque à ma vie, quelque chose... de juste.

De toute évidence, elle n'est pas de cet avis.

33

BRITTANY

Il est temps d'oublier ce qui s'est passé avec Alex, bien que je me sois remémoré la scène toute la nuit. Pendant que je conduis vers le lycée, au lendemain du *baiser qui n'a jamais eu lieu*, je me demande si je devrais ignorer Alex, aujourd'hui. Avec le cours de chimie, impossible.

Oh ! non. La chimie... Colin aura-t-il des soupçons ? Peut-être que quelqu'un nous a vus hier sortir du parking et lui a tout raconté. Cette nuit, j'ai éteint mon téléphone pour ne pas avoir à parler à qui que ce soit. Si seulement ma vie n'était pas aussi compliquée ! J'ai un petit ami. C'est vrai que dernièrement, il a dépassé les bornes, en n'étant intéressé que par le sexe. Et j'en ai marre de ça.

Mais avoir Alex comme petit ami ne marcherait jamais. Sa mère me déteste déjà. Son ex veut me tuer... un autre mauvais signe. En plus, il fume. La liste des points négatifs est longue.

D'accord, il a quelques bons côtés. Des petits détails insignifiants.

Il est intelligent.

Il a des yeux très expressifs, qui trahissent plus de choses qu'il ne veut en montrer.

Il est fidèle à ses amis, à sa famille, et même à sa moto.

Il m'a touchée comme si j'étais un objet fragile.

Il m'a embrassée avec l'envie de savourer notre baiser le reste de sa vie.

Je ne le vois pas avant l'heure du déjeuner. Dans la queue de la cantine, il est deux places devant moi. Nola Linn, la fille qui nous sépare, prend tout son temps pour choisir.

Il porte un jean délavé et déchiré au genou. Ses cheveux lui tombent sur les yeux et je meurs d'envie de les lui recoiffer. Si seulement Nola n'hésitait pas autant à choisir son fruit…

Alex me surprend en train de le regarder. Je tourne immédiatement les yeux vers la soupe du jour, du minestrone.

— Alors, ma mignonne, une tasse ou un bol ? demande Mary, la dame de la cantine.

— Un bol.

Je fais semblant d'être fascinée par sa façon de servir la soupe. Dès qu'elle me tend mon bol, je me précipite pour dépasser Nola et patiente à la caisse, juste derrière Alex. Comme s'il s'était rendu compte que je le poursuivais depuis un moment, il se retourne. Ses yeux transpercent les miens et pendant un instant, j'ai l'impression que le monde disparaît autour de nous. Alors que je ressens le besoin urgent de lui sauter dans les bras et de sentir son étreinte, je me demande si l'addiction à un autre être humain est reconnue médicalement.

Je m'éclaircis la gorge.

— C'est à toi, lui dis-je en pointant la caisse du doigt.

Alex avance avec son plateau où trône une simple part de pizza.

— Je paie pour elle également, indique-t-il en me désignant.

— Qu'est-ce que tu as pris ? s'enquiert la caissière. Un bol de minestrone ?

— Oui mais... Alex, tu n'as pas à payer pour moi.

— Ne t'inquiète pas. Je peux t'offrir un bol de soupe, répond-il, vexé, en tendant trois dollars.

Colin déboule dans la file, juste derrière moi.

— Dégage, Fuentes ! Trouve-toi une autre copine à mater.

Pourvu qu'Alex ne se venge pas en parlant de notre baiser. Tout le monde dans la queue nous observe. Je peux sentir leurs regards dans mon dos. Alex prend sa monnaie et sans se retourner sort dans la cour de la cafétéria, comme d'habitude.

Je suis tellement égoïste, je voudrais le beurre et l'argent du beurre. Je veux conserver l'image que je me suis forgée avec tant d'efforts, à laquelle participe Colin. Et je voudrais également Alex. J'imagine sans cesse qu'il me reprend dans ses bras et qu'il m'embrasse à m'en couper le souffle.

— Je paie pour elle et moi, annonce Colin à la caissière.

Elle me lance un coup d'œil, hésitante.

— Mais l'autre garçon vient de payer pour toi, non ?

Colin s'attend que je la corrige. Dépité par mon silence, il me regarde avec dégoût et sort en trombe de la cafétéria.

— Colin, attends !

Soit il ne m'a pas entendue, soit il préfère m'ignorer. Je ne le retrouve qu'en cours de chimie mais il arrive au dernier moment et nous ne pouvons pas discuter.

Pendant le cours, nous menons une nouvelle expérience. Alex remue les tubes à essai remplis de nitrate d'argent et de chlorure de potassium.

— Pour moi, les deux ressemblent à de la flotte, madame P., s'exclame-t-il.

— Les apparences sont parfois trompeuses, répond-elle.

Je contemple les mains d'Alex. Ces mains, occupées à mesurer des quantités de produits chimiques, sont bien celles qui ont parcouru mes lèvres avec passion.

— Allô Brittany, ici la Terre.

Je cligne des yeux, m'extirpant de mon rêve éveillé. Alex brandit un tube rempli d'un liquide transparent dans ma direction. Alors, je me rends compte que je devrais sans doute l'aider à mélanger les solutions.

— Euh, désolée.

J'attrape le tube et verse son contenu dans celui que tient Alex.

— Nous devons écrire ce qui se produit, dit-il.

Il mélange le tout avec un agitateur. Un dépôt blanc apparaît dans le liquide.

— Hé, madame P. ! s'amuse-t-il. Je crois que nous avons résolu le problème de la couche d'ozone.

Mrs Peterson secoue la tête.

— Alors que voit-on dans le tube ? me demande-t-il en lisant la feuille que la prof nous a distribuée au début de l'heure. Je dirais que le liquide est probablement du nitrate d'argent et le solide blanc du chlorure de potassium. Qu'en penses-tu ?

Quand il me tend le tube, nos doigts s'effleurent et s'attardent. J'en ressens de petits picotements. Je lève les yeux. Nos regards se croisent : l'espace d'une seconde, j'ai l'impression qu'il essaie de me transmettre un message personnel, mais son visage s'assombrit et il détourne la tête.

— Que veux-tu que je fasse ? lui dis-je en murmurant.

— Tu vas devoir trouver toute seule.

— Alex…

Il refuse de me mettre sur la voie. Je devrais avoir honte de lui demander conseil alors qu'il est impossible pour lui d'être impartial. Quand je suis proche de lui, je suis tout excitée, comme le matin de Noël quand j'étais petite. J'ai beau me voiler la face, en regardant Colin je sais... je sais que notre relation n'est plus ce qu'elle était. C'est fini. D'ailleurs, plus vite je romprai avec Colin et plus vite j'arrêterai de me demander pourquoi nous sommes ensemble.

Je le retrouve après les cours derrière le lycée. Il porte sa tenue pour l'entraînement de football. Malheureusement, Shane est avec lui, qui brandit son téléphone portable :

— Vous comptez remettre votre petit show de l'autre soir ? Je peux enregistrer ce moment pour toujours et vous l'envoyer par e-mail. Cela ferait un magnifique écran de veille ou, encore mieux, une superbe vidéo sur Youtube.

— Shane, casse-toi avant que je t'éclate, s'exclame Colin en le fixant jusqu'à ce qu'il s'en aille. Brit, où étais-tu hier soir ?

Je reste muette.

— Garde ta salive, j'ai déjà ma petite idée.

Cela ne va pas être facile. Maintenant, je comprends pourquoi les gens rompent par e-mail ou par sms. C'est si difficile face à face : voir la réaction de l'autre, recevoir toute sa colère. J'ai passé tellement de temps à éviter les disputes et à arrondir les angles avec tous ceux qui m'entourent que cette confrontation m'est douloureuse.

— Toi et moi savons que rien ne va plus entre nous, dis-je aussi calmement que possible.

— Où est-ce que tu veux en venir ? demande Colin, les yeux fixés dans les miens.

— Nous devrions faire une pause.

— Temporaire ou définitive ?

— Définitive.

— C'est à cause de Fuentes, c'est ça ?

— Depuis que tu es rentré de vacances, notre relation ne tourne qu'autour du sexe. Nous ne parlons plus et j'en ai marre de me sentir coupable parce que je refuse d'enlever mes vêtements et d'écarter les cuisses pour te prouver que je t'aime.

— De toute manière, tu ne veux *rien* me prouver.

Je maintiens ma voix basse pour que les autres élèves n'entendent pas.

— Pourquoi le devrais-je ? Le simple fait que tu aies besoin que je te prouve mon amour montre que ça ne fonctionne plus entre nous.

— Ne fais pas ça. Il jette la tête en arrière et gémit : Je t'en *supplie*, ne fais pas ça.

Depuis deux ans, nous avons répondu à l'image stéréotypée qui avait été collée sur nous, celle du couple parfait de la star de foot et de la capitaine des pom-pom girls. Désormais, on va passer notre rupture à la loupe et un tas de rumeurs vont courir à notre sujet. J'en ai la chair de poule. Néanmoins, je ne peux plus faire semblant que tout va bien. Cette décision va certainement me hanter. Si mes parents placent ma sœur dans une institution pour leur propre bien-être et si Darlene peut flirter avec le premier type venu parce que ça la fait se sentir mieux, pourquoi est-ce que je ne ferais pas ce qui est bien pour moi ?

Je pose la main sur l'épaule de Colin, sans trop regarder les larmes naissantes au coin de ses yeux. Il me repousse d'un mouvement d'épaule.

— Dis quelque chose.

— Qu'est-ce que tu veux que je te dise, Brit ? Que je suis ravi que tu rompes avec moi ? Désolé mais je n'en ai aucune envie.

Il essuie ses larmes de ses paumes. Il me donne envie de pleurer à mon tour et mes yeux deviennent humides. Dans cette histoire, qui nous paraissait vraie, nous ne jouions finalement qu'un rôle. C'est cela qui me rend si triste, pas la rupture en soi mais le fait que notre relation ait perduré à cause de... ma faiblesse.

— J'ai couché avec Mia, déclare-t-il. Cet été. Tu sais, la fille de la photo.

— Tu dis cela pour me faire souffrir.

— Je te le dis parce que c'est la vérité. Demande à Shane.

— Alors pourquoi es-tu revenu en faisant semblant que nous étions toujours un couple en or ?

— Parce que c'est ce que les autres attendaient, même toi. Ne le nie pas.

Ses mots me blessent mais c'est la vérité. Jouer à la petite fille « parfaite » qui suit les règles, c'est terminé. Il est temps pour moi de prendre les décisions qui s'imposent. Après avoir rompu avec Colin, je pars informer Mlle Small que je dois me détacher un peu de l'équipe de pom-pom girls. Ce sera un poids en moins sur mes épaules. Je rentre à la maison, consacre du temps à Shelley et fais mes devoirs. Après le dîner, je téléphone à Isabel Avila.

— Je devrais être surprise que tu m'appelles et pourtant...

— Comment s'est passé l'entraînement ?

— Pas très bien. Darlene n'est pas une bonne capitaine et Mlle Small le sait. Tu ne devrais pas partir de l'équipe.

— Je ne pars pas. Je fais simplement une pause pendant un moment. Mais je ne t'appelais pas pour parler de ça. Écoute, je voulais te dire que j'avais rompu avec Colin aujourd'hui.

— Et tu me dis ça à moi parce que...

Bonne question, que l'ancienne moi aurait préféré éviter.

— Je voulais avoir quelqu'un avec qui en parler et je sais que j'ai des amies à qui je pourrais téléphoner mais je voulais en parler à quelqu'un qui n'irait pas tout raconter aux autres. Mes amies sont bavardes.

Sierra est la personne dont je suis le plus proche mais je lui ai menti au sujet d'Alex. Et son petit ami, Doug, est le meilleur ami de Colin.

— Qu'est-ce qui te dit que je n'irai pas tout répéter ?

— Rien. Mais tu ne m'as rien dit sur Alex quand je t'ai demandé des infos, donc j'en déduis que tu sais garder un secret.

— C'est vrai. Balance.

— Je ne sais pas par où commencer.

— Je n'ai pas toute la journée, tu sais.

— J'ai embrassé Alex.

— Alex ? *¡Bendita !* Avant ou après la rupture avec Colin ?

Je tressaille.

— Je n'avais rien prévu.

Isabel éclate de rire, si fort que je dois éloigner mon portable de mon oreille.

— Et tu es sûre que *lui* n'avait rien prévu ?

— C'est arrivé naturellement. Nous étions chez lui quand sa mère a débarqué et nous a surpris...

— Pardon ? Sa mère vous a vus ? Chez lui ? *¡Bendita !*

Elle enchaîne en espagnol sans que j'aie la moindre idée de ce qu'elle raconte.

— Je ne parle pas espagnol, Isa. Tu me fais la traduction ?

— Oh ! désolée. Carmen va en chier une pendule quand elle apprendra la nouvelle. Je ne lui dirai rien, ajoute rapidement Isa pour me rassurer. Mais la mère d'Alex est une forte femme. Quand il sortait avec Carmen, il l'a gardée éloignée le plus possible de sa *mamà*. Ne te méprends pas, elle aime ses fils. Seulement, elle est excessivement protectrice, comme la plupart des mamans mexicaines. Est-ce qu'elle t'a jetée dehors ?

— Non, mais elle était à deux doigts de me traiter de salope.

Isa rit de plus belle.

— Ça n'a rien de drôle !

— Excuse-moi mais j'aurais tellement aimé être une petite souris lorsqu'elle vous a surpris tous les deux.

— Merci de ta compassion, dis-je sèchement. Maintenant, je raccroche.

— Non. Bon, désolée de rigoler. C'est juste que plus nous parlons et plus je me rends compte à quel point tu es différente de ce que j'imaginais. Je peux comprendre pourquoi Alex t'apprécie.

— Merci. Te rappelles-tu que j'avais dit que je ne laisserais jamais rien se passer entre Alex et moi ?

— Oui. Pour m'assurer de la chronologie, c'était avant que tu ne l'embrasses, n'est-ce pas ? Elle étouffe un petit rire : Je plaisante, Brittany. Si Alex te plaît, fonce. Mais sois prudente : même si je crois que tu lui plais plus qu'il ne veut l'admettre, tu devrais rester sur tes gardes.

— Advienne que pourra mais ne t'inquiète pas, je reste toujours sur mes gardes.

— Moi aussi. Enfin, sauf le soir où tu as dormi chez moi. Disons qu'avec Paco, on s'est bien amusés. Je ne peux pas en parler à *mes* amies, sinon elles m'en feraient voir de toutes les couleurs.

— Il te plaît ?

— Je ne sais pas. Jusqu'à présent, je n'avais jamais rien imaginé avec lui mais la soirée passée ensemble était sympa. D'ailleurs, comment était le baiser avec Alex ?

— Très sympa, dis-je en me souvenant à quel point il était sensuel. À vrai dire, Isabel, c'était plus que sympa. C'était un *putain* de baiser !

Isabel éclate de rire et cette fois, je l'imite de bon cœur.

34

ALEX

A près les cours, Brittany est partie en quatrième vitesse avec Tête d'Âne. Avant de m'en aller, je les ai aperçus en pleine conversation privée, derrière le lycée. Entre nous deux, c'est lui qu'elle a choisi. Ça ne me surprend vraiment pas. Lorsqu'elle m'a demandé en cours de chimie ce qu'elle devait faire, j'aurais dû lui dire de quitter ce *pendejo*. Alors j'aurais été heureux au lieu d'avoir la haine. *¡Es un cabrón de mierda !*

Il ne la mérite pas. Moi non plus, d'ailleurs.

Je suis allé à l'entrepôt directement après les cours pour en apprendre plus sur mon père, mais ça n'a servi à rien. Les types qui connaissaient *mi papá* à l'époque n'avaient pas grand-chose à dire si ce n'est qu'il n'arrêtait pas de parler de ses fils. On a été interrompus par l'arrivée du Satin Hood qui a mitraillé l'entrepôt, signe que ses membres cherchent toujours à se venger et continueront tant qu'ils ne le seront pas. Je ne sais pas si c'est une bonne ou une mauvaise chose que l'entrepôt se trouve dans un lotissement isolé derrière la vieille gare. Personne ne sait que nous sommes là, pas même les flics. Surtout pas les flics !

Je ne crains pas les « Bang ! » des pistolets. Que ce soit à l'entrepôt, au parc… je m'y attends. Certaines rues sont plus sûres que d'autres mais ici, dans l'entrepôt, nos ennemis savent que c'est notre site sacré. Et ils s'attendent à des représailles. C'est toute une culture. Vous souillez notre site, on souille le vôtre. Personne n'a été blessé, cette fois, donc il ne s'agira pas de venger des morts. Cependant il y aura bien vengeance. Le Satin Hood nous attend et il ne va pas être déçu.

De ce côté de la ville, le cycle de la vie est lié au cycle de la violence.

Le calme revenu, je fais un grand détour pour rentrer chez moi et finis même par passer devant la maison de Brittany. Je n'ai pas pu m'en empêcher. En approchant de chez moi, juste après les voies de chemin de fer, une voiture de police stoppe devant moi, et deux types en uniforme en sortent. Au lieu de m'expliquer pourquoi ils m'ont demandé de m'arrêter, un des flics m'ordonne de descendre de moto et me demande mon permis.

Je le lui tends.

— Pourquoi m'avez-vous demandé de m'arrêter ?

Le policier examine mon permis.

— Tu poseras des questions quand je t'aurais posé les miennes. As-tu de la drogue sur toi, Alejandro ?

— Non, monsieur.

— Une arme ? m'interroge l'autre.

Après une brève hésitation, je leur avoue la vérité.

— Oui.

Un des flics sort son flingue de son étui et le pointe sur ma poitrine. L'autre m'ordonne de garder les mains en l'air puis de m'allonger sur le sol pendant qu'il appelle du renfort. Et merde ! Je me suis fait gauler.

— Quel type d'arme ? Sois précis.

— Un Glock neuf millimètres.

Heureusement que j'ai rendu à Wil son Beretta sinon j'aurais eu deux fois plus de problèmes. Ma réponse rend le flic un peu nerveux et son doigt tremble sur la gâchette.

— Où est-il ?

— À ma jambe gauche.

— Ne bouge pas. Je vais te désarmer. Si tu restes tranquille, tout se passera bien.

Il retire mon arme pendant que l'autre flic enfile des gants en caoutchouc et me dit sur un ton autoritaire que Mrs P. n'aurait pas renié :

— Est-ce que tu as des aiguilles sur toi, Alejandro ?

— Non, monsieur.

Il plante son genou dans mon dos et me met les menottes.

— Lève-toi.

Il me soulève et me comprime contre le capot de la voiture pour me fouiller. Je me sens humilié. Putain, j'avais beau savoir que je me ferais arrêter un jour, je n'y étais pas préparé.

— Voilà pourquoi on t'a demandé de t'arrêter, dit-il en me montrant mon flingue.

— Alejandro Fuentes, vous avez le droit de garder le silence. Tout ce que vous direz pourra être retenu contre vous dans un tribunal...

La cellule de garde à vue pue la pisse et la cigarette. Ou alors ce sont les types assez malchanceux pour être enfermés dans cette cage avec moi qui puent la pisse et la cigarette. Quoi qu'il en soit, je suis impatient de me tirer d'ici. Qui pourrais-je appeler pour payer la caution ? Paco n'a pas du tout d'argent. Enrique a investi le sien dans son garage. Maman me tuera si elle découvre qu'on m'a arrêté. Je m'adosse contre les barreaux de la cellule pour réfléchir, même si c'est pratiquement impossible dans cet endroit dégueulasse.

« Garder à vue », c'est un euphémisme de la police pour dire « mettre en cage ». Grâce à *Dios*, c'est la première fois que cela m'arrive. Et je prie pour que ce soit la dernière. *¡Lo juro !* C'est étrange d'ailleurs car je me suis toujours imaginé sacrifier ma vie pour mes frères : pourquoi devrais-je alors me soucier de me retrouver enfermé à vie ? Parce que, au fond de moi, je ne veux pas de cette vie-là. Je veux que maman soit fière de moi pour autre chose que les activités du gang. Je veux un avenir dont je pourrai être fier. Et je souhaite désespérément que Brittany pense que je suis un garçon bien.

Je me tape la tête contre les barreaux métalliques sans parvenir à chasser ces pensées de mon esprit.

— Je t'ai vu au lycée de Fairfield, j'y suis moi aussi.

C'est un petit gars blanc du même âge que moi. Ce pauvre type porte un polo de golf corail et un pantalon blanc, comme s'il venait tout droit d'un tournoi dans un club du troisième âge. Il essaie d'avoir l'air cool mais avec ce polo… avoir l'air cool devrait être le cadet de ses soucis. C'est comme s'il portait une étiquette « gosse de riche des quartiers nord » sur le front.

— Qu'est-ce que tu fous ici ? demande Blanco comme si c'était une question ordinaire entre deux personnes ordinaires se croisant un jour ordinaire.

— Port d'arme illégal.

— Couteau ou pistolet ?

Je lui envoie un regard glacial.

— Qu'est-ce que ça peut te foutre ?

— Je cherche juste à entretenir la conversation.

Est-ce que tous les Blancs font la même chose : parler pour entendre le son de leur propre voix ?

— Et toi, pourquoi tu es là ?

Blanco soupire.

— Mon père a appelé les flics et leur a dit que j'avais volé sa voiture.

Je lève les yeux au ciel.

— Ton père t'a balancé dans ce trou ? Volontairement ?

— Selon lui, ça m'apprendra.

— Ouais. Ça t'apprendra que ton vieux est un sale con.

Papa aurait surtout dû apprendre à son fiston comment s'habiller.

— Ma mère me fera sortir.

— Tu en es sûr ?

— Elle est avocate et mon père m'a déjà fait le coup. Plusieurs fois. Je crois qu'il cherche juste à l'emmerder et à attirer son attention. Ils sont divorcés.

Je secoue la tête. Ces Blancs vraiment...

— C'est la vérité.

— Je n'en doute pas.

— Fuentes, tu peux passer ton coup de fil, s'exclame le flic de l'autre côté des barreaux.

Mierda, avec Blanco qui ne l'a pas fermée une seconde, je n'ai toujours pas décidé qui appeler pour ma caution. Mais soudain une idée me frappe, comme l'énorme F rouge sur mon contrôle de chimie. Il n'existe qu'une seule personne ayant assez d'argent et de pouvoir pour me sortir de cette situation... Hector, le chef du Blood.

Je ne lui ai jamais demandé de faveur. Parce que l'on ne peut pas prévoir ce qu'il exigera en retour. Et si j'ai une dette envers lui, ce ne sera pas simplement d'argent.

Parfois, la vie n'offre aucun choix agréable.

Trois heures plus tard, après qu'un juge m'a fait la leçon jusqu'à m'en crever les tympans et a fixé ma caution, Hector vient me chercher au tribunal. C'est un homme puissant, avec des cheveux plaqués en arrière encore plus noirs que les miens et une attitude qui en impose. J'ai énormément de respect pour Hector car c'est lui qui m'a introduit au Latino Blood. Il a grandi dans la même ville que mon père et ils se connaissaient déjà enfants. Il a gardé un œil sur moi et ma famille après la mort de mon père. Il m'a appris le sens de certaines expressions, comme « nouvelle génération », et de certains mots, comme « héritage ». Je n'oublierai jamais.

Hector me tape dans le dos tandis que nous marchons vers le parking.

— Tu t'es retrouvé avec le juge Garrett. Ce salaud a la tête dure. Tu as eu de la chance que ta caution ne soit pas plus élevée.

J'acquiesce, ne pensant qu'à une chose : rentrer à la maison.

— Je te rembourserai, dis-je à Hector, alors que nous quittons le tribunal en voiture.

— Ne t'inquiète pas pour ça, répond-il. Les frères se serrent les coudes. Pour être honnête, j'ai été surpris de découvrir que c'était ta première arrestation. Tu es le membre qui se salit le moins au sein du Blood.

Par la fenêtre, je vois défiler des rues aussi calmes et sombres que le lac Michigan.

— Tu es un garçon intelligent, suffisamment intelligent pour monter en grade dans le gang.

Je pourrais mourir pour certains gars du Latino Blood mais monter en grade ? Vendre de la drogue et des armes n'est qu'une des activités illégales auxquelles s'adonnent les membres les plus importants. J'aime la place où je suis, je nage en eaux troubles sans pour autant plonger la tête sous l'eau. Je devrais être content qu'Hector envisage de me donner plus de responsabilités dans le LB. Brittany, avec tout ce qu'elle représente, n'est finalement qu'un rêve.

— Penses-y, conclut-il en se garant devant chez moi.

— J'y veillerai. Merci de m'avoir fait sortir.

— Tiens, prends ça.

Hector tire un pistolet de sous son siège.

— *El policía* a confisqué le tien.

J'hésite en repensant au moment où la police m'a demandé si j'avais une arme sur moi. *Dios mío*, c'était tellement humiliant d'avoir un flingue pointé sur ma tête pendant qu'on m'enlevait mon Glock. Cependant, refuser l'arme d'Hector serait un signe d'irrespect envers lui et je ne lui ferais jamais ça. Je m'empare du flingue et le glisse à ma ceinture.

— J'ai entendu dire que tu cherchais des informations au sujet de ton *papá*. Si tu veux mon avis, laisse tomber, Alex.

— Je ne peux pas, tu le sais.

— Bon, si tu trouves quelque chose, tiens-moi au courant. Je t'aiderai toujours.

— Je sais. Merci.

Dans la maison, tout est calme. Je marche jusqu'à ma chambre où mes deux frères sont endormis. J'ouvre mon tiroir et enfouis l'arme sous la planche en bois, là où personne ne pourra tomber dessus par accident. C'est une astuce que j'ai apprise grâce à Paco. Enfin, je m'allonge sur mon lit avec l'espoir de réussir à dormir un peu cette nuit.

La journée d'hier défile devant mes yeux. Brittany, ses lèvres sur les miennes, sa respiration douce mélangée à la mienne, je n'ai rien d'autre à l'esprit.

À mesure que je sombre dans le sommeil, son visage d'ange apparaît comme la seule image qui puisse chasser le cauchemar de mon passé.

35
BRITTANY

La rumeur se propage à vitesse grand V dans Fairfield :
on aurait arrêté Alex. Je dois découvrir la vérité. Je vais
donc trouver Isabel entre nos deux premières heures de
cours. Elle se sépare du groupe d'amies avec qui elle est en
train de discuter et m'entraîne à l'écart.

Elle me raconte qu'Alex a été arrêté hier mais qu'il a été
libéré sous caution. Elle ignore totalement où il est mais elle
va tâcher de s'informer et me rejoindra dans deux heures
devant mon casier. Le moment venu, je m'y précipite en
courant. Isabel m'attend déjà.

— Ne dis à personne que je t'ai donné ça, m'ordonne-
t-elle en me tendant une feuille de papier repliée.

Je fais semblant de fouiller mon casier et déplie la feuille ;
une adresse est inscrite dessus. Je n'ai jamais séché les cours
auparavant. Et bien sûr, aucun garçon que j'ai embrassé
auparavant ne s'est jamais fait non plus arrêter.

C'est l'heure de me montrer honnête, avec moi-même
comme avec Alex, lui qui me l'a toujours demandé. J'ai
peur, je ne sais pas si j'ai raison. Quoi qu'il en soit, je ne
peux pas ignorer le pouvoir magnétique qu'il exerce sur
moi.

Je rentre l'adresse dans mon navigateur GPS, qui me guide dans les quartiers sud, à un endroit qui s'appelle le Garage Enrique. Un homme se tient devant. Il ouvre grand la bouche en me voyant arriver.

— Je cherche Alex Fuentes.

Le type ne dit rien.

— Est-ce qu'il est là ?

Je suis mal à l'aise. Peut-être qu'il ne parle qu'espagnol.

— Qu'est-ce que tu lui veux à Alejandro ? répond-il enfin.

Mon cœur bat si fort que mon T-shirt se soulève à chacun de ses battements.

— J'ai besoin de lui parler.

— Il vaut mieux pour lui que tu t'en ailles.

— *Está bien*, Enrique, s'exclame une voix familière.

Alex est adossé contre la porte du garage, une serviette pendant d'une poche et une clé à molette dans une main. Des mèches s'échappent de son bandana et il paraît plus viril que n'importe quel homme que j'aie jamais rencontré. J'ai envie de le serrer fort. J'ai besoin de lui dire que tout ira bien, qu'il ne retournera jamais en prison.

Alex garde les yeux rivés sur moi.

— Je crois que je vais vous laisser, déclare Enrique, bien que je sois trop concentrée sur Alex pour l'entendre distinctement.

Mes pieds sont cloués au sol, c'est donc une bonne chose que ce soit lui qui s'avance.

— Euh...

C'est parti. Faites que j'arrive au bout de ma phrase !

— ... je, euh, j'ai entendu dire qu'on t'avait arrêté. J'avais besoin de savoir si tu allais bien.

— Tu as séché pour voir comment j'allais ?

J'acquiesce sans un mot, incapable de bouger la langue.

Alex recule d'un pas.

— Eh bien, voilà. Maintenant que tu as vu que j'allais *bien*, retourne en cours. Moi, je dois retourner bosser. On a saisi ma moto, la nuit dernière, et je dois gagner de l'argent pour la récupérer.

— Attends !

Je prends une profonde inspiration. Nous y sommes. Il est temps que je vide mon sac.

— Je ne sais pas quand ni même pourquoi j'ai commencé à craquer pour toi, Alex. Mais c'est arrivé. Depuis que j'ai failli renverser ta moto, le jour de la rentrée, je n'ai jamais arrêté d'imaginer une vie ensemble, toi et moi. Et ce baiser… mon Dieu ! Je jure que je n'ai jamais rien ressenti d'aussi fort dans ma vie. *Oui*, il signifiait bien quelque chose. Je sais que c'est fou ; nous sommes si différents. Et puis s'il se passe quelque chose entre nous, je n'ai pas envie que tout le lycée soit au courant. Tu n'accepteras probablement pas une relation secrète entre nous mais je dois au moins prendre le risque de savoir si c'est possible. J'ai rompu avec Colin, avec qui j'ai vécu une histoire particulièrement publique. Désormais, je suis prête pour une vie moins exposée. Privée et vraie. Je me rends bien compte que je bafouille comme une idiote mais si tu ne dis rien rapidement, je vais…

— Répète.

— Tout ?

Je suis trop vidée pour en être capable.

Alex se rapproche.

— Non, la partie où tu craques pour moi.

Mon regard croise le sien.

— Je pense à toi en permanence, Alex. Et j'ai vraiment très envie de t'embrasser de nouveau.

Un sourire se dessine sur ses lèvres. Incapable de le regarder en face, je baisse les yeux.

— Ne te moque pas de moi.

À cet instant précis, je pourrais tout supporter sauf ça.

— Regarde-moi, *mamacita*. Je ne me moquerai jamais de toi.

— Je n'avais pas prévu de craquer pour toi.

— Je sais.

— Notre histoire ne fonctionnera probablement pas.

— Probablement pas.

— La vie chez moi n'est pas parfaite.

— Bienvenue au club.

— J'ai envie d'en découvrir un peu plus sur ce qui se passe entre nous. Et toi ?

— Si nous n'étions pas dehors, je te montrerais…

Je l'interromps en l'attrapant par le cou et attire son merveilleux visage vers moi. Si nous manquons d'intimité, je ne vais pourtant pas passer à côté de cette occasion de me montrer sincère. De toute manière, tous ceux à qui nous devons cacher notre relation sont au lycée.

Alex garde les bras le long du corps mais quand je retire mes lèvres, il gémit et sa clé à molette tombe sur le sol avec fracas. Il m'enveloppe de ses mains puissantes et je me sens protégée. Sa langue de velours se mélange à la mienne et, pour la première fois de ma vie, c'est tout mon corps que je sens fondre. Il ne s'agit pas simplement de s'embrasser… cela va bien au-delà. Ses mains bougent sans cesse : l'une caresse mon dos pendant que l'autre joue avec mes cheveux.

Quant à moi, de mes mains, j'arpente ses muscles qui se tendent à leur passage, et je prends davantage connaissance de son corps. Je touche sa mâchoire et la barbe d'une journée érafle ma peau.

Un fort raclement de gorge d'Enrique nous fait nous séparer.

Alex me regarde avec une passion intense et me dit à bout de souffle :

— Je dois retourner travailler.

— Oh ! D'accord.

Soudain honteuse de notre petite scène en public, je me recule.

— Est-ce qu'on se voit plus tard dans la journée ? demande Alex.

— Mon amie Sierra vient dîner..

— Celle qui fouille tout le temps dans son sac ?

— Euh, oui.

Je dois changer de sujet sinon je serai tentée de l'inviter lui aussi. Je vois d'ici l'air dégoûté de maman face à Alex et ses tatouages.

— Ma cousine Elena se marie dimanche, annonce-t-il. Viens avec moi.

Je baisse les yeux.

— Mes amies ne doivent jamais savoir. Ni mes parents.

— Je ne leur dirai pas.

— Et les invités au mariage ? Ils vont tous nous voir.

— Il n'y aura personne du lycée, sauf quelques membres de ma famille. Crois-moi, je ferai en sorte qu'ils se taisent.

J'en suis incapable : mentir et me cacher n'a jamais été mon fort. Je repousse Alex de la main.

— Je ne peux pas réfléchir quand tu es si près.

— Bien. Et donc pour le mariage ?

Mon Dieu, en le voyant, j'ai une irrésistible envie d'y aller.

— C'est à quelle heure ?

— Midi. Ce sera une expérience que tu n'oublieras jamais. Fais-moi confiance. Je viendrai te chercher à onze heures.

— Je n'ai pas encore dit oui.

— Ah ! mais tu l'as presque dit, réplique-t-il de sa voix grave et douce.

— Et si je te retrouvais ici à onze heures ?

Si ma mère nous découvrait ensemble, l'Apocalypse s'abattrait sur le monde.

Alex soulève mon menton.

— Pourquoi n'as-tu pas peur d'être avec moi ?

— Tu plaisantes ? Tu me terrifies, dis-je, fascinée par le mouvement de ses tatouages sur ses bras.

— Je suis loin d'avoir une vie tout à fait clean.

Il tient ma main de telle sorte que nos paumes se touchent. Ses doigts rugueux contre mes ongles vernis, pense-t-il à notre différence de couleur de peau ?

— D'une certaine façon, nous sommes si opposés, finit-il par ajouter.

Je croise mes doigts entre les siens.

— Oui, mais d'une autre façon, nous nous ressemblons tellement.

Il décroche un sourire jusqu'à ce qu'Enrique se racle encore la gorge.

— Je te retrouve ici à onze heures, dimanche.

Alex acquiesce avec un clin d'œil.

— Cette fois, le rendez-vous est pris.

36

ALEX

— **M**on gars, elle t'embrassait comme si c'était le dernier baiser de sa vie. Si elle embrasse comme ça, je me demande comment elle…

— La ferme, Enrique.

— Elle va te détruire, Alejo, renchérit Enrique en m'appelant par mon surnom espagnol. Je te l'accorde, elle a une *buena torta*, mais est-ce qu'elle en vaut la peine ?

— Je dois me remettre au travail.

Les mots d'Enrique résonnent dans ma tête. Alors que je travaille sur une Blazer jusqu'à la fin de l'après-midi, je ne pense qu'à une chose : passer encore et toujours du bon temps avec ma *mamacita*.

Oui, elle en vaut la peine.

— Alex, Hector est arrivé. Avec Chuy.

Il est six heures, j'étais sur le point de partir. Je m'essuie les mains sur mon tablier.

— Où sont-ils ?

— Dans mon bureau.

Une vague d'effroi me traverse le corps à mesure que je m'en approche. J'ouvre la porte. Hector se tient là comme s'il était le propriétaire des lieux. Chuy est dans un coin, loin de paraître innocent.

— Enrique, c'est une affaire privée.

Je n'avais pas remarqué qu'Enrique m'avait suivi, prêt à me venir en aide en cas de besoin. Je fais un petit geste à l'attention de mon cousin. Je suis toujours resté fidèle au Blood, il n'y a aucune raison pour qu'Hector remette ma parole en doute, mais la présence de Chuy donne une autre importance à cette entrevue. Si Hector était seul, je ne serais pas aussi nerveux.

— Alex, dit Hector dès qu'Enrique a disparu, n'est-ce pas mieux de se retrouver ici plutôt qu'au tribunal ?

Je feins un sourire et ferme la porte.

Hector se déplace vers le petit canapé usé à l'autre bout de la pièce.

— Assieds-toi. Il attend que je m'exécute avant de poursuivre : J'ai besoin que tu me rendes un service, *amigo*.

Pas la peine de retarder l'inévitable.

— Quel genre de service ?

— On doit procéder à une livraison le 31 octobre.

C'est dans un mois et demi. Le soir d'Halloween.

— Je ne me mêle pas de trafics de drogue. Tu le sais depuis le premier jour.

J'observe Chuy du coin de l'œil, prêt à anticiper le moindre de ses mouvements.

Hector pose la main sur mon épaule.

— Tu dois oublier ce qui est arrivé à ton père. Si tu veux diriger le Blood, tu dois en passer par là.

— Alors ne compte pas sur moi.

Hector resserre sa prise et Chuy fait un pas en avant : une menace furtive.

— J'aimerais que les choses soient aussi simples mais j'ai besoin que tu fasses ça pour moi. En toute franchise, tu as une dette envers moi.

Merde ! Si je ne m'étais pas fait arrêter, je ne lui devrais strictement rien.

— Je sais que tu ne me décevras pas. Au fait, comment se porte ta mère ? Cela fait si longtemps que je ne l'ai pas vue.

— Elle va bien.

Qu'est-ce que *mi'amá* vient faire dans cette conversation ?

— Tu la salueras de ma part, d'accord ?

Qu'est-ce qu'il essaie de me dire ?

Il ouvre la porte et fait signe à Chuy de le suivre.

Appuyé contre le dossier du canapé, je réfléchis : serais-je capable de dealer ? Mais si je veux que ma famille soit en sécurité, je n'ai pas le choix.

37

BRITTANY

— Je n'arrive pas à croire que tu aies rompu avec Colin. Après le dîner, Sierra se refait les ongles sur mon lit.

— J'espère que tu ne regretteras pas ta décision, Brit. Vous étiez en couple depuis une éternité. Je croyais que tu l'aimais. Tu lui as brisé le cœur, tu sais. Il a pleuré au téléphone avec Doug.

— J'ai envie d'être heureuse. Colin ne me rendait plus heureuse. Il a avoué qu'il m'avait trompée cet été avec une fille qu'il a rencontrée. Il a couché avec elle, Sierra.

— Pardon ? C'est pas possible !

— Je te le jure. Notre histoire était déjà terminée quand il est parti en vacances, cet été. Il m'a simplement fallu du temps pour réaliser que nous ne pouvions plus nous voiler la face.

— Alors est-ce que tu es passée à *Alex* ? Colin pense qu'avec ton binôme vous faites plus que manipuler vos tubes à essai.

— C'est faux.

Je préfère mentir, car si Sierra est ma meilleure amie, elle croit sincèrement aux différences de classes. J'aimerais lui dire la vérité mais je m'en abstiens. Pour le moment.

Elle referme le flacon de vernis, l'air offusqué.

— Brit, que tu le veuilles ou non, je suis ta meilleure amie. Tu es en train de me mentir, avoue.

— Qu'est-ce que tu veux que je te dise ?

— La vérité, pour une fois. Mince, Brit ! Je comprends que tu refuses d'en parler à Darlene parce qu'elle a perdu les pédales émotionnellement. Je comprends également que tu refuses de tout raconter à la mafia des « M ». Mais à moi ! Tu sais, celle qui est au courant pour Shelley et qui a vu ta mère péter un plomb contre toi.

Sierra attrape son sac et le glisse sur son épaule.

Je ne veux pas qu'elle soit fâchée mais elle doit comprendre mes craintes.

— Et si tu répétais des choses à Doug ? Je ne voudrais pas te forcer à lui mentir.

Sierra me lance le même sourire de mépris que j'utilise habituellement.

— Va te faire voir, Brit. Je te remercie de me montrer que tu n'as pas confiance en moi. Avant de sortir de ma chambre, elle se retourne une dernière fois : Je ne supporte pas que tu fasses deux poids, deux mesures. Aujourd'hui, je t'ai vue en grande conversation avec Isabel Avila dans le couloir. Si je ne te connaissais pas mieux, je dirais que vous étiez en train d'échanger vos secrets. Elle lève les bras au ciel : D'accord, je l'avoue, je suis jalouse que tu partages des choses avec une autre personne que moi. Quand tu te rendras compte que je tiens à ton bonheur plus qu'à tout, appelle-moi.

Elle a raison. Mais mon histoire avec Alex est si récente et je me sens si vulnérable. Isabel est la seule qui nous connaisse tous les deux ; c'est pour cela que je me suis adressée à elle.

— Sierra, tu es ma meilleure amie, tu le sais.

J'ai peut-être du mal à accorder ma confiance mais cela n'empêche pas qu'elle soit mon amie la plus proche.

— Alors comporte-toi comme telle, conclut-elle avant de claquer la porte.

En route pour mon rendez-vous avec Alex, avant le mariage, je sens une perle de sueur couler doucement le long de mon front.

J'ai choisi une robe d'été moulante de couleur crème, avec deux fines bretelles. Mes parents seront à la maison quand je rentrerai, j'ai donc pris des vêtements de rechange dans mon sac de sport. Ainsi je serai comme ma mère souhaite me voir : une fille parfaite. Tant pis si ce n'est qu'une image, tant que cela la rend heureuse.

Je prends un dernier virage avant d'arriver au garage. Dès que j'aperçois Alex appuyé contre sa moto, mon pouls s'accélère.

Houlà, je suis dans de beaux draps.

Alex s'est séparé de son éternel bandana. Ses cheveux noirs et épais lui tombent sur le front. Son jean et son T-shirt ont laissé place à un pantalon noir et une chemise de soie noire. On dirait un jeune aventurier venu du Mexique. Je ne peux pas m'empêcher de sourire en me garant à côté de lui.

— *Querida,* on dirait que tu trimballes un secret avec toi.

Oui, toi ! me dis-je en sortant de la voiture.

— *Dios mío.* Tu as l'air… *preciosa.*

Je fais un tour sur moi-même.

— Est-ce que cette robe fera l'affaire ?

— Viens ici. Je n'ai plus envie d'aller au mariage. Je préfère te garder pour moi.

— Certainement pas.

Je parcours sa mâchoire du doigt.

— Tu aimes me taquiner.

J'aime ce côté joueur d'Alex. Cela me fait oublier tous ses fameux démons.

— Je suis venue assister à un mariage latino, j'espère bien en voir un.

— Et moi qui croyais que tu venais pour me voir, moi.

— Tu as un énorme ego, Fuentes.

— Et ce n'est pas tout...

Il me pousse contre ma voiture, son souffle me brûle plus que le soleil. Je ferme les yeux, prête à sentir ses lèvres sur les miennes. Au lieu de cela, j'entends sa voix :

— Donne-moi tes clés.

Sans même attendre une réponse de ma part, il me les prend des mains.

— Tu ne comptes tout de même pas les jeter dans les buissons, j'espère ?

— Ne me tente pas.

Alex ouvre la portière de ma voiture et se glisse sur le siège conducteur.

— Tu ne m'invites pas à monter ? dis-je, troublée.

— Non, je gare simplement ta voiture dans le garage pour que personne ne la vole. Aujourd'hui, nous avons un rendez-vous officiel. C'est moi qui conduis.

Je désigne sa moto du doigt.

— N'imagine même pas me faire monter sur cet engin.

— Pourquoi pas ? Est-ce que Julio n'est pas assez bien pour toi ?

— Julio ? Tu as appelé ta moto Julio ?

— Comme mon grand-oncle, qui a aidé mes parents à venir ici depuis le Mexique.

— J'aime beaucoup Julio. Simplement je ne veux pas monter dessus avec une robe courte. Les gens verraient ma culotte.

Il se frotte le menton en s'imaginant la scène.

— Ça pourrait leur faire mal aux yeux. Devant mon air furibond, il se reprend : Je plaisante ! Nous allons y aller avec la voiture de mon cousin.

Et il me montre une Camry noire, garée sur le trottoir d'en face.

Après avoir roulé quelques minutes, il sort une cigarette du paquet qui traîne sur le tableau de bord. Je me crispe au son du briquet.

— Quoi ? demande Alex, la cigarette pendue à sa bouche.

Qu'il fume s'il en a envie. C'est peut-être un rendez-vous officiel, mais je ne suis pas sa petite amie officielle.

— Rien.

Il souffle la fumée, qui me brûle encore plus les narines que le parfum de ma mère. Je baisse entièrement la fenêtre tout en me retenant de tousser.

Au feu suivant, Alex se tourne vers moi.

— Si le fait que je fume te dérange, dis-le.

— D'accord, ta fumée me dérange.

— Pourquoi est-ce que tu ne l'as pas dit plus tôt ?

Il écrase sa cigarette dans le cendrier de la voiture.

— Je n'arrive pas à croire que ça te plaise.

— Ça me détend.

— C'est moi qui te rends nerveux ?

Son regard descend de mes yeux à ma poitrine, puis jusqu'à l'ourlet de ma robe, à mi-cuisse.

— Dans cette robe, oui.

38
ALEX

Si je continue d'admirer ses longues jambes, je vais avoir un accident. Changeons vite de sujet.

— Comment va ta sœur ?

— Elle t'attend pour te battre encore aux échecs.

— C'est vrai ? Eh bien, dis-lui que je l'ai ménagée la dernière fois. J'essayais de t'impressionner.

— En perdant ?

Je hausse les épaules.

— Ça a marché, n'est-ce pas ?

Elle triture sa robe comme si elle voulait l'arranger pour m'impressionner, moi. Afin de calmer son anxiété, je glisse mes doigts le long de son bras avant de prendre sa main dans la mienne.

— Tu diras à Shelley que je viendrai pour la revanche.

Elle se tourne vers moi, ses yeux bleus brillants.

— Vraiment ?

— Tout à fait.

Pendant le trajet, j'essaie de bavarder. En vain. Je ne suis pas le genre de garçon qui aime parler pour ne rien dire. Heureusement que le silence ne semble pas déranger Brittany.

Bientôt, je me gare devant une petite maison de brique à deux étages.

— Le mariage n'est pas célébré à l'église ?

— Pas celui d'Elena. Elle voulait se marier dans la maison de ses parents, dis-je en posant ma main au bas de son dos.

J'ignore pourquoi je ressens le besoin de me l'approprier. Peut-être qu'au fond de moi, je suis bien un homme des cavernes.

À l'intérieur, nous sommes accueillis par une musique de mariachis en provenance du jardin. La maison est pleine à craquer. Je regarde Brittany, elle doit se sentir transportée comme par enchantement au Mexique.

Enrique et quelques autres de mes cousins nous saluent par des hurlements. Ils parlent tous en espagnol, rien de plus normal, sauf que ma petite amie ne parle pas cette langue. Par ailleurs, si je suis habitué à me faire embrasser à mort par mes tantes et à recevoir de grandes claques dans le dos par mes oncles, je doute que ce soit son cas. Je l'attire alors plus près de moi pour lui montrer que je ne l'oublie pas et fais des essais de présentation. Que j'abandonne rapidement en m'apercevant qu'elle ne retiendra jamais tous ces noms.

— *¡Ese !* m'interpelle une voix derrière nous.

C'est Paco.

— Comment ça va ? lui dis-je en le tapant dans le dos. Brittany, je suis sûre que tu as déjà croisé *mi mejor amigo* au lycée. Ne t'inquiète pas, il n'est pas du genre à aller répéter qu'il t'a vue ici.

— Motus et bouche cousue.

Comme un idiot, il fait mine de se coudre réellement la bouche.

— Salut, Paco, s'exclame-t-elle en riant.

Jorge vient nous tenir compagnie, en costume blanc, une rose rouge à la boutonnière. Mon futur cousin a droit lui aussi à une bonne tape dans le dos.

— Hé, mec, tu t'es pomponné !

— Tu n'es pas mal non plus. Tu me présentes à ton amie ou pas ?

— Brittany, voici Jorge. C'est le malheureux... pardon, le très chanceux garçon qui épouse ma cousine Elena.

Jorge la prend dans ses bras.

— Tous les amis d'Alex sont nos amis.

— Où est la mariée ? demande Paco.

— Dans la chambre de ses parents, à l'étage. Elle pleure.

— De joie ?

— Non. Je suis allé l'embrasser et maintenant elle pense à tout annuler, explique Jorge en haussant les épaules. Soi-disant que cela porte malheur de voir la mariée avant la cérémonie.

— Eh bien, bonne chance, lui dis-je. Si Elena est supers-titieuse, elle te fera sans doute faire des trucs dingues pour conjurer le sort.

Je le laisse réfléchir au problème avec Paco et j'entraîne Brittany dehors. Un groupe de musiciens est en train de jouer.

— Est-ce que Paco est ton cousin ?

— Non, mais il aime croire que oui.

Mon frère fait alors son apparition.

— Carlos, je te présente Brittany.

— Ouais, je sais. Je te rappelle que je vous ai vus vous rouler des patins.

Brittany se fige, muette. Je mets à Carlos une claque à l'arrière du crâne.

— Fais attention à ce que tu dis !

Brittany pose sa main sur mon torse.

— Ce n'est pas grave, Alex. Tu n'as pas besoin de me protéger de tout le monde.

Carlos me défie du regard.

— C'est vrai, frérot, tu n'as pas besoin de la protéger. Enfin, sauf de *mamá*.

J'en ai marre. Le ton monte avec Carlos, et en espagnol pour que Brittany ne puisse pas nous comprendre.

— *Vete, cabrón no molestes.*

Est-ce qu'il cherche à gâcher la journée ? Finalement il souffle un grand coup et part vers le buffet.

— Où se trouve ton autre frère ?

Nous nous asseyons au milieu du jardin, à l'une des petites tables louées pour l'occasion. Je passe mon bras derrière le dossier de sa chaise.

— Luis est juste là.

Mon petit frère imite les animaux de la ferme, dans un coin du jardin, et il est au centre de toutes les attentions. Ce n'est pourtant pas comme ça qu'il attirera les filles au collège, il faudra que je lui explique. Non loin, les quatre jeunes enfants d'un de mes cousins courent dans tous les sens. Marissa, deux ans, a trouvé que sa robe n'était pas assez pratique et l'a balancée dans l'herbe.

— Je suppose que tu dois considérer tous ces gens comme des *mojados* excités.

Elle sourit.

— Non. Comme des gens qui s'amusent à un mariage. Tiens, qui est-ce ? demande-t-elle alors qu'un type en uniforme militaire passe devant nous. Un autre de tes cousins ?

— Oui. Paul vient de rentrer du Moyen-Orient. Crois-le ou non, il appartenait autrefois au Python Trio, un gang de

Chicago. Je peux te dire qu'avant les marines, c'était un gros toxico.

Elle me regarde avec de grands yeux.

— Je te l'ai déjà dit, je ne touche pas à la drogue. Du moins plus maintenant. Je parle d'une voix ferme, pour qu'elle me fasse confiance : Et je ne trafique pas non plus.

— Promis ?

— Promis.

Je repense à la plage, quand j'ai déconné avec Carmen. C'était la dernière fois.

— Peu importe ce qu'on t'a dit, je ne touche pas à la *coca*. Il ne faut pas blaguer avec ça. Je veux garder toutes les cellules grises que j'avais à la naissance.

— Et Paco ? Est-ce qu'il se drogue ?

— Parfois.

Elle l'observe, qui rit et plaisante avec ma famille, s'attachant désespérément à en faire partie. Sa mère a disparu, il y a quelques années, le laissant dans une situation pourrie, seul avec son père. Je ne peux pas lui reprocher d'avoir envie de fuir.

Enfin, ma cousine Elena apparaît dans une robe de dentelle blanche, et la célébration du mariage commence.

— *Ahora los declare marido y mujer*, annonce le prêtre.

Les époux s'embrassent sous les applaudissements de tous les invités.

Brittany serre ma main dans la sienne.

39
BRITTANY

J orge et Elena s'aiment passionnément, cela ne fait aucun doute. Serai-je autant amoureuse de mon futur mari ?

Et Shelley. Elle n'aura jamais de mari ni d'enfant. Je sais que les miens l'aimeront autant que je l'aime ; elle ne manquera jamais d'amour dans sa vie. Mais, intérieurement, courra-t-elle toujours après quelque chose d'inaccessible : un mari et une famille à elle ?

Je regarde Alex, je ne m'imagine pas impliquée dans des affaires de gang ou Dieu sait quoi. Ce n'est pas moi. Pourtant, même s'il est mêlé à des tas de choses que je rejette, je me sens plus liée à lui qu'à n'importe qui d'autre. Il faut que je l'aide à changer de vie pour qu'un jour on puisse dire que nous formons un couple parfait.

Je passe mes bras autour de sa taille et pose ma tête contre sa poitrine. Il remet en place quelques mèches échappées de ma coiffure et me tient serrée contre lui pendant que nous ondulons sur la musique.

Un homme s'approche de la mariée avec un billet de cinq dollars, qu'il attache à sa traîne avec une épingle de nourrice.

— C'est une tradition, m'explique Alex. Il paie pour danser avec elle. On appelle cela la danse de la prospérité.

Maman serait horrifiée, c'est certain.

Quand la musique s'arrête, je demande à Alex s'il compte lui aussi danser avec la mariée. Devant sa réponse positive, je le presse de le faire maintenant.

— Va danser avec Elena. Moi, je vais parler à ta mère.

— Tu es sûre de le vouloir ?

— Oui. Je l'ai aperçue lorsque nous sommes arrivés et je ne veux pas continuer à l'éviter. Ne t'inquiète pas pour moi. Je dois le faire.

Je me recule jusqu'à ce que nos mains se détachent.

— Je reviens vite.

Les femmes sont en train d'installer les plats sur une rangée de tables. Je m'avance vers la mère d'Alex. Elle porte une robe drapée rouge et paraît plus jeune que ma propre mère. Les gens trouvent maman jolie mais Mrs Fuentes possède la beauté intemporelle des stars de cinéma. Elle a de grands yeux marron, de longs cils, et une peau légèrement dorée, parfaite.

— Bonjour, madame Fuentes.

— Brittany, n'est-ce pas ?

— Humm, je tenais à vous parler depuis que je suis arrivée ici. Mais maintenant que je suis en face de vous, je bafouille et ne trouve pas mes mots. Ça m'arrive quand je suis nerveuse.

Elle me regarde comme s'il me manquait une case.

— J'écoute !

— Oui, alors, je sais que nous sommes parties du mauvais pied et je suis désolée si vous vous êtes sentie offensée d'une façon ou d'une autre, la dernière fois. Je tenais simplement à ce que vous sachiez que je n'étais pas venue dans votre maison dans l'intention d'embrasser Alex.

— Excuse ma curiosité mais quelles sont tes intentions, au juste ?

— Je vous demande pardon ?

— Quelles sont tes intentions vis-à-vis d'Alex ?

— Je... j'ignore ce que vous voulez dire. Pour être honnête, nous sommes encore au début de notre histoire.

Mrs Fuentes pose sa main sur mon épaule.

— Le Seigneur sait que je ne suis pas la meilleure mère au monde. Mais je tiens plus à mes fils qu'à la vie, Brittany. Je ferais n'importe quoi pour les protéger. Je vois bien la façon qu'il a de te regarder et cela me fait peur. Je ne peux pas supporter de le voir blessé une nouvelle fois par quelqu'un qu'il aime.

Comme j'aimerais avoir une mère aussi attentionnée et aimante qu'elle. J'ai du mal à digérer ce qu'elle vient de dire.

C'est que, en toute sincérité, j'ai l'impression depuis un moment de ne pas appartenir à ma propre famille. Mes parents exigent de moi que je me comporte correctement en toute occasion. Mais c'est si difficile parfois d'essayer désespérément de jouer l'enfant « normal ». Personne ne m'a jamais dit que je n'avais pas à être parfaite en permanence. La vérité, c'est que ma vie se résume à un immense et éternel sentiment de culpabilité.

Culpabilité d'être l'enfant normal.

Culpabilité de devoir m'assurer que Shelley est autant aimée que moi.

Culpabilité de craindre que mon propre enfant ne soit comme ma sœur.

Culpabilité d'être embarrassée lorsque les gens épient Shelley dans un lieu public.

Ce sentiment ne disparaîtra jamais. Je suis née coupable. Pour Mrs Fuentes, la famille est synonyme d'amour et de protection. Pour moi, elle est synonyme de culpabilité et d'amour sous conditions.

— Madame Fuentes, je ne peux pas vous promettre de ne jamais faire souffrir Alex. Mais je ne peux pas être loin de lui, même si vous le désirez. J'ai déjà essayé.

Parce qu'être avec lui m'éloigne de ma propre noirceur. Je sens des larmes perler au coin de mes yeux et couler le long de mes joues. Je me fraie un passage jusqu'à la salle de bains, d'où sort tout juste Paco.

— Tu devrais peut-être attendre un peu avant de…

Sa voix devient inaudible alors que je m'enferme à l'intérieur. Je m'essuie les yeux et me regarde dans le miroir. Quel désastre : mon mascara a coulé et… oh, peu importe. Je glisse le long du mur pour m'asseoir sur le carrelage froid. Maintenant, je comprends ce que Paco voulait me dire. Cet endroit pue ! C'est une infection… j'en ai presque envie de vomir. Je me couvre le nez de la main, tâchant d'oublier l'odeur nauséabonde tout en repensant aux paroles de Mrs Fuentes.

Soudain, on frappe à la porte.

— Brittany, est-ce que tu es là ?

C'est Alex.

— Non.

— S'il te plaît, sors.

— Non.

— Alors laisse-moi entrer.

— Non.

— Je veux t'apprendre quelque chose en espagnol.

— Quoi ?

— *No es gran cosa.*

— Qu'est-ce que ça veut dire ?

— Je te le dirai quand tu me laisseras entrer.

Je tourne le verrou pour lui ouvrir.

— Cela veut dire que ce n'est pas grave.

Après avoir reverrouillé la porte derrière lui, il s'accroupit près de moi, me prend dans ses bras, et me serre fort.

— Putain, est-ce que Paco est passé par là ? dit-il en reniflant. Il caresse mes cheveux et marmonne en espagnol avant de me demander : Qu'est-ce que t'a dit ma mère ?

J'enfouis mon visage dans sa poitrine.

— Elle s'est simplement montrée honnête.

On frappe un grand coup à la porte.

— *Abre la puerta, soy Elena.*

— Qui est-ce ?

— La mariée.

— Ouvrez !

Une silhouette en frous-frous blancs, épinglés de dizaines de billets verts, s'engouffre dans la salle de bains et referme la porte.

— Bon, qu'est-ce qui se passe ? Elle aussi renifle plusieurs fois : Paco était là ?

Alex et moi acquiesçons.

— C'est atroce ! s'exclame-t-elle tout en se couvrant le nez d'un mouchoir.

— La cérémonie était magnifique, lui dis-je à travers ma main.

C'est la situation la plus inconfortable et la plus surréaliste que j'aie jamais connue de ma vie.

Elena m'attrape par la main.

— Sors de cette pièce et profite de la fête. Ma tante peut être directe mais elle n'est pas méchante. En plus, au fond d'elle, je crois qu'elle t'aime bien.

— Je vais la raccompagner chez elle, déclare Alex, mon héros.

Se lassera-t-il un jour de ce rôle ?

273

— Non, tu ne la raccompagnes pas chez elle, sinon je vous enferme tous les deux dans cet endroit puant, réplique Elena d'un ton on ne peut plus sérieux.

On frappe encore à la porte.

— *Vete vete.*

— *Soy Jorge.*

— C'est le marié, me traduit Alex.

Jorge se glisse à l'intérieur. Il ne se montre pas aussi sensible que nous puisqu'il fait mine de ne pas sentir l'odeur de mort. Cependant, il renifle bruyamment à plusieurs reprises et des larmes apparaissent au coin de ses yeux.

— Viens, Elena, dit-il en essayant de se couvrir le nez le plus discrètement possible, en vain. Nos invités se demandent où tu es.

— Tu ne vois pas que je parle à mon cousin et sa copine ?

— Oui mais…

Elena lève une main pour le faire taire tout en gardant son mouchoir en place.

— Je viens de te dire que je suis en train de parler à mon cousin et à sa copine et je n'ai pas terminé. Toi, enchaîne-t-elle en me désignant, viens avec moi. Alex, je veux que toi et tes frères vous chantiez.

Alex secoue la tête.

— Elena, je ne pense pas que…

— Je ne t'ai pas demandé de penser. J'ai demandé que tes frères et toi chantiez pour mon mari et moi.

Elle ouvre la porte et me tire par la main à travers la maison et le jardin. Elle ne me lâche que pour attraper le micro des mains du chanteur.

— Paco ! Oui, toi, crie-t-elle en le pointant du doigt au milieu d'un groupe de filles. La prochaine fois que tu as envie de chier, fais-le dans la maison de quelqu'un d'autre.

Les filles autour de Paco se reculent en rigolant, le laissant bien seul. Jorge, lui, se précipite sur la scène et tente d'en faire descendre sa femme. Le pauvre galère sous les rires et les applaudissements du public. Quand Elena finit enfin par redescendre, les invités se mettent à acclamer Alex et ses frères.

Paco s'approche de moi.

— Euh, désolé pour la salle de bains, bredouille-t-il, honteux. J'ai essayé de te prévenir.

— Ce n'est pas grave. Je me penche alors vers lui pour lui demander : Sérieusement, qu'est-ce que tu penses d'Alex et moi, ensemble ?

— Sérieusement, tu es sans doute la meilleure chose qui lui soit jamais arrivée.

40

ALEX

À la mort de papa, maman a essayé de nous consoler, Carlos, Luis et moi, avec la musique. Nous dansions dans toute la maison et chantions à tour de rôle avec elle. Je crois que c'était sa façon à elle d'oublier son chagrin, même pour un instant. La nuit, je l'entendais pleurer dans sa chambre. Je n'ai jamais ouvert sa porte mais je mourais d'envie de chanter pour elle et de faire disparaître toute sa douleur.

Après m'être entretenu avec les musiciens, je prends le micro.

— Je préférerais ne pas me ridiculiser mais les frères Fuentes n'ont pas le droit de se soustraire à une demande express de la mariée. Elena peut se montrer très convaincante.

— C'est bien vrai ! hurle Jorge.

Elena le tape du poing dans le bras. Le pauvre grimace. Elle a une sacrée force. Mais Jorge embrasse sa femme, trop heureux aujourd'hui pour lui en vouloir.

Mes frères et moi commençons à chanter. Nous improvisons en enchaînant des chansons d'Enrique Iglesias, de Shakira, et même de mon groupe préféré, Maná. En m'agenouillant pour chanter à mes petits cousins, je lance un clin d'œil à Brittany.

C'est à ce moment-là qu'un silence assourdissant s'abat sur le public et que des murmures horrifiés se font entendre. Hector est arrivé. Il est venu faire une apparition, c'est rare. Vêtu d'un costume très chic, il serpente jusqu'au jardin, sous les regards de tous les invités. Je termine ma chanson et rejoins Brittany. Il faut que je la protège.

— Tu veux une clope ? me demande Paco en sortant un paquet de Marlboro de sa poche arrière.

— Non, dis-je après avoir jeté un coup d'œil à Brittany.

Paco me dévisage, étonné, puis hausse les épaules et s'en allume une.

— Bravo pour le concert, Alex. Si tu m'avais laissé quelques minutes de plus, ta *novia* me serait tombée dans le creux de la main.

Il vient de l'appeler ma petite amie. L'est-elle vraiment ?

J'emmène Brittany boire une boisson fraîche ; Paco nous emboîte le pas. Je dois la maintenir à distance d'Hector.

Mario, un ami d'un de mes cousins, se tient près de la glacière, arborant les couleurs du Python Trio et habillé d'un jean baggy qui lui tombe sous les fesses. Le Python Trio est un gang allié, mais si Brittany croisait Mario dans la rue, elle s'empresserait certainement de changer de trottoir.

— Salut, Alex, Paco.

— Je vois que tu t'es habillé pour l'occasion, Mario.

— *Cabrón*, les costards, c'est pour les Blancs, souligne Mario en faisant semblant de ne pas voir que ma petite amie en est une. Vous, les gangsters de banlieue, vous êtes trop doux. C'est en ville qu'on trouve les vrais mecs.

— D'accord, gros dur, rétorque Paco. Va dire ça à Hector.

— Continue de dire ce genre de conneries et je te montrerai vraiment qui nous sommes… Ne sous-estime *jamais* le LB, dis-je d'un air menaçant.

Mario se recule.

— Bon, j'ai rendez-vous avec une bouteille de Corona. À plus, *güey*.

— On dirait qu'il porte une arme dans son froc, commente Paco en l'observant de dos.

Je me tourne vers Brittany, plus pâle que d'habitude.

— Est-ce que ça va ?

— Tu as menacé ce type, murmure-t-elle. *Vraiment* menacé.

En guise de réponse, je lui prends la main et la conduis sur la piste de danse, en réalité un simple morceau de gazon. Les musiciens jouent un slow.

Mais quand je l'attire vers moi, Brittany me repousse.

— Qu'est-ce que tu fais ?

— Danse avec moi. Ne discute pas. Mets tes bras autour de moi et danse.

Je n'ai pas envie de l'entendre me demander comment il est possible que je sois dans un gang, et me dire que cela lui fait peur et qu'elle veut que j'en parte avant qu'on sorte ensemble.

— Mais...

— Oublie ce que j'ai dit à Mario, je lui chuchote à l'oreille. Il était en train de nous jauger, de voir à quel point nous étions fidèles à Hector. Si jamais il sentait la moindre hésitation, son gang pourrait prendre le dessus. Tu sais, chaque gang est affilié soit aux Folks, soit aux People. Ceux affiliés aux Folks sont ennemis de ceux affiliés aux People. Mario est affilié...

— Alex !

— Oui ?

— Promets-moi qu'il ne va rien se passer.

— Danse, dis-je en enlaçant sa taille.

Par-dessus son épaule, j'aperçois Hector et ma mère en pleine discussion. De quoi peuvent-ils bien parler ? Elle commence à s'éloigner de lui, quand il l'attrape par le bras et lui glisse quelque chose à l'oreille. Alors que je suis sur le point d'aller voir ce qui se passe, *mi'amá* sourit joyeusement à Hector puis se met à rire. De toute évidence, je m'invente des histoires.

Les heures passent et la nuit finit par tomber. La fête bat toujours son plein quand nous repartons à la voiture. Pendant le trajet de retour, nous restons tous les deux silencieux.

— Approche-toi, dis-je doucement à Brittany en me garant devant le garage d'Enrique.

— J'ai passé un superbe moment, murmure-t-elle. Enfin, sauf quand je me suis cachée dans la salle de bains… et que tu as menacé ce type.

— Oublie ça et embrasse-moi.

Je glisse ma main sur ses cheveux. Elle m'enlace le cou tandis que je suis le contour de ses lèvres avec ma langue. J'entrouvre alors sa bouche et nous nous embrassons vraiment. C'est comme un tango : d'abord lent, rythmique, puis quand nos respirations deviennent haletantes, que nos langues s'entremêlent, notre baiser se transforme en une danse rapide et sensuelle qui ne devrait jamais cesser. Les baisers de Carmen étaient peut-être excitants mais ceux de Brittany sont sensuels, sexy, hypnotiques.

Mais les sièges avant de la voiture ne sont pas assez spacieux. En un clin d'œil, nous nous retrouvons sur la banquette arrière. Ce n'est pas l'idéal, mais peu importe !

J'adore ses gémissements, ses baisers et sa main dans mes cheveux. Sans parler de son parfum de vanille. Je ne compte pas la brusquer ce soir mais sans même y réfléchir, ma main remonte lentement le long de sa cuisse.

— C'est tellement bon, dit-elle à bout de souffle.

Je l'allonge sur le dos et mes mains partent seules en exploration. Mes lèvres caressent le creux de son cou pendant que je détache sa robe et son soutien-gorge. En retour, elle déboutonne ma chemise et parcourt de ses doigts ma poitrine et mes épaules.

— Tu es… parfait.

Je ne vais pas la contredire. Ma langue poursuit son chemin sur sa peau soyeuse, exposée à l'air de la nuit. Elle agrippe les cheveux à l'arrière de mon crâne, me pressant de continuer. Elle a une saveur exquise. *¡Caramelo !* Je me redresse un peu et croise son regard. Ses yeux saphir étincellent de désir. Pour le coup, *elle* est parfaite.

— J'ai envie de toi, *chula*.

Elle se presse contre mon érection ; le plaisir et la douleur sont presque insoutenables. Toutefois, dès que je commence à descendre sa culotte, elle stoppe net ma main et la repousse.

— Je… je ne suis pas prête pour ça. Alex, arrête.

Je me rassois, attendant que mon corps s'apaise. Je ne peux pas la regarder pendant qu'elle remet en place ses bretelles et sa robe. Merde, je suis allé trop vite. Je m'étais pourtant juré de ne pas trop m'exciter, de me contrôler quand je suis avec cette fille. Passant ma main dans les cheveux, je soupire lentement :

— Je suis désolé.

— Non, c'est moi qui suis désolée. Ce n'est pas de ta faute. Je t'ai encouragé et tu as tous les droits de m'en vouloir. Écoute, je viens à peine de sortir de ma relation avec Colin et il se passe beaucoup de choses à la maison. Elle plonge alors la tête entre ses mains : Je me sens perdue.

Elle attrape son sac et ouvre la portière. Je la suis, ma chemise noire ouverte, gonflée par le vent comme une cape de vampire. Ou comme celle de la Faucheuse.

— Brittany, attends !

— S'il te plaît... ouvre la porte du garage. Il me faut ma voiture.

— Ne pars pas.

Je tape le code.

— Je suis désolée, répète-t-elle.

— Arrête de dire ça. Écoute, quoi qu'il vienne de se passer, je ne suis pas avec toi simplement pour me glisser dans tes sous-vêtements. L'ambiance, ton parfum de vanille, je me suis laissé emporter et... j'ai vraiment tout gâché ce soir, n'est-ce pas ?

Brittany grimpe dans sa voiture.

— Est-ce qu'on pourrait y aller doucement, Alex ? Les choses vont beaucoup trop vite pour moi.

— D'accord, dis-je, résistant à mon envie de la tirer hors de sa voiture.

Priant pour qu'elle ne s'en aille pas.

Ses caresses m'ont tourné la tête et je suis allé trop loin. Quand son corps est aussi près du mien, j'oublie absolument tout.

Le pari !

Tout est parti d'un pari, pas d'une attirance pour une fille des quartiers nord. Je dois garder à l'esprit que je ne m'intéresse à Brittany qu'à cause du pari et je ferais mieux d'ignorer ce que je crois être de véritables sentiments.

Les sentiments n'ont pas leur place dans ce jeu.

41

BRITTANY

Je m'arrête dans un McDonald où personne ne pourra me reconnaître, enfile un jean et un sweat moulant rose, et repars pour la maison.

J'ai peur ; avec Alex, il y a quelque chose de trop animal. Lorsque je suis avec lui, tout paraît plus intense. Mes sentiments, mes émotions, mon désir. Je n'ai jamais été accro à Colin et je n'ai jamais voulu le voir vingt-quatre heures sur vingt-quatre, sept jours sur sept. J'ai un besoin fou d'Alex. Mon Dieu ! Je suis en train de tomber amoureuse de lui.

Mais je sais que tomber amoureuse signifie abandonner une partie de moi-même. Et ce soir, dans la voiture, lorsque Alex a glissé sa main sous ma robe, j'ai eu peur de perdre le contrôle. Cela m'effraie, puisque ma vie entière consiste à rester maîtresse de moi.

Je passe la porte d'entrée de la maison, prête à monter sur la pointe des pieds dans ma chambre et à ranger la robe dans mon placard. Malheureusement, maman est là à m'attendre.

— Où étais-tu ? demande-t-elle, l'air sévère, en brandissant mon manuel de chimie et mon classeur. Tu as dit que tu allais t'entraîner puis *étudier* avec ce Hernandez.

Grillée ! C'est le moment de me taire ou de me confesser.

— Il s'appelle Fuentes, pas Hernandez, et oui, j'étais avec lui.

Silence.

Les lèvres de maman forment une ligne fine, serrée.

— De toute évidence, tu n'étais pas en train d'étudier. Qu'est-ce qu'il y a dans ton sac de sport ? De la drogue ? Tu caches de la drogue là-dedans ?

— Je ne me drogue pas !

Elle lève un sourcil et montre mon sac.

— Ouvre-le !

Je m'agenouille dans un soupir et obtempère. J'ai l'impression d'être en prison.

— Une robe ?

— Je suis allée à un mariage avec Alex, celui de sa cousine.

— Tu m'as menti à cause de ce garçon. Il te manipule, Brittany.

— J'y suis allée de mon plein gré. Fais-moi un peu confiance, tu veux ?

Elle est absolument furieuse, je le vois à ses yeux traversés d'éclairs et à la façon dont ses mains tremblent.

— Si jamais, SI JAMAIS je découvre que tu es ressortie avec ce garçon, je n'aurais aucun problème à convaincre ton père de t'envoyer en internat pour le restant de ta terminale. Tu ne crois pas que j'ai suffisamment de soucis avec Shelley ? Jure-moi que tu n'auras plus jamais aucun contact avec lui en dehors du lycée.

Je le jure puis cours dans ma chambre appeler Sierra.

— Quoi de neuf ?

— Sierra, j'ai besoin de ma meilleure amie sur-le-champ.

— Tu parles de moi ? Je suis flattée, commente-t-elle sèchement.

— D'accord, je t'ai menti. J'aime beaucoup Alex. Énormément même.

Silence.

Encore silence.

— Sierra, tu es là ? Ou tu m'ignores ?

— Non, je ne t'ignore pas, Brit. Je me demande pourquoi tu te décides à m'en parler maintenant.

— Parce que j'ai besoin d'en parler avec toi. Est-ce que tu me détestes ?

— Tu es ma meilleure amie.

— Et toi la mienne.

— Les meilleures amies le sont toujours même lorsqu'une d'elles perd complètement la raison et sort avec un gangster, non ?

— Je l'espère.

— Brit, ne me mens plus jamais.

— Ça ne se reproduira pas. Et tu peux partager l'info avec Doug tant qu'il promet de garder ça pour lui.

— Merci de me faire confiance, Brit.

Après lui avoir tout raconté, je raccroche, heureuse que les choses soient revenues comme avant avec Sierra. Soudain, mon autre ligne sonne : Isabel.

— Il faut que je te parle.

— Qu'est-ce qui se passe ?

— Est-ce que tu as vu Paco, aujourd'hui ?

Hmm... tant pis pour mon secret.

— Oui.

— Est-ce que tu lui as parlé de moi ?

— Non, pourquoi ? Tu aurais voulu ?

— Non. Si. Et puis, je n'en sais rien. Je suis totalement perdue.

— Isabel, dis-lui simplement ce que tu ressens. Cela a marché pour moi et Alex.

— Oui, mais tu es Brittany Ellis.

— Tu veux savoir ce que c'est d'être Brittany Ellis ? Voilà : je manque de confiance en moi comme tout le monde. Et en plus je subis une terrible pression pour jouer un personnage, pour que les gens se fassent une certaine image de moi et ne s'aperçoivent pas que je suis comme les autres. Cela me rend vulnérable ; on m'épie et on parle de moi derrière mon dos.

— Alors les rumeurs qui courent sur Alex et toi au sein de mon groupe d'amis risquent de ne pas te ravir. Tu veux que je te les rapporte ?

— Non.

— Tu en es sûre ?

— Oui. Si tu me considères comme ton amie, ne me dis rien.

Sinon, je devrais les affronter directement. Et à cet instant précis, j'ai envie de vivre dans la plus jouissive des ignorances.

42

ALEX

Après avoir laissé partir Brittany, je ne suis pas d'humeur à parler et espère ne pas tomber sur *mi'amá* en arrivant à la maison. Malheureusement, un seul regard sur le canapé du salon suffit à faire s'effondrer tous mes espoirs.

La télévision est éteinte, les lumières tamisées, et mes frères ont certainement été envoyés se coucher.

— Alejandro, commence-t-elle, je ne souhaitais pas cette vie pour toi.

— Je sais.

— J'espère que Brittany ne t'a pas mis de mauvaises idées dans la tête.

— C'est-à-dire ? Qu'elle déteste que je sois dans un gang ? Tu ne souhaitais peut-être pas cette vie pour moi, mais tu ne t'es pas bougée pour empêcher que je me fasse embrigader.

— Ne parle pas comme ça, Alejandro.

— Parce que la vérité te fait trop mal ? J'ai intégré un gang pour vous protéger, mes frères et toi, *mamá*. Tu le sais, bien que nous n'en parlions jamais. Pris de colère, mon ton monte de plus en plus : J'ai fait ce choix, il y a longtemps. Continue de dire que tu ne m'y as jamais encouragé mais regarde-moi bien, lui dis-je en relevant mes manches pour montrer mes tatouages du Latino Blood. Je suis un gangster, exactement comme *papá*. Tu voudrais que je me mette à dealer de la drogue aussi ?

Des larmes coulent le long de ses joues.

— S'il y avait eu un autre moyen...

— Tu avais trop peur de quitter ce trou et maintenant, nous sommes coincés ici. Ne décharge pas ta culpabilité sur moi ou sur ma copine.

— Ce n'est pas juste, objecte-t-elle en se redressant d'un coup.

— Ce qui n'est pas juste, c'est que tu sois toujours en deuil depuis la mort de *papá*. Pourquoi ne pas rentrer au Mexique ? Avoue à l'oncle Julio qu'il a gâché les économies d'une vie en nous envoyant aux États-Unis. À moins que tu n'aies trop honte de rentrer au Mexique et de dire à ta famille que tu as raté ta chance, ici ?

— Cette conversation s'arrête là.

— Ouvre les yeux. Qu'est-ce que tu as ici, qui mérite de rester ? Tes fils ? C'est une excuse bidon. Je pointe alors du doigt l'autel dédié à mon père : C'est ça ta conception du rêve américain ? C'était un gangster, pas un saint.

— Il n'avait pas le choix, crie-t-elle. Il nous protégeait.

— Et maintenant, c'est moi qui nous protège. Tu érigeras un autel en mon honneur quand je clamserai ? Et Carlos ? C'est le prochain sur la liste, tu sais. Puis ce sera au tour de Luis.

Je me prends une énorme gifle. *Dios mio*, je déteste l'idée d'avoir mis *mi'amá* dans cet état. Je tends la main vers elle, mais alors que mes doigts enveloppent son bras pour que je l'enlace et m'excuse de lui avoir parlé ainsi, je la sens tressaillir.

— Maman ?

Je ne l'ai pourtant pas serrée fort.

Elle se dégage et se détourne de moi, mais je ne peux pas en rester là. Je m'approche d'elle, remonte sa manche, et découvre, horrifié, un bleu terrible. L'image de ma mère en grande conversation avec Hector lors du mariage me revient subitement en mémoire. Je lui demande alors doucement :

— C'est Hector qui t'a fait ça ?

— Tu dois arrêter de questionner les gens sur *papá*, répond-elle en rabaissant rapidement sa manche.

Je suis furieux : on s'en est pris à *mi'amá* pour me lancer un avertissement.

— Pourquoi ? Qui Hector cherche-t-il à protéger ?

Quelqu'un du LB ou d'un autre gang affilié ? Comme j'aimerais pouvoir juste le lui demander à lui. Mais par-dessus tout, comme j'aimerais me venger et lui faire mordre la poussière pour avoir fait souffrir ma mère. Seulement, Hector est intouchable. Tout le monde sait que si je le défie, cela signifiera que je tourne le dos au Blood.

— Ne me pose pas de question. Alejandro, il y a des choses que tu ignores. Des choses que tu ne devrais jamais savoir. Alors, oublie cette histoire.

— Tu crois que vivre dans l'ignorance est une bonne chose ? *Papá* dealait de la drogue pour un gang. La vérité ne me fait pas peur. Pourquoi est-ce que tout le monde essaie de me cacher la vérité ?

Un bruit dans le couloir attire mon attention. Ce sont mes deux frères, les yeux écarquillés.

Merde !

En les voyant, ma mère respire un grand coup. Je serais prêt à tout pour faire disparaître sa douleur. Je pose gentiment la main sur son épaule.

— *Perdón, Mamá.*

Elle retire ma main et, les larmes aux yeux, court dans sa chambre, claquant la porte derrière elle.

— Est-ce que c'est vrai ? demande Carlos, la gorge serrée.

— Oui.

Luis hoche la tête et lève les sourcils, l'air perdu.

— De quoi vous parlez ? Je ne comprends pas. Je croyais que *papá* était un homme bon. *Mamá* a toujours dit que c'était un homme bon.

Je m'avance vers mon petit frère et le serre contre moi.

— Ce ne sont que des mensonges ! hurle Carlos. Toi, lui ! Vous mentez tous ! *¡Mentiras !*

— Carlos…

Je relâche Luis et attrape mon autre frère par le bras. Carlos baisse les yeux sur ma main avec dégoût, et déverse sa colère.

— Depuis le début, je croyais que tu avais rejoint le Latino Blood pour nous protéger. En réalité, tu ne fais que suivre les traces de *papá*. Tu parles d'un héros ! Tu aimes faire partie du LB mais tu m'interdis d'y rentrer. Espèce d'hypocrite !

— Peut-être, oui.

— Tu es la honte de la famille, tu le sais ?

Dès que je lâche son bras, Carlos ouvre la porte de derrière d'un coup de poing et sort en trombe.

La petite voix de Luis rompt le silence.

— Parfois, les hommes bons doivent faire des choses méchantes. C'est vrai ?

Je lui caresse les cheveux. Luis est bien plus innocent que je ne l'étais à son âge.

— Tu sais, petit frère, je crois que tu vas devenir le plus intelligent des Fuentes. Maintenant, va au lit, je vais aller parler à Carlos.

Celui-ci est assis sur le perron, face au jardin des voisins.

— C'est donc comme ça qu'il est mort ? me demande-t-il, alors que je m'assois à ses côtés. Pendant un deal ?

— Oui.

— Tu étais avec lui ?

J'acquiesce.

— Quel enfoiré ! Tu n'avais que six ans. Tu sais, j'ai aperçu Hector aujourd'hui au mariage.

— Reste loin de lui. La vérité, c'est qu'à la mort de *papá*, je n'ai pas eu le choix et maintenant je suis coincé. Si tu crois que je suis dans le LB par plaisir, tu te trompes. Et je ne veux pas que tu y rentres à ton tour.

— Je sais.

Je lui jette le même regard glacial que maman me jetait lorsque je lançais en l'air des balles de tennis fourrées dans ses collants pour voir jusqu'où elles pouvaient voler.

— Carlos, écoute-moi bien. Concentre-toi sur l'école pour pouvoir aller à l'université. Deviens quelqu'un.

Contrairement à moi.

Un long silence s'installe.

— Destiny aussi refuse que je rentre dans le LB. Elle veut aller à la fac et obtenir un diplôme d'infirmière. Elle aimerait beaucoup que nous allions dans la même université.

Je l'écoute sans dire un mot ; il a aussi besoin de réfléchir par lui-même.

— J'aime bien Brittany, dit-il.

— Moi aussi.

Je repense au moment où nous étions dans la voiture. Je me suis sacrément laissé aller. J'espère que je n'ai pas tout gâché, là aussi.

— J'ai vu Brittany parler avec *mamá* au mariage. Elle sait se défendre.

— Je vais être honnête avec toi : après, elle a craqué dans la salle de bains.

— Pour quelqu'un d'intelligent, tu es *loco* si tu crois que tu vas réussir à tout gérer.

— J'ai des ressources, et je me tiens toujours prêt à affronter le danger.

Carlos me tape dans le dos.

— D'une certaine façon, mon frère, je crois que sortir avec une fille des quartiers nord est plus dur que d'être dans un gang.

C'est l'occasion rêvée de lui raconter la vérité.

— Carlos, les types du LB te parlent de fraternité, d'honneur, de loyauté, et tu trouves ça génial. Mais ils ne forment pas une famille. Cette fraternité ne dure que tant que tu acceptes de faire ce qu'ils exigent de toi.

Maman ouvre la porte. Elle a l'air si triste et je me sens si impuissant.

— Carlos, laisse-moi parler à Alejandro, seule à seul.

Maman prend place à côté de moi. Elle tient une cigarette, la première depuis longtemps.

— J'ai commis beaucoup d'erreurs dans ma vie, Alejandro, dit-elle en soufflant sa fumée vers la lune. Il y en a certaines que je ne pourrai jamais réparer, malgré mes prières au bon Dieu. D'une main, elle replace une de mes mèches de cheveux derrière mon oreille, avant d'ajouter : Tu es un adolescent avec des responsabilités d'adulte. Ce n'est pas juste pour toi.

— *Está bien.*

— Non, ce n'est pas vrai. Moi aussi, j'ai grandi trop vite. Je n'ai même jamais terminé le lycée parce que je suis tombée enceinte de toi à dix-sept ans. Comme j'avais envie d'un enfant ! Ton père aurait préféré attendre après le lycée mais je n'en ai fait qu'à ma tête. Être mère était la seule chose qui m'intéressait.

— Tu regrettes ?

— D'être mère ? Jamais de la vie. D'avoir séduit ton père sans m'être assurée qu'il utilisait des préservatifs, ça oui.

— Je ne veux pas entendre parler de ça.

— Eh bien, je vais t'en parler, que tu le veuilles ou non. Fais attention à toi, Alex.

— Je fais attention.

Elle tire de nouveau sur sa cigarette tout en secouant la tête.

— Non, tu ne comprends pas. Toi, tu fais peut-être attention mais les filles, c'est différent. Les filles sont manipulatrices. Je le sais bien, j'en suis une.

— Brittany est…

— Le genre de fille qui peut t'imposer des choses dont tu n'as pas envie.

— Crois-moi, maman. Elle n'a pas envie d'enfant.

— Non mais d'autres choses. De choses que tu ne pourras pas lui offrir.

Je lève les yeux vers les étoiles, la lune, l'univers infini.

— Et si je veux les lui offrir ?

Elle soupire lentement, expirant un long filet de fumée.

— À trente-cinq ans, je suis assez vieille pour avoir vu des gens mourir en pensant qu'ils pouvaient changer le cours des événements. Quoi que tu en penses, ton père est mort en voulant améliorer sa vie. Tu as une vision incomplète des choses, Alejandro. Tu n'étais qu'un petit garçon, trop jeune pour comprendre.

— Maintenant, je suis assez vieux.

De ses yeux s'échappe une larme qu'elle écrase immédiatement.

— Oui, mais maintenant, c'est trop tard.

43

BRITTANY

— B rit, s'il te plaît, rappelle-moi pourquoi on passe prendre Alex Fuentes pour l'emmener au lac Geneva avec nous ? demande Sierra.

— Ma mère m'a défendu de le voir en dehors du lycée et le lac Geneva me semble un endroit parfait pour nous retrouver ensemble. Personne ne nous connaît là-bas.

— Sauf nous.

— Mais je sais que vous n'irez pas moucharder. Je me trompe ?

Doug lève les yeux au ciel. Au début, pourtant, aller là-bas en couple, ça me paraissait une bonne idée, on s'amuserait bien. Bon, du moins une fois que Sierra et Doug auraient avalé le fait que je sorte avec Alex.

— Je vous en prie, arrêtez de me prendre la tête avec ça.

— Ce type est un loser, Brit, s'exclame Doug, alors que nous nous dirigeons vers le parking du lycée, où Alex est censé nous attendre. Sierra, on parle de ta meilleure amie, là. Mets-lui un peu de plomb dans la tête.

— J'ai déjà essayé, mais tu la connais : elle est bornée.

— Est-ce que vous pourriez vous abstenir de parler de moi comme si je n'étais pas là ? Alex me plaît. Et je lui plais. J'ai envie de nous donner une chance.

— Et comment comptes-tu t'y prendre ? En le cachant éternellement ? s'insurge Sierra.

Heureusement nous arrivons au lycée, ce qui m'évite de lui répondre. Alex est assis sur le trottoir, à côté de sa moto, ses longues jambes étendues devant lui. J'ouvre la portière, me mordant la lèvre de nervosité, tandis qu'Alex crispe ses mâchoires en découvrant Doug au volant et Sierra à ses côtés.

Je l'invite à monter et me glisse de l'autre côté de la banquette.

— Je ne crois pas que ce soit une bonne idée, dit-il en se penchant à l'intérieur.

— Ne sois pas bête. Doug a promis d'être gentil. N'est-ce pas, Doug ?

Je retiens mon souffle en attendant sa réponse.

Doug acquiesce d'un air nonchalant.

N'importe quel autre garçon aurait fui, c'est certain, mais Alex finit par monter à côté de moi.

— Où allons-nous ?

— Au lac Geneva. Est-ce que tu y es déjà allé ?

— Non.

— C'est à une heure de route. Les parents de Doug ont un chalet là-bas.

Pendant le trajet, on se croirait dans une bibliothèque. Personne ne dit rien. Quand Doug s'arrête prendre de l'essence, Alex descend aussi de voiture et part s'allumer une cigarette. Je m'enfonce dans mon siège. Ce n'est pas du tout comme ça que j'avais imaginé notre journée. D'habitude, Sierra et Doug sont hilarants quand ils sont ensemble, mais aujourd'hui, ils sont aussi drôles que s'ils étaient à un enterrement.

— Sierra, pourrais-tu au moins essayer d'entretenir la conversation ? L'autre soir, tu aurais pu passer des heures à discuter du genre de chien que tu préférerais embrasser et là, en compagnie du garçon qui me plaît, tu ne réussis même pas à aligner deux mots.

— Je suis désolée. C'est juste que... Brit, tu peux trouver mieux que lui. BEAUCOUP mieux.

— Quelqu'un comme Colin, tu veux dire.

— Comme n'importe qui, soupire-t-elle en se retournant.

Quand Alex remonte dans la voiture, je lui adresse un faible sourire, auquel il ne répond pas. Alors je lui prends la main. Il ne serre pas la mienne mais ne retire pas la sienne. Serait-ce un bon signe ?

Au moment où nous repartons, Alex prend la parole.

— Tu as une roue desserrée. Tu entends le bruit du côté arrière gauche ?

Doug hausse les épaules.

— Ça dure depuis des mois, rien de bien grave.

— Gare-toi sur le bas-côté que j'arrange ça. Si elle se détache sur l'autoroute, on est fichus.

Je sens bien que Doug n'a pas envie de faire confiance au jugement d'Alex, mais après un bon kilomètre, il finit quand même par s'arrêter, à contrecœur.

— Doug, dit Sierra en désignant la librairie pour adultes devant laquelle nous sommes garés, est-ce que tu sais le genre de personnes qui viennent ici ?

— Pour l'heure, ma chérie, je m'en fous. Puis se tournant vers Alex : OK, mec, répare-moi ça.

Et les deux garçons descendent de voiture.

— Désolée de t'avoir engueulée, dis-je à Sierra.

— Moi aussi, je suis désolée.

— Penses-tu que Doug et Alex vont se battre ?

— Peut-être. On ferait mieux de sortir et d'aller les distraire.

Alex prend des outils dans le coffre, puis, après avoir surélevé la voiture, s'empare du démonte-pneu. Doug l'observe, l'air dubitatif, mains sur les hanches et mâchoire en avant.

— Thompson, tu fais une drôle de tronche.

— Je ne t'aime pas, Fuentes.

— Et tu crois que tu es la personne que je préfère sur cette terre ? répond Alex du tac au tac, avant de s'agenouiller pour resserrer les écrous de la roue.

Je jette un regard à Sierra : est-ce qu'on devrait intervenir ? Elle hausse les épaules. Moi aussi. Ils n'en sont pas encore venus aux poings… pour le moment.

C'est alors qu'une voiture nous dépasse dans un crissement de pneus. À l'intérieur, quatre Hispaniques, deux à l'avant, deux à l'arrière. Alex fait mine de ne pas les remarquer, rabaisse le cric et le range dans le coffre.

— Hé, *mamacitas* ! Laissez tomber ces deux losers et venez avec nous ! On passera un bon moment.

— Allez vous faire foutre, hurle Doug.

Un des types descend alors de voiture et s'avance vers lui. Sierra crie quelque chose que je n'essaie pas de comprendre, trop occupée à regarder Alex : il a enlevé sa veste et s'est mis en travers du passage du type.

— Dégage, lui ordonne l'autre. T'abaisse pas à protéger ce petit con de Blanc.

Alex se tient face à lui, serrant fermement le démonte-pneu dans une main.

— Tu lui cherches des noises, tu me cherches des noises. C'est aussi simple que ça. *¿Comprendes, amigo ?*

Un autre type descend. L'heure est grave.

— Les filles, prenez les clés et montez dans la voiture, intime sèchement Alex.

— Mais…

Son regard révèle un sang-froid absolu. Mon Dieu, il ne plaisante pas.

Doug lance les clés à Sierra. Et maintenant ? Est-ce qu'on doit obéir et les regarder se battre ?

— Je n'irai nulle part.

— Moi non plus, enchaîne Sierra.

Un des types restés à l'intérieur de l'autre voiture sort la tête par la fenêtre.

— Alejo, c'est toi ?

La tension physique d'Alex se relâche.

— Mini ? Qu'est-ce que tu fous avec ces *pendejos* ?

Le fameux Mini dit alors quelque chose en espagnol à ses copains, qui remontent d'un bond en voiture. Ils ont l'air presque soulagés de ne pas devoir se battre contre Alex et Doug.

— Je te le dirai dès que tu m'auras dit ce que toi, tu fous avec ces *gringos*.

Alex ricane.

— Allez, file.

De retour dans notre voiture, j'entends Doug remercier Alex.

— Pas de problème, marmonne Alex.

Ce sont les seules paroles échangées jusqu'à notre arrivée au lac. Nous allons déjeuner dans un bar où Sierra et moi commandons des salades, et Doug et Alex des burgers. Toujours pas un mot. Je donne un coup de pied à Sierra.

— Alors, euh, Alex, commence-t-elle, tu as vu de bons films dernièrement ?

— Non.

— Tu as rempli tes inscriptions pour la fac ?

Alex secoue la tête.

Étonnamment, c'est Doug qui prend le relais.

— Qui t'en a appris autant sur les voitures ?

— Mon cousin. Pendant les week-ends, je traîne chez lui et le regarde ressusciter des épaves.

— Mon père possède une Karmann Ghia de 1972 qui dort au garage. Il croit qu'un jour elle redémarrera comme par magie.

— Qu'est-ce qu'elle a comme problème ?

Alex écoute avec attention les explications de Doug et, tandis qu'ils débattent des avantages et des inconvénients de l'achat de pièces d'occasion sur eBay, je me laisse aller dans mon siège et me détends. Toute la tension accumulée semble s'évaporer au fur et à mesure de leur discussion.

Après le repas, nous marchons sur Main Street. Alex prend ma main dans la sienne et je ne pense plus à rien.

— Oh ! il y a une nouvelle galerie là-bas, s'exclame Sierra. Et, en plus, ils font un vernissage. Allez, on y va.

L'idée me plaît bien.

— Je vous attends dehors, me dit Alex, alors que nous traversons la rue derrière Sierra et Doug. Je ne suis pas du genre à fréquenter les galeries d'art.

Ce n'est pas vrai. Quand va-t-il enfin comprendre qu'il n'a pas à se conformer aux stéréotypes qu'on lui impose ? Une fois dans la galerie, il se rendra compte qu'il y est autant le bienvenu que dans un garage.

— Allez, viens, lui dis-je en le tirant par le bras.

À l'intérieur, un grand buffet a été installé. Une quarantaine de personnes sont là.

Je fais le tour de l'exposition avec Alex, qui traîne les pieds à côté de moi.

— Eh, détends-toi.

— Facile à dire.

44

ALEX

M' emmener dans une galerie d'art n'est pas la meilleure idée qu'ait eue Brittany. Quand Sierra l'entraîne voir un des tableaux, loin de moi, je me sens mal à l'aise comme jamais.

J'erre de-ci de-là et examine le buffet. Heureusement que nous avons déjà mangé, car on peut difficilement appeler tout ça de la nourriture : des sushis, que je suis tenté de passer au micro-ondes pour les rendre mangeables, et des sandwiches de la taille d'une pièce de monnaie.

— Il n'y a plus de wasabi ?

Quelqu'un me tape sur l'épaule, alors que j'essaie d'identifier les plats présentés. C'est un Blanc, petit et blond. Il ressemble tellement à Tête d'Âne que j'ai aussitôt envie de le repousser.

— Il n'y a plus de wasabi ? répète-t-il.

Si seulement je savais ce qu'était ce foutu wasabi, je pourrais répondre quelque chose. Je me sens complètement stupide.

— Vous ne parlez pas notre langue ?

Mes poings se contractent d'un coup. *Si, je parle ta langue, abruti. Mais le mot « wasabi » n'était pas dans la dernière dictée que j'ai faite.* Finalement je préfère ignorer ce type et aller jeter un œil à l'une des peintures. Je m'arrête devant celle d'une fille qui promène son chien dans un endroit qui ressemble vaguement à la planète terre.

— Ah ! te voilà, s'exclame Brittany en me rejoignant, suivie de Doug et Sierra.

— Brit, je te présente Perry Landis, dit Doug en montrant le sosie de Colin. C'est l'artiste.

— Ô mon Dieu ! Votre travail est absolument incroyable !

Qu'est-ce qui lui prend ? Elle parle comme une pétasse.

Le type regarde par-dessus l'épaule de Brittany.

— Que pensez-vous de ce tableau-là ?

Elle s'éclaircit la voix.

— Je trouve qu'il offre une magnifique vision de ce qu'est la relation entre l'homme, l'animal et la terre.

Mais quel baratin !

Perry passe son bras autour d'elle, et me voilà tenté de déclencher une baston au beau milieu de la galerie.

— Je sens que vous êtes quelqu'un de très profond.

Profond, mon cul ! Il a juste envie de se la taper… ce qui ne risque pas d'arriver si jamais on me demande mon avis.

— Alex, qu'est-ce que tu en penses ? s'enquiert Brittany.

— Eh bien… J'observe le tableau tout en me frottant le menton : Je crois que cette exposition ne vaut rien, ou pas grand-chose.

Sierra écarquille les yeux et se couvre la bouche, horrifiée. Doug recrache sa boisson. Quant à Brittany ?

— Alex, tu dois des excuses à Perry.

D'accord, mais seulement quand il se sera lui-même excusé de m'avoir posé une question sur le wasabi. Ce qu'il ne fera jamais.

— Je me casse.

Dehors, je me fais offrir une cigarette par une serveuse qui est en pause sur le trottoir d'en face. Je n'arrive pas à penser à autre chose qu'à l'air qu'avait Brittany en me demandant de m'excuser. Je n'aime pas qu'on me donne des ordres. Bon Dieu, je déteste la façon qu'a eue ce trou du cul d'artiste de mettre le bras autour des épaules de ma nana. N'importe quel mec voudrait la toucher, c'est sûr. Moi aussi, j'aimerais bien, mais j'aimerais aussi qu'elle n'ait envie que de moi, qu'elle ne me donne pas d'ordres à tout bout de champ, comme à un chien, et qu'elle me tienne par la main sans jouer la comédie.

Les choses ne se passent vraiment pas comme prévu.

— Je t'ai vu sortir de la galerie. Il n'y a que des pédants là-bas, me dit la serveuse quand je lui rends son briquet.

D'abord wasabi, maintenant pédant. Sincèrement, on dirait que je ne comprends plus l'anglais.

— Des pédants ?

— Des mecs prétentieux. Des cols blancs.

— Ouais, c'est définitivement pas moi. Je serais plutôt un col bleu qui a été traîné là-dedans par des pédants.

Je tire une longue bouffée ; merci, la nicotine. Je me sens tout de suite plus détendu. D'accord, mes poumons sont probablement tout ratatinés mais je serai sûrement mort avant qu'ils ne me lâchent.

— Je me présente, Mandy, la col bleu.

Et elle me tend la main avec un grand sourire. Elle a des cheveux châtains avec des mèches violettes. Elle est mignonne, mais rien à voir avec Brittany.

— Alex, dis-je en lui serrant la main.

Elle fixe mes tatouages.

— J'en ai deux, tu veux les voir ? propose-t-elle.

Pas spécialement, non. J'imagine que c'est le genre à s'être saoulée un soir et s'être fait tatouer les seins… ou les fesses.

— Alex ! hurle Brittany depuis l'entrée de la galerie.

Je continue à fumer en tâchant d'oublier qu'elle m'a traîné jusqu'ici parce que je ne suis que son petit secret inavouable. J'en ai ras le bol d'être un putain de secret.

Ma soi-disant petite amie traverse la rue. Ses chaussures de marque claquent sur la chaussée, me rappelant que nous ne sommes pas du même monde. Elle nous dévisage, Mandy et moi, les deux cols bleus, en train de fumer ensemble.

— Mandy allait me montrer ses tatouages.

— J'imagine bien. Est-ce que tu comptais aussi lui montrer les tiens ?

— Je ne cherche pas les embrouilles, intervient Mandy, en écrasant sa cigarette du bout de sa chaussure de sport. Bonne chance à vous. Dieu sait que vous en aurez besoin.

J'avale une nouvelle bouffée, regrettant que Brittany m'attire autant.

— Retourne à ta galerie, *querida*. Je vais rentrer en bus.

— Je pensais qu'on pourrait passer une journée agréable, Alex, dans une ville où personne ne nous connaît. Tu n'aimerais pas être dans l'incognito par moments ?

— Parce que, d'après toi, c'est agréable de se faire prendre pour le serveur par cet artiste de merde ? Je préférerais encore être pris pour un gangster que pour un serveur immigré.

— Tu n'as fait aucun effort, aussi. Si tu te détendais et que tu oubliais tes complexes, tu pourrais t'intégrer. Tu peux faire partie de ces gens.

— Ces gens sont tous artificiels, même toi. Ouvre les yeux, mademoiselle « Ô mon Dieu ! ». Je ne veux pas faire partie d'eux. Compris ? *¿Entiendes ?*

— Parfaitement. Pour ton information, je ne suis pas artificielle. Tu peux dire ça comme ça, mais chez moi, on dirait poli et attentionné.

— Dans ton milieu, pas dans le mien. Chez moi, on dit les choses comme elles sont. Et ne me demande plus jamais de m'excuser comme si tu étais ma mère. Je te jure, Brittany, que la prochaine fois que tu fais ça, toi et moi, c'est fini.

Houlà, ses yeux se ternissent. Elle me tourne le dos ; j'aurais envie de me gifler.

J'éteins ma cigarette.

— Je suis désolé. Je ne voulais pas passer pour un con. Eh bien, c'est raté. Mais je n'étais pas du tout à l'aise à l'intérieur.

Elle continue à me tourner le dos. Je suis déjà heureux qu'elle ne se soit pas enfuie en courant. J'avance ma main pour la caresser.

— Brittany, j'adore être avec toi. Pour tout te dire, quand je suis au lycée, je te cherche partout dans les couloirs. Dès que j'aperçois tes merveilleuses boucles d'ange, je sais que je tiendrai jusqu'au bout de ma journée.

— Je ne suis pas un ange.

— Pour moi, si. Si tu me pardonnes, j'irai m'excuser auprès de ce type.

— Vraiment ?

— Oui. Je n'en ai aucune envie. Mais je le ferai… pour toi.

Ses lèvres commencent à dessiner un sourire.

— Non, n'y va pas. J'apprécie l'attention, mais tu as raison. Ce type n'a aucun talent.

— Ah ! vous voilà, s'écrie Sierra. On vous a cherchés partout, les tourtereaux. On décolle et on file au chalet ?

Une fois arrivés là-bas, Doug frappe un grand coup dans ses mains.

— Jacuzzi ou DVD ?

Sierra s'avance vers la fenêtre qui donne sur le lac.

— Je vais m'endormir si on met un film.

Brittany et moi sommes assis sur le canapé du salon. J'hallucine en pensant que Doug a une maison aussi énorme comme résidence secondaire. Elle est plus grande que celle dans laquelle je vis. Et avec un jacuzzi, en plus ? Comme quoi les riches ont vraiment tout pour eux.

— Je n'ai pas apporté de maillot, dis-je.

— Ne t'inquiète pas, me répond Brittany. Doug en a probablement un en réserve.

Dans le vestiaire de la piscine, Doug fouille dans un des tiroirs.

— Je n'en trouve que deux. Il me tend un slip de bain minuscule : Ça t'ira, monsieur Muscle ?

— Ça ne couvrira même pas mon testicule droit. Tu n'as qu'à le prendre et je mettrai l'autre, lui dis-je en attrapant un short de bain. Où sont passées les filles ?

— Parties se changer. Et parler de nous, évidemment.

Tandis que je me déshabille dans une cabine, je repense à ma vie à la maison. Ici, au lac Geneva, c'est facile de l'oublier. Je ne m'inquiète plus de savoir qui me protège ou non.

— Elle va s'en prendre plein la figure en sortant avec toi, me lance Doug au moment où je réapparais de la cabine. Les gens se mettent déjà à jaser.

— Écoute, Douggie. Cette fille me plaît plus que tout ce qui a pu me plaire dans ma vie. Je ne vais pas l'abandonner et je me soucierai de ce que pensent les autres lorsque je serai six pieds sous terre.

Doug sourit et me tend les bras.

— Ah, Fuentes ! Je crois qu'on vient de vivre un grand moment d'amitié virile. On s'embrasse ?

— Pas si tu tiens à la vie, blanc-bec.

Un moment d'amitié virile, peut-être pas, mais au moins de bonne entente, me dis-je, alors que nous nous dirigeons vers le jacuzzi. Pour autant, pas question de l'embrasser.

— Très sexy, mon chéri, s'exclame Sierra en découvrant le slip de bain de Doug.

Celui-ci marche comme un pingouin, en se dandinant, gêné par le petit maillot.

— Je jure que j'enlève ce truc dès que je sors de là. Ça me comprime les burnes.

— Ravie de l'apprendre, réplique Brittany en se bouchant les oreilles.

Elle porte un bikini jaune qui laisse très peu de place à l'imagination. Est-ce qu'elle a conscience d'être pareille à un tournesol, prête à darder des rayons de soleil sur quiconque posera les yeux sur elle ?

À la suite de Doug et Sierra, j'entre dans le jacuzzi et m'assois à côté de Brittany. C'est la première fois pour moi et je ne sais pas vraiment comment on doit se comporter dans un jacuzzi. Est-ce qu'on va rester assis là à discuter ou se mettre en couple et s'embrasser ? J'aime mieux la deuxième option, mais Brittany semble nerveuse. Encore plus quand Doug jette son slip de bain hors du jacuzzi.

— Mec, t'abuses !

— Quoi ? J'ai envie d'avoir des enfants un jour, Fuentes. Ce machin me coupait la circulation.

Brittany bondit hors de l'eau et s'enveloppe dans une serviette.

— Alex, on retourne à l'intérieur.

— Vous pouvez rester, intervient Sierra. Je vais lui faire remettre son sac de billes.

— Laisse tomber. Profitez bien du jacuzzi. Nous, on sera à l'intérieur, dit Brittany.

Je sors de l'eau à mon tour et elle me tend une serviette. De retour dans le chalet, je la prends dans mes bras.

— Tu vas bien ?

— Parfaitement. J'avais peur que *tu* sois gêné.

— Pas de problème. Mais… J'examine une figurine en verre soufflé : Voir cette maison, cette vie… j'ai envie de partager ça avec toi, mais je me rends compte aussi que ce ne sera jamais moi.

— Tu réfléchis trop. Elle s'agenouille sur le tapis et tapote le sol : Viens là et allonge-toi sur le ventre. Je sais faire les massages suédois. Ça va te détendre.

— Tu n'es pas suédoise.

— Oui, eh bien, toi non plus. Comme ça, si je le fais mal, tu ne le sauras jamais.

Je m'exécute.

— Je croyais que notre relation devait progresser lentement.

— Un massage, c'est inoffensif.

Je parcours des yeux son corps superbe, vêtu seulement de son petit bikini.

— Je te ferai remarquer que j'ai été intime avec des filles qui portaient bien plus de tissu que toi.

— Tiens-toi tranquille, me dit-elle en me claquant les fesses.

Je laisse échapper un gémissement en sentant ses mains remonter le long de mon dos. Mon Dieu, quelle torture. J'essaie de me contrôler, mais ses mains me font tellement de bien que mon corps réagit de sa propre initiative.

— Tu es tendu.

Évidemment que je suis tendu : elle balade ses mains partout sur moi.

Après quelques minutes de ce massage extraordinaire, de bruyants gémissements, grognements et rugissements se font entendre depuis le jacuzzi. Ce soir, Doug et Sierra ont de toute évidence sauté l'étape du massage.

— Tu crois qu'ils sont en train de le faire ?

— Soit ça, soit Doug est quelqu'un de très croyant.

Il n'arrête pas de crier « Mon Dieu ! » toutes les deux secondes.

— Est-ce que ça te donne envie ? me chante-t-elle doucement à l'oreille.

— Non, mais continue de me masser comme tu le fais et tu pourras oublier toute cette histoire de lente progression. Je m'assois et la regarde droit dans les yeux : Je n'arrive pas à comprendre si tu t'amuses à me tourmenter ou si tu es vraiment innocente.

— Je ne m'amuse pas.

Je lève un sourcil puis baisse les yeux vers le haut de ma cuisse où elle a arrêté sa main. Elle la retire immédiatement.

— D'accord, je ne voulais pas mettre ma main là. Enfin, pas vraiment. C'est juste que… ce… ce que j'essaie de dire…

— J'aime bien quand tu te mets à bafouiller, lui dis-je en la tirant vers moi pour lui donner ma version d'un massage suédois, jusqu'à ce que Sierra et Doug nous interrompent.

Deux semaines plus tard, j'apprends que je suis convoqué au tribunal pour port d'arme illégal. Je préfère le cacher à Brittany car sinon elle pèterait les plombs. Elle n'arrêterait pas de me répéter qu'un avocat commis d'office n'est pas aussi bon qu'un avocat privé. Mais le fait est que je n'ai pas les moyens de m'en payer un.

Devant le lycée, avant le début des cours, je fais les cent pas en pensant avec inquiétude à ce qui m'attend, quand quelqu'un me heurte violemment, manquant de me faire perdre l'équilibre.

— Putain, mec !

— Pardon, me répond nerveusement le type.

Que je reconnais comme étant le Blanco de la prison.

— Allez, viens te battre, ducon, hurle Sam à son encontre.

Je m'interpose.

— Sam, c'est quoi ton problème ?

— Ce *pendejo* m'a piqué ma place de parking.

— Et alors ? Tu n'en as pas trouvé une autre ?

Sam a l'air menaçant, prêt à botter le cul du Blanc. Ce qui ne lui poserait aucun problème.

— Si, j'en ai trouvé une autre.

— Eh bien, laisse-le tranquille. Je le connais, il est sympa.

— Tu le connais ?

— Écoute... Je jette un coup d'œil à Blanco, ravi qu'il porte une chemise bleue plutôt que son polo. Il a toujours l'air d'un con mais au moins, je peux garder la tête haute en disant : Ce type a passé plus de temps en prison que moi. Il a peut-être l'air d'un *pendejo* complet mais sous ses cheveux de merde et sa chemise pourrie, c'est un dur.

— Tu te fous de moi, Alex.

Je me retire de son chemin et hausse les épaules.

— Tu ne pourras pas dire que je ne t'ai pas prévenu.

Blanco s'avance en essayant de se donner un air agressif. Je me mords la lèvre pour me retenir de rire et croise les bras sur ma poitrine en attendant qu'ils commencent à se battre. Mes potes du LB font comme moi, curieux de voir Sam se faire mettre une rouste par un blanc-bec.

— Si tu te fous de moi, Alex... dit Sam, dont les yeux sautent de Blanco à moi.

— Lis son casier judiciaire. C'est un spécialiste du vol de voiture.

Sam réfléchit, Blanco ne prend pas cette peine. Il s'avance vers moi, poing tendu.

— Si tu as besoin de quoi que ce soit, Alex, tu peux compter sur moi.

Je tape son poing avec le mien et il disparaît sur-le-champ ; heureusement que personne n'a remarqué comme sa main tremblait.

Je vais trouver Blanco devant son casier au cours du premier interclasse.

— Tu parlais sérieusement ? Si j'ai besoin de quoi que ce soit, tu peux m'aider ? je lui demande.

— Après ce qui s'est passé ce matin, je te dois la vie. J'ignore pourquoi tu m'as défendu, mais j'étais mort de trouille.

— Règle numéro un : ne pas montrer que tu l'es.

Blanco se met à grogner ; ça doit être sa façon de rire... ou alors il a une terrible infection des sinus.

— J'espère m'en souvenir la prochaine fois qu'un gangster menacera de me tuer. Il me tend la main : Je m'appelle Gary Frankel.

— Écoute, Gary, dis-je en lui serrant la main, je suis convoqué au tribunal, la semaine prochaine, et je préférerais ne pas me coltiner un commis d'office. Est-ce que ta mère pourrait m'aider ?

— Je crois bien. Elle est très douée. Si c'est ta première comparution, elle pourra probablement t'obtenir une courte période de mise à l'épreuve.

— Je n'ai pas les moyens de...

— Ne t'en fais pas pour l'argent, Alex. Voilà sa carte. Je lui dirai que tu es un de mes amis et elle t'aidera gratuitement.

Comme c'est amusant, me dis-je, alors que Gary s'éloigne, de voir que les personnes les plus inattendues peuvent parfois devenir des alliés. Et qu'une fille blonde peut vous faire croire que l'avenir vous réserve de belles surprises.

45
BRITTANY

Samedi après-midi, après le match qu'on a gagné grâce à un touchdown de Doug quatre secondes avant la fin, je discute, avec Sierra et la mafia des « M », de l'endroit où aller fêter notre victoire.

— Chez Lou Malnati ? propose Morgan.

On est toutes d'accord car c'est la meilleure pizzeria de la ville. En plus Megan, actuellement en plein régime, adore leur salade maison.

C'est alors que j'aperçois au loin Isabel qui discute avec Maria Ruiz. Je vais les rejoindre.

— Les filles, vous venez chez Lou Malnati avec nous ?

— Avec plaisir, répond Isabel.

Maria nous regarde, interloquée. Elle dit quelque chose à Isabel en espagnol avant de déclarer qu'elle nous retrouvera au restaurant.

— Qu'est-ce qu'elle t'a dit ?

— Elle se demande pourquoi tu nous invites.

— Et qu'est-ce que tu lui as répondu ?

— Que je fais partie de tes amis, même si, soit dit en passant, les miens m'appellent Isa et non Isabel.

Je la conduis jusqu'à mes amies et observe Sierra qui, il n'y a pas si longtemps, a admis être jalouse de mon amitié avec Isabel. Pourtant au lieu de se montrer froide, celle-ci lui sourit et lui demande comment elle fait pour exécuter son double saut périlleux arrière dans une des chorégraphies. Pas de doute, c'est bien ma meilleure amie. Madison semble aussi stupéfaite que Maria quand je leur annonce qu'elle et Isabel dîneront avec nous, mais elle ne fait aucun commentaire.

Peut-être, je dis bien peut-être, est-ce un petit pas vers l'objectif fixé par Mr Aguirre : « combler le fossé » entre les élèves. Je ne suis pas naïve au point de croire que je vais transformer Fairfield du jour au lendemain mais, au cours des dernières semaines, ma vision de certaines personnes a changé. J'espère qu'elles-mêmes ont une autre image de moi.

Au restaurant, je m'assois à côté d'Isabel. Des garçons de l'équipe de football viennent aussi d'arriver et la salle est envahie d'élèves du lycée. Darlene apparaît avec Colin. Il a passé son bras autour d'elle, comme s'ils étaient en couple.

— Elle n'a quand même pas mis sa main dans la poche arrière de son pantalon ? s'offusque Sierra. C'est tellement naze.

— Je m'en fiche, dis-je pour la rassurer. S'ils veulent sortir ensemble, qu'ils ne se gênent pas.

— Elle fait ça seulement pour te piquer tout ce que tu avais. D'abord ta place de capitaine puis Colin. Bientôt, elle voudra changer son prénom et s'appeler Brittany.

— Très drôle.

— Tu dis ça maintenant, continue-t-elle avant de murmurer : Mais ce ne sera plus aussi drôle quand elle voudra te prendre Alex.

— *Ça*, ce n'est pas drôle.

Sierra agite alors les bras en direction de Doug qui vient d'entrer. Comme on manque de chaises, il s'assoit sur celle de Sierra et elle sur ses genoux. Et les voilà qui s'embrassent. Je peux enfin me consacrer à Isabel.

— Où en es-tu avec tu-sais-qui ?

Je n'ai pas le droit de prononcer le nom de Paco, car il ne faut pas que Maria soit au courant qu'il l'attire.

— Nulle part, soupire-t-elle.

— Pourquoi ? Tu n'as pas discuté avec lui comme je te l'avais conseillé ?

— Non. Il se conduit comme un *pendejo*, comme si la soirée que nous avons passée ensemble n'avait jamais eu lieu. Sans doute parce qu'il ne souhaite pas aller plus loin.

Je repense à ma séparation avec Colin et aux risques que j'ai pris avec Alex. Chaque fois que je m'éloigne de ce que l'on exige de moi, pour faire ce qui me semble juste, je me sens plus forte.

— Lance-toi, Isa. Je te promets que ça vaut le coup.

— Tu viens de m'appeler Isa.

— Je sais. J'ai le droit ?

Elle me pousse l'épaule en rigolant.

— Oui, *Brit*. Aucun souci.

Après le dîner, en chemin vers ma voiture, je téléphone à Alex.

— Est-ce que tu connais le Club Mystique ?

— Oui.

— Retrouve-moi là-bas tout à l'heure, à neuf heures.

— Pourquoi ?

— Tu verras.

En raccrochant, je me rends compte que Darlene est juste derrière moi. Est-ce qu'elle a entendu ?

— Tu as un rencard ce soir ?

Voilà qui répond à ma question.

— Qu'est-ce que je t'ai fait pour que tu me détestes autant ? Un instant nous sommes amies et la minute d'après, j'ai l'impression que tu complotes dans mon dos.

Darlene hausse les épaules puis rejette ses cheveux en arrière. Un simple geste qui signifie que je ne dois plus la considérer comme une amie.

— J'en ai marre de vivre dans ton ombre, Brit. Il est temps que tu abandonnes ton trône. Tu as joué les princesses de Fairfield assez longtemps. C'est au tour d'une autre d'être en première ligne.

— Vas-y, je te laisse la place, amuse-toi bien.

Elle n'a pas idée de combien je me fiche d'être en première ligne. Au mieux, ça m'aura été utile pour le rôle que je joue avec les autres.

Quand j'arrive au Club Mystique, Alex me surprend par-derrière. J'entoure son cou de mes bras.

— Wow, mademoiselle ! Je croyais que nous devions rester cachés. Je suis au regret de t'annoncer que des mecs des quartiers nord sont postés juste là-bas. Et ils nous regardent.

— À présent, je m'en fiche.

— Pourquoi ?

— On ne vit qu'une fois.

Visiblement, ma réponse lui fait plaisir. Il me prend par la main et me conduit au bout de la queue. Comme il fait froid, il ouvre sa veste de cuir et m'enveloppe de sa chaleur pendant que nous attendons. Je lève les yeux vers lui, serrée tout contre son corps.

— Est-ce que tu vas danser avec moi ce soir ?

— Carrément !

— Colin refusait toujours de danser avec moi.

— Je ne suis pas Colin, *querida*, et je ne le serai jamais.

— Tant mieux. Alex, je réalise que t'avoir auprès de moi, c'est la seule chose dont j'ai besoin et je suis prête à le faire savoir au reste du monde.

À l'intérieur de la boîte, Alex se dirige directement sur la piste de danse. J'ignore les regards ahuris des élèves de Fairfield originaires de mon quartier. Alex me serre contre lui et nous évoluons comme un seul corps sur la musique. Il y a une telle harmonie entre nous qu'on nous croirait en couple depuis toujours. Pour la première fois, je n'ai pas peur de ce que les autres pensent. L'année prochaine, à l'université, nos quartiers d'origine n'auront plus aucune importance.

Troy, un garçon avec qui j'ai dansé la dernière fois ici, me tapote l'épaule.

— C'est qui, le nouveau ?

— Troy, je te présente mon petit ami, Alex. Alex, voici Troy.

— Salut, lance Alex en serrant rapidement sa main.

— J'ai l'impression que ce mec ne fera pas la même erreur que le précédent, me glisse Troy à l'oreille.

Je ne réponds pas. Je sens les mains d'Alex sur mes hanches et cela me paraît si naturel d'être là avec lui. Il a dû apprécier que je l'appelle mon petit ami et ça m'a fait du bien de le dire à voix haute. Dos à lui, je me serre contre sa poitrine et ferme les yeux, laissant nos corps fusionner avec la musique.

Après avoir longuement dansé, nous quittons la piste et je dégaine mon téléphone.

— Pose pour moi, lui dis-je.

Sur la première photo, il prend la pose d'un bad boy. J'éclate de rire. J'en fais vite une deuxième pour le prendre sur le vif, cette fois.

— On va en faire une de nous deux, propose-t-il en m'attirant contre lui.

Je colle ma joue contre la sienne tandis qu'il attrape mon portable et l'éloigne au maximum afin d'immortaliser d'un clic ce moment parfait. Puis il m'enlace et m'embrasse.

Serrée dans les bras d'Alex, j'aperçois au premier étage Colin, la dernière personne que je pensais voir ici. Lui qui déteste cet endroit et déteste danser. Ses yeux emplis de haine croisent les miens et il embrasse alors ostensiblement la fille à côté de lui : Darlene. Elle répond ardemment à son baiser et Colin lui agrippe les fesses et se frotte contre elle. C'est elle qui a tout planifié évidemment, elle savait que je serais ici ce soir avec Alex.

— Tu veux qu'on s'en aille ? me demande Alex en les apercevant à son tour.

Son visage si beau et si séduisant me coupe le souffle, une fois encore.

— Non, mais il fait chaud ici. Enlève ta veste.

Il hésite.

— Je ne peux pas.

— Pourquoi ?

Alex grimace.

— Dis-moi la vérité.

Il écarte une mèche de cheveux qui m'est tombée sur les yeux.

— *Mujer*, ce n'est pas le territoire du Latino Blood, ici, mais celui des Fremont 5, un gang rival. Ton ami Troy en fait partie.

Quoi ? En proposant de venir dans cette boîte ce soir, je n'ai pas pensé une seule seconde à des histoires de territoire et de gangs. Je voulais simplement danser.

— Mon Dieu, Alex, je t'ai mis en danger. Allons-nous-en tout de suite !

Il me serre encore plus fort contre lui et me murmure à l'oreille :

— On ne vit qu'une fois, c'est bien ce que tu m'as dit ? Danse encore avec moi.

— Mais…

Il m'interrompt d'un baiser si intense que j'en oublie mes raisons d'être inquiète. Et au moment où je reviens à la réalité, nous sommes déjà sur la piste.

Le danger ne nous fait pas peur, nous dansons tout près des requins sans en récolter la moindre égratignure. Le danger environnant nous a simplement encore plus rapprochés l'un de l'autre.

Dans les toilettes des filles, Darlene retouche son maquillage devant le miroir. Je la regarde. Elle me regarde.

— Salut, dis-je.

Sans me répondre, elle passe devant moi et sort. Voilà ce que c'est d'être exclue des quartiers nord, mais je m'en fiche.

À la fin de la soirée, alors qu'Alex me raccompagne à ma voiture, je le prends par la main et lève les yeux vers les étoiles.

— Si tu pouvais faire un vœu maintenant, qu'est-ce que ce serait ?

— Que le temps s'arrête.

— Pourquoi ?

Il hausse les épaules.

— Parce que je voudrais vivre ce moment éternellement. Et toi, quel vœu tu ferais ?

— Que nous allions ensemble à l'université. Si toi, tu veux arrêter le temps, moi, je suis impatiente qu'il passe. Est-ce que ce ne serait pas génial d'être dans la même fac ? Je suis sérieuse, Alex.

Il retire sa main.

— Pour quelqu'un qui voulait progresser doucement, tu vois loin.

— Je sais, pardonne-moi. Je ne peux pas m'en empêcher. J'ai envoyé ma demande d'inscription très tôt à l'université du Colorado pour pouvoir rester près de ma sœur. L'institution où mes parents veulent l'envoyer n'est qu'à quelques kilomètres du campus. Ça ne te coûterait rien de faire toi aussi une demande d'inscription, non ?

— Je suppose que non.

— Vraiment ?

Il me serre la main.

— Je ferais n'importe quoi pour te voir sourire comme maintenant.

46
ALEX

— Il faut que tu me dises où tu en es avec Brittany, me dit Lucky devant l'entrepôt. Des paris sont lancés et la plupart misent sur toi. Est-ce qu'ils sont au courant de quelque chose que j'ignore ?

Je hausse simplement les épaules et jette un œil à Julio, luisant de propreté. Si ma moto pouvait parler, elle me supplierait de la sauver des mains de Lucky. Mais je ne compte pas révéler quoi que ce soit sur Brittany, du moins pas pour le moment.

C'est alors qu'Hector arrive et fait signe à Lucky de s'en aller.

— Il faut qu'on parle, Fuentes. Ça concerne le service que je t'ai demandé l'autre fois. Le soir d'Halloween, tu vas louer une voiture, conduire jusqu'au point de rendez-vous et échanger la marchandise contre des billets verts. Tu t'en sens capable ?

Mon frère a raison : le sang de *papá* coule bien dans mes veines. Avec ce deal de drogue, j'assurerai mon avenir au sein du Blood, une place qui me revient de droit. Les autres héritent d'une fortune ou de l'entreprise familiale. Moi, j'ai hérité du Latino Blood.

— Je suis capable de tout.

J'ai tout de même l'estomac noué. J'ai volontairement menti à Brittany. Son visage s'est illuminé quand elle a évoqué la possibilité que nous allions tous les deux dans la même université. Je ne pouvais pas lui dire la vérité : non seulement je ne quitterai pas le Latino Blood, mais je vais également *échanger la marchandise contre des billets verts.*

Hector me tape dans le dos.

— Tu es un frère fidèle. Je savais que le Blood te ferait oublier tes peurs. *¿Somos hermanos, c'no ?*

— *¡Seguro !*

Ce n'est pas la transaction en elle-même qui me fait peur. Mais le fait qu'elle signe la fin de mes rêves. Je vais franchir la limite. Comme *papá.*

— Hé, Alex !

Paco se tient à quelques mètres de moi. Je n'ai même pas remarqué qu'Hector était parti.

— Quoi de neuf ?

— J'ai besoin de ton aide, *compa*, me dit-il.

— Toi aussi ?

Il prend son air de grand seigneur exaspéré.

— Viens avec moi.

Trois minutes plus tard, je me retrouve assis dans une Camaro rouge.

— Tu vas finir par me dire ce dont tu as besoin ou tu comptes maintenir le suspense ? dis-je dans un soupir.

— En fait, je vais garder le suspense.

Sur le bord de la route, je lis un panneau BIENVENUE À... *Winnetka* ? Qu'est-ce que Paco peut bien vouloir venir faire dans cette banlieue chic ?

— Aie confiance, dit-il.

— Quoi ?

— Les meilleurs amis doivent se faire confiance.

Je me carre dans mon siège et me contente de ruminer, pareil à un de ces personnages de mauvais western. J'ai accepté une transaction de drogue et maintenant je me dirige vers une banlieue chic, sans savoir pourquoi.

— Ah, nous sommes arrivés.

Je jette un œil à l'enseigne.

— Tu te fiches de moi ?

— Non.

— Si tu projettes de braquer cet endroit, c'est sans moi.

Paco lève les yeux au ciel.

— On ne va pas braquer des golfeurs.

— Alors pourquoi m'as-tu traîné jusqu'ici ?

— Pour te montrer mon swing. Allez, bouge-toi le cul.

— On est mi-octobre et il fait treize degrés dehors, Paco.

— Question de priorité et de point de vue.

Par quel moyen pourrais-je rentrer chez moi ? Marcher me prendra trop de temps, je ne sais pas où est l'arrêt de bus le plus proche et… et… et je vais casser la figure à Paco pour m'avoir amené jusqu'à ce foutu club de golf.

Énervé, je pars retrouver Paco, qui se prépare un panier de balles. Il doit y en avoir une centaine !

— Où est-ce que tu as trouvé ce club ?

Paco le fait voltiger comme une hélice.

— Auprès du type qui loue les balles. Tu en veux un pour en taper quelques-unes ?

— Non.

— Alors assieds-toi là, me dit-il, désignant de l'extrémité de son club un banc vert derrière lui.

De là, j'observe les autres joueurs, qui nous lancent des coups d'œil méfiants. Paco et moi ne ressemblons en rien aux types qui sont ici, je le sais pertinemment. Pour nous : jeans,

T-shirts, tatouages et bandanas, pour eux, en majorité : polos à manches longues, pantalons Dockers, peau dénuée de toute marque distinctive. En général, je m'en fiche, mais après la discussion que j'ai eue avec Hector, je n'ai qu'une envie : rentrer chez moi et qu'on cesse de me regarder comme un phénomène. Je pose les coudes sur mes genoux et contemple Paco en train de se ridiculiser complètement.

Il prend une petite balle blanche et la place sur un cercle en caoutchouc inséré dans le faux gazon. Le swing qu'il exécute me fait grimacer. Le club rate la balle et percute à la place le faux gazon. Paco se met à jurer. Son voisin le dévisage et s'éloigne un peu plus loin.

Paco retente sa chance. Cette fois, le club touche la balle mais elle ne roule que sur une courte distance. Il essaie encore et encore, mais à chaque fois il se rend risible. Est-ce qu'il pense avoir en main une crosse de hockey ?

— Tu as fini ? lui dis-je en voyant le panier à moitié vide.

— Alex, répond-il en se servant du club comme d'une canne. Penses-tu que je suis fait pour jouer au golf ?

Je le regarde droit dans les yeux.

— Non.

— J'ai entendu ta conversation avec Hector. Toi, tu n'es pas fait pour les deals de drogue.

— C'est pour me dire ça que tu m'as fait venir jusqu'ici ?

— Écoute-moi, insiste-t-il. Les clés de la voiture sont dans ma poche et je ne partirai pas tant que je n'aurai pas terminé ce panier. Alors ouvre bien tes oreilles. Je ne suis pas aussi intelligent que toi, la vie ne m'offre aucun choix, mais toi, tu es assez intelligent pour aller à l'université et devenir médecin, ingénieur ou quelque chose du genre. Si je ne suis pas fait pour jouer au golf, toi tu n'es pas fait pour trafiquer de la drogue. Laisse-moi faire la transaction à ta place.

— Pas question, mec. Merci beaucoup de te ridiculiser ainsi pour me donner une leçon, mais je sais ce que j'ai à faire.

Paco pose une nouvelle balle, swingue, et, de nouveau, la balle roule devant lui.

— Brittany est vraiment canon. Est-ce qu'elle va aller à la fac ?

Je sais ce que Paco a derrière la tête, malheureusement pour lui, mon meilleur ami est on ne peut plus transparent.

— Oui, au Colorado.

Pour être proche de sa sœur, la personne qu'elle aime plus qu'elle-même.

— Elle rencontrera certainement plein de mecs au Colorado. Tu sais, des vrais avec des chapeaux de cow-boy.

Mon corps se raidit. Je ne veux pas y penser et j'ignore Paco jusqu'à ce que nous retournions à la voiture.

— Quand est-ce que tu arrêteras de te mêler de mes affaires ?

— Jamais.

— Alors tu ne verras pas d'objection à ce que je me mêle des tiennes. Qu'est-ce qui s'est passé entre Isa et toi ?

— On s'est amusés. C'est fini.

— Toi, tu penses peut-être que c'est fini, mais elle, elle ne doit pas le savoir.

— Ça, c'est son problème.

Paco allume la radio et monte le son au maximum.

Il n'est jamais sorti avec une fille par peur de s'attacher. Même Isa ne sait pas combien il a été maltraité chez lui. Je comprends pourquoi il préfère rester à distance d'une fille qu'il aime. Il est vrai que parfois, à trop s'approcher du feu, on finit par se brûler.

47

BRITTANY

— Paco, qu'est-ce que tu fais là ?

Le meilleur ami d'Alex est bien la dernière personne que je m'attendais à trouver devant ma porte.

— Il faut que je te parle.

— Est-ce que tu veux entrer ?

— Tu es sûre que ça ne pose pas de problème ? demande-t-il nerveusement.

— Bien sûr que non.

Pour mes parents, cela en pose peut-être un, mais pas pour moi. Ce garçon est le meilleur ami d'Alex et il m'accepte. Je suis convaincue que cela ne lui a pas été facile de venir ici. J'ouvre donc grand la porte et le fais entrer dans la maison. Et s'il voulait me parler d'Isabel, qu'est-ce que je pourrais bien lui répondre ? Elle m'a fait jurer de garder son secret.

— Qui a sonné, Brit ? demande maman.

— Paco, un ami de lycée.

— Le dîner est servi, fait-elle remarquer, de manière fort peu subtile. Dis à ton ami que c'est impoli de rendre visite aux gens à l'heure des repas.

Je me tourne vers Paco.

— Tu veux te joindre à nous ?

Comme c'est bon de se rebeller, c'est mieux qu'une thérapie.

— Euh, non, merci, répond-il avec un petit rire. Je pensais que nous pourrions parler, tu sais, d'Alex.

Devrais-je me sentir soulagée qu'il ne me questionne pas sur Isabel ou m'inquiéter qu'il soit venu ici ? Il n'était pas du genre à se déplacer sans raison sérieuse... Je ne sais pas.

Je guide Paco à travers la maison. Dans le salon, Shelley feuillette des magazines.

— Shelley, je te présente Paco. C'est un ami d'Alex. Paco, voici ma sœur Shelley.

Au prénom d'Alex, Shelley pousse un petit cri de joie.

— Salut, Shelley.

Ma sœur lui répond d'un large sourire.

— Shelley jolie, j'aurais besoin d'un service.

Elle penche sa tête en avant et je lui murmure à l'oreille :

— Il faudrait que tu occupes maman pendant que je parle avec Paco.

Shelley acquiesce d'une grimace ; je peux compter sur elle.

À cet instant, maman déboule dans la pièce, l'air de ne pas nous voir, Paco et moi, et emmène Shelley jusqu'à la cuisine. Quant à moi, j'emmène Paco sur la terrasse, loin de toute oreille indiscrète.

— Alors raconte.

— Alex a besoin d'aide et il refuse de m'écouter. Il y a une grosse transaction de drogue qui se prépare et Alex est l'*elmero mero*, le personnage clé de l'histoire.

— Alex ne participera pas à une affaire de drogue, il me l'a promis.

À l'expression de Paco, je comprends que j'ai tort.

— J'ai essayé de le raisonner, reprend-il. Ce truc… c'est avec des trafiquants importants. Il y a une embrouille là-dessous, Brittany. Hector l'a chargé de cette mission et sur ma vie, je ne comprends pas pourquoi. Pourquoi Alex ?

— Qu'est-ce que je peux faire ?

— Dis-lui de trouver une issue de sortie. Il est le seul à savoir comment se dégager de ça.

En clair, lui donner un ordre ? Alex a horreur de ça. Je n'arrive pas à croire qu'il puisse accepter d'être mêlé à une transaction de drogue.

— Brittany, le dîner est déjà froid, hurle maman depuis la fenêtre de la cuisine. Et ton père vient de rentrer. Si on pouvait manger en famille pour une fois.

Un grand fracas ramène ma mère à l'intérieur. Un tour de magie de Shelley, c'est évident. Cependant, ce n'est pas à elle de cacher la vérité à mes parents.

— Attends-moi là, Paco, à moins que tu ne veuilles assister à la guerre des Ellis ?

Paco se frotte les mains.

— Ce sera plus amusant que les engueulades chez moi.

Nous partons dans la cuisine et j'embrasse mon père sur la joue.

— Qui est ton ami ? demande papa avec inquiétude.

— Paco, je te présente mon père. Papa, voici mon ami Paco.

— Salut, fait Paco.

Mon père hoche la tête et maman grimace.

— Paco et moi devons partir.

— Où ? s'enquiert papa, déboussolé.

— Voir Alex.

— Certainement pas, intervient maman.

— Qui est Alex ? dit papa, l'air interrogatif.

— L'*autre* garçon mexicain dont je t'ai parlé, réplique maman. Tu ne te rappelles pas ?

— Ces jours-ci, Patricia, je ne me rappelle plus rien.

Maman se dirige vers l'évier et lance son assiette encore pleine dedans. L'assiette se brise et son contenu vole dans tous les sens.

— Nous t'avons donné tout ce dont tu as besoin, Brittany : une voiture neuve, des vêtements de marques...

— C'est complètement superficiel, maman, dis-je à bout de patience. Bien sûr, de l'extérieur, tout le monde pense que vous avez réussi votre vie mais en tant que parents, vous êtes nuls ! Je vous mets un zéro pointé. Pourquoi est-ce que vous avez peur d'afficher vos problèmes comme tout le monde ? À présent plus rien ne peut m'arrêter : Écoutez, Alex a besoin de mon aide et une chose est sûre, c'est que je suis fidèle à ceux que je porte dans mon cœur. Je suis désolée si ça vous blesse ou vous effraie.

Shelley s'agite pour attirer notre attention.

— Brittany, lance la voix métallique de son ordinateur, gentille fille.

Je pose ma main sur la sienne avant de m'adresser de nouveau à nos parents.

— Si vous souhaitez me virer de la maison ou me déshériter à cause de ce que je suis, ne vous gênez pas et finissons-en.

C'en est fini pour moi d'avoir peur, que ce soit pour Alex, Shelley ou moi-même. Il est temps que j'affronte mes craintes ou sinon je serai malheureuse et rongée de culpabilité toute ma vie. Je ne suis pas parfaite. L'heure est venue que le monde entier en prenne conscience.

— Maman, je vais demander à rencontrer l'assistante sociale du lycée.

Son visage se contracte de dégoût.

— C'est stupide. Ce sera inscrit dans ton dossier scolaire pour le restant de tes jours. Tu n'as pas besoin de voir une assistance sociale.

— Oh ! que si, et toi aussi. Nous en avons tous besoin.

— Écoute-moi, Brittany. Si tu passes cette porte... ce n'est pas la peine de revenir.

— Tu fais ta crise de rébellion, intervient papa.

— Je sais. Et ça fait un bien fou.

J'attrape mon sac à main. Je n'ai rien d'autre, hormis les vêtements que je porte. J'affiche un grand sourire et tends la main vers Paco.

— Tu es prêt ?

— Oui.

Quand nous prenons place dans sa voiture, il ajoute :

— Tu es une sacrée nana ! Je ne t'imaginais pas comme ça.

Paco m'emmène dans le quartier le plus sombre de Fairfield, jusqu'à un immense entrepôt situé dans une petite rue isolée. Des nuages noirs et menaçants s'amassent dans le ciel et il souffle un vent froid, comme si la Nature nous envoyait un avertissement.

Un type imposant nous arrête.

— C'est qui cette Blanche-Neige ?

— Elle est de notre côté.

Le type me regarde des pieds à la tête d'un œil pervers avant d'ouvrir la porte.

— Si elle se met à foutre son nez partout, c'est toi qui seras responsable, Paco.

Moi, la seule chose qui me préoccupe, c'est de sortir Alex de là, de l'éloigner de tout danger.

— Hé, me lance le type d'une voix salace, si tu veux passer du bon temps, viens me voir, *sí* ?

— Suis-moi, me dit Paco en me tirant par le bras à travers un couloir.

Des voix se font entendre de l'autre côté de l'entrepôt... dont celle d'Alex.

— Laisse-moi aller le voir seule.

— Ce ne serait pas une bonne idée. Attends qu'Hector ait fini de lui parler.

Mais je ne l'écoute pas et me laisse guider par la voix d'Alex. Il est en train de discuter avec deux autres personnes. Très sérieusement. Un des deux hommes sort une feuille et la lui tend. Alex, alors, me remarque enfin. Il s'adresse au type en espagnol avant de plier la feuille et de la glisser dans sa poche de jean.

— Qu'est-ce que tu fous ici ? demande-t-il sèchement, d'une voix aussi dure que l'est son visage.

— Je suis juste...

Je n'ai pas le temps de terminer ma phrase qu'Alex m'attrape par le bras.

— Tu vas *juste* dégager d'ici tout de suite. Qui est le con qui t'a amenée jusqu'ici ?

Paco sort de l'ombre avant que j'aie eu le temps de répondre.

— Alex, s'il te plaît. Paco m'a amenée ici, mais c'était mon idée.

— Espèce de *culero* ! s'exclame Alex en me relâchant.

— C'est pourtant ça, ton avenir, Alex, réplique Paco. Pourquoi as-tu honte de montrer à ta *novia* ton autre famille ?

Alex lui décoche un pain dans la mâchoire et Paco s'étale par terre. Je me précipite vers lui, jetant à Alex un regard menaçant et sévère.

— Comment as-tu pu lui faire ça ? C'est ton meilleur ami !

— Je ne veux pas que tu voies cet endroit.

Un filet de sang coule de la bouche de Paco.

— Tu n'aurais pas dû l'amener ici, poursuit Alex plus calmement. Ce n'est pas sa place.

— Ce n'est pas non plus la tienne, mon frère, répond Paco tout aussi doucement. Maintenant, partez tous les deux, elle en a assez vu.

— Viens avec moi, m'ordonne Alex en me tendant la main.

Plutôt que de le suivre, j'entoure le visage de Paco de mes mains et inspecte l'étendue des dégâts.

— Mon Dieu, tu saignes.

Ça me rend malade. Le sang et la violence me poussent toujours à bout.

Paco repousse mes mains sans geste brusque.

— Ça ira, pars avec lui.

C'est alors qu'une voix éclate dans l'ombre, s'adressant en espagnol à Alex et Paco. Son ton autoritaire me fait trembler. Si je n'avais pas peur jusqu'à maintenant, ce n'est plus le cas du tout. C'est la voix d'un des hommes qui parlaient à Alex. Il est vêtu d'un costume noir et d'une chemise blanche immaculée. Je l'ai brièvement aperçu au mariage. Ses cheveux d'un noir corbeau sont plaqués en arrière et sa peau est foncée. En un seul regard je comprends que c'est un homme très puissant au sein du Latino Blood. Deux armoires à glace l'encadrent.

— *Nada*, Hector, disent Alex et Paco à l'unisson.

— Emmène-la ailleurs, Fuentes.

Alex me prend par la main et se dépêche de me faire sortir de l'entrepôt. Une fois dehors, je me remets à respirer.

48

ALEX

— Partons d'ici, toi et moi, *mi amor*. *¡Vamos !*
J'enfourche Julio et ressens un grand soulagement. Brittany monte derrière moi et m'enlace fort. Nous fonçons à travers les rues et tout finit par devenir flou. Je continue à rouler même quand une pluie battante commence à tomber.

— On peut s'arrêter ? crie Brittany par-dessus la tempête assourdissante.

Je me gare sous un vieux pont abandonné, près du lac. La pluie tombe toujours aussi fort, mais au moins, nous sommes dans un endroit tranquille.

Brittany saute à terre.

— Tu es complètement abruti. Tu ne dois pas te mêler de trafic de drogue. C'est dangereux et stupide, et puis tu me l'as promis. Tu risques la prison. La prison, tu m'entends, Alex ! Peut-être que tu t'en fiches, mais pas moi. Je ne te laisserai pas gâcher ta vie.

— Qu'est-ce que tu veux que je te dise ?

— Rien. Tout. Quelque chose qui fasse que je ne reste pas plantée là comme une idiote.

— La vérité, c'est que… Brittany, regarde-moi.

— Je ne peux pas. J'en ai marre d'imaginer les pires scénarios.

— N'imagine plus rien, *muñeca*. Tout va s'arranger.

— Mais…

— Pas de mais. Fais-moi confiance.

Ma bouche se ferme sur la sienne. L'odeur de la pluie et de la vanille me tranquillise. Ma main caresse le bas de son dos, tandis que les siennes s'accrochent à mes épaules humides, me pressant de continuer. Je glisse alors mes mains sous son T-shirt et mes doigts parcourent son nombril.

— Approche-toi, lui dis-je, et je la fais s'asseoir sur mes genoux, face à moi.

Je ne peux pas m'empêcher de l'embrasser. Je lui murmure à quel point elle me fait du bien, mêlant des mots espagnols à chacune de mes phrases. Mes lèvres descendent le long de son cou et s'attardent là, jusqu'à ce qu'elle se cambre et me laisse enlever son haut. Quand nous sommes ainsi, bon Dieu, je ne peux penser à rien d'autre qu'à elle. Je suis capable de lui faire oublier toutes ses inquiétudes.

— Je ne tiens plus, avoue-t-elle en se mordant la lèvre.

Comme j'aime ses lèvres.

— *Mamacita*, cela fait longtemps que moi, je ne tiens plus.

Elle remue lentement ses hanches contre les miennes, mais je ne suis pas digne de son invitation. Le bout de mes doigts effleure sa bouche. Elle les embrasse puis je les descends doucement le long de son menton, de son cou, jusqu'au creux de sa poitrine.

— Je n'ai pas envie d'arrêter, Alex, dit-elle en attrapant ma main.

J'enveloppe son corps du mien. Ce serait si facile de la faire craquer. Elle ne demande que ça. Mon Dieu, ne me faites pas oublier que j'ai une conscience. C'est à cause de ce pari *loco* avec Lucky et de ce que ma mère m'a dit sur la facilité de tomber enceinte.

Quand j'ai fait ce pari, je n'éprouvais aucun sentiment pour cette Blanche si sophistiquée. Mais à présent… merde, je n'ai pas envie de penser aux sentiments. Je déteste ça : ils ne servent qu'à détruire la vie des gens. Que Dieu me terrasse sur l'instant de vouloir faire l'amour à Brittany plutôt que de la baiser sur ma moto comme une putain.

Je retire mes mains de son *cuerpo perfecto* ; c'est bien mon premier geste sensé de la soirée.

— Je ne peux pas faire ça maintenant. Pas ici, dis-je d'une voix rauque, à cause de l'émotion.

Cette fille allait s'offrir à moi, bien qu'elle sache qui je suis et ce que je m'apprête à faire. Comme la réalité peut être difficile à accepter.

Et Brittany, va-t-elle se sentir gênée ou en colère ? Rien de tout cela. Elle plaque son visage contre ma poitrine et me serre dans ses bras. J'ai envie de lui crier d'arrêter et pourtant je l'enlace fort à mon tour.

— Je t'aime, dit-elle avec une douceur extraordinaire.

Non. ¡No ! ¡No ! Suis-je tenté de lui répondre.

J'en suis malade et malgré tout je la serre encore plus fort contre moi. *Dios mío*, si les choses étaient différentes, je ne la quitterais jamais. J'enfouis mon visage dans ses cheveux, rêvant de l'emmener loin de Fairfield.

Nous restons ainsi un long moment, la pluie a cessé depuis longtemps et le monde réel se rappelle à nous. Je l'aide à descendre de moto pour qu'elle se rhabille. Brittany lève les yeux vers moi, pleine d'espoir.

— Est-ce que tu vas faire cette transaction ?

Je descends de moto et marche jusqu'à l'entrée du pont. Des gouttes d'eau froide ruissellent sur mes mains.

— Il le faut.

Je l'entends s'avancer derrière moi.

— Pourquoi ? Pourquoi dois-tu faire quelque chose qui te mènera probablement en prison ?

Je pose ma paume sur sa joue pâle et délicate et esquisse un sourire mélancolique.

— Tu ne savais pas que dans un gang on doit faire du trafic de drogue ? Ça fait partie du métier.

— Alors quitte-le. Il existe certainement un moyen…

— Si tu veux quitter le gang, tu dois subir une épreuve. Parfois, on te torture. Parfois, on te tabasse. Et si tu survis, tu peux partir. Laisse-moi te dire, *preciosa*, que je n'ai vu qu'un seul type sortir vivant de cette épreuve. Et encore il aurait préféré mourir tellement on l'avait amoché. Tu ne comprendras jamais, ma famille a besoin de ça.

— De l'argent ?

— Non, pas de l'argent. Je t'en supplie, est-ce qu'on pourrait changer de sujet ?

— Je refuse tout ce qui est illégal.

— *Querida*, il te faudrait un saint. Ou au moins un pasteur. Je ne suis ni l'un ni l'autre.

— Est-ce que je ne suis pas importante à tes yeux ?

— Si.

— Alors prouve-le.

Je retire mon bandana et me passe la main dans les cheveux.

— Tu ne sais pas à quel point c'est difficile pour moi. *Mi madre* exige que je protège notre famille en étant dans le Blood, tout en se voilant la face. Hector veut que je lui prouve que je suis tout dévoué au Blood. Et toi… la seule personne avec qui je me vois partager ma vie un jour, tu veux que je te prouve mon amour en faisant quelque chose qui mettrait ma famille en danger. Je dois faire cette transaction et personne, pas même toi, ne me fera changer d'avis. *Oluídalo.*

— Tu mettrais en péril notre histoire ?

— Putain, ne dis pas ça. Pourquoi la mettrait-on en péril ?

— Si tu te mets à vendre de la drogue, c'est fini entre nous. J'ai tout plaqué pour toi... pour nous. Mes amis. Mes parents. Tout. Maintenant, c'est ton tour.

Je lui offre ma veste en la voyant claquer des dents.

— Tiens, enfile ça.

Il n'y a rien à ajouter. C'est ma vie. Si elle ne peut pas l'accepter, qu'elle retourne avec Colin Adams ou n'importe quel garçon dont elle pourra faire sa marionnette.

Finalement Brittany me demande de l'emmener chez son amie Sierra.

— Je crois que nous devrions travailler séparément sur le projet de chimie, ajoute-t-elle.

Quand nous arrivons devant la grande maison, au bord de la plage, elle me tend ma veste.

— Tu préfères fabriquer le chauffe-mains ou écrire le compte-rendu ?

— Tu choisis.

— J'écris plutôt bien...

— OK, je m'occupe du reste alors.

— Alex, les choses ne peuvent pas se terminer ainsi.

Ses yeux se remplissent de larmes. Il faut que je m'en aille avant qu'elles ne se mettent à couler le long de ses joues. Cela me tuerait.

— Si, il le faut.

Et je redémarre ma moto.

49

BRITTANY

Au bout de deux boîtes de mouchoirs, Sierra abandonne l'idée de me remonter le moral et me laisse pleurer jusqu'à ce que je m'endorme. Dans la matinée, je lui demande de n'ouvrir ni les rideaux ni les volets. Il n'y a rien de mal à rester au lit toute une journée, si ?

— Merci de m'avoir épargné le « je te l'avais bien dit », dis-je après qu'elle m'a obligée à me lever.

Je cherche quelque chose à me mettre dans son placard, tandis qu'elle se maquille devant sa coiffeuse.

— Je ne le dis pas mais je n'en pense pas moins.

— Merci.

Sierra me sort un jean et un haut à manches longues.

— Tiens, mets ça. Tu ne seras pas aussi belle que dans tes propres vêtements, mais tu seras toujours plus jolie que n'importe quelle fille de Fairfield.

— Ne dis pas ça.

— Pourquoi ? C'est la vérité.

— Non, ce n'est pas vrai. Ma lèvre supérieure est trop grosse.

— Les garçons trouvent ça sexy. Les stars de cinéma paient très cher pour avoir de grosses lèvres.

— J'ai le nez tordu.

— Ça ne se voit que sous un certain angle.

— Mes seins sont de travers.

— Ils sont gros, Brit. Les mecs sont obsédés par les gros seins. Ils se fichent qu'ils soient de travers. Sierra me tire devant le miroir et poursuit : Rends-toi à l'évidence, tu pourrais être mannequin. D'accord, tes yeux sont rouge vif et tu as d'énormes cernes parce que tu as pleuré toute la nuit. Mais, malgré tout, tu t'en tires très bien. Regarde-toi, Brit, et crie haut et fort : Je suis une bombe !

— Non.

— Allez ! Tu te sentiras mieux après. Fixe la glace et hurle : Vive mes seins !

— Non, non.

— Pourrais-tu au moins admettre que tu as de beaux cheveux ?

— Ça t'arrive souvent de te parler devant la glace ?

— Oui. Tu veux une démonstration ? Elle me pousse pour prendre ma place : Pas mal du tout, Sierra. Doug a beaucoup de chance. Puis se tournant vers moi : Tu vois ? C'est facile.

Au lieu que ça me fasse rire, je me mets à pleurer.

— Est-ce que je suis si moche que ça ? demande-t-elle.

Je secoue la tête.

— Est-ce que c'est à cause de mes vieilles fringues ? Je sais que ta mère t'a fichue dehors mais est-ce qu'elle nous laisserait entrer pour piller ton armoire ? Je ne sais pas combien de temps tu tiendras à porter des vêtements de taille 38 alors que tu fais un 34.

Ma mère n'a pas cherché à me joindre. Je m'attendais qu'elle le fasse mais il est vrai qu'elle se montre rarement à la hauteur de mes espérances. Quant à mon père... Oh ! lui, il ne s'est sans doute même pas aperçu que j'avais découché. Qu'ils gardent mes vêtements. Toutefois, je passerai sûrement voir Shelley dans la journée.

— Tu veux un conseil ? demande Sierra.

— Je ne sais pas, dis-je d'un air méfiant. Dès le départ, tu as haï l'idée que je sorte avec Alex.

— C'est faux, Brit. Je ne te l'ai jamais dit, mais je le trouve sympa quand il se détend. Je me suis bien amusée quand nous étions au lac Geneva. Doug aussi, je te ferais remarquer. Il a même dit qu'Alex était un mec cool. J'ignore ce qui s'est passé entre vous, mais oublie-le ou fais-lui le grand show.

— C'est ce que tu fais avec Doug ?

Sierra sourit.

— Parfois, Doug a besoin qu'on le secoue un peu. Quand notre relation s'installe dans la routine, je me débrouille pour la pimenter un peu. Ne vois pas là un encouragement à te jeter dans les bras d'Alex. Mais si tu as vraiment besoin de lui, alors je n'ai aucun droit de t'empêcher de l'aimer. Je déteste te voir triste, Brit.

— Est-ce que j'étais heureuse avec Alex ?

— Je dirais plutôt obsédée. Mais oui, tu semblais heureuse et cela faisait très longtemps que je ne t'avais pas vue comme ça. Avec quelqu'un qu'on aime autant, les bas sont aussi bas que les hauts sont hauts. Est-ce que tu comprends ce que je veux dire ?

— Oui, mais ça veut dire aussi que je suis bipolaire.

— C'est le pouvoir de l'amour.

50
ALEX

L e lendemain de la visite de Brittany à l'entrepôt, je suis en train de prendre mon petit déjeuner, quand j'aperçois un crâne rasé apparaître à la porte d'entrée.

— Paco, si c'est toi, je resterais loin de cette maison.

Mi'amá me donne une claque à l'arrière du crâne.

— Ce n'est pas une façon d'accueillir ses amis, Alejandro.

Je me remets à manger pendant qu'elle ouvre à ce... traître.

— Ne me dis pas que tu m'en veux encore, Alex.

— Bien sûr qu'il ne t'en veut plus, Paco. Maintenant, assieds-toi et mange. J'ai fait du *chorizo con huevos*.

— Je te pardonne, mec, me dit Paco en ayant le culot de me donner une tape sur l'épaule.

Je lève les yeux, d'abord vers *mi'amá* pour m'assurer qu'elle ne s'intéresse plus à nous, puis vers Paco.

— *Tu me* pardonnes ?

— Tu as la lèvre très enflée, Paco, remarque ma mère.

Paco se touche légèrement la bouche.

— Oui, je suis tombé sur un poing. Vous savez ce que c'est.

— Non, je ne sais pas. Si tu tombes trop souvent sur des poings, tu vas finir à l'hôpital. Bon, je pars travailler. Paco, éloigne-toi des poings aujourd'hui, *sí* ? Tu fermeras en sortant, Alejandro, *porfis*...

Je garde les yeux rivés sur Paco.

— Quoi ? dit-il.

— Tu sais *quoi*. Comment as-tu pu amener Brittany à l'entrepôt ?

— Je suis désolé.

— Non, tu ne l'es pas.

— D'accord, tu as raison, je ne suis pas désolé.

Ça me donne envie de vomir de le voir fourrer de la nourriture dans sa bouche avec les doigts.

— Je ne sais pas comment je fais pour te supporter.

— Alors qu'est-ce qui s'est passé hier soir entre Brittany et toi ? demande Paco en me suivant dehors.

Mon petit déjeuner menace de refaire surface et ce n'est pas seulement à cause des mauvaises manières de Paco.

— C'est fini entre elle et moi. Je ne veux plus entendre son nom, c'est clair ? dis-je en l'attrapant par le col.

— Quand on parle du loup.

Je lâche alors Paco et me retourne, m'attendant à voir apparaître Brittany. Mais c'est le poing de Paco que je vois m'arriver en pleine face.

— Maintenant, on est quittes. Dis-moi, mec, tu dois drôlement en pincer pour la môme Ellis, pour m'avoir menacé comme ça juste parce que j'avais prononcé son nom. Je sais bien que tu pourrais me tuer à mains nues mais je pense que... tu ne le feras pas, je l'avoue.

Je remue la mâchoire pour vérifier qu'elle est encore en place, et sens un goût de sang dans ma bouche.

— N'en sois pas si sûr. Je vais te dire : je ne te casse pas la figure tant que tu n'interfères pas dans ma vie. Cela concerne Hector *et* la môme Ellis.

— Sache pourtant que c'est ma seule raison de vivre. Même les coups de mon vieux qui était bourré hier soir ne m'amusent pas autant que ta petite vie.

— Excuse-moi, Paco. Je n'aurais pas dû te frapper. Ton vieux t'en fait suffisamment baver.

— T'inquiète.

C'est bien la première fois que je regrette d'avoir levé la main sur quelqu'un. Le père de Paco l'a tellement tabassé qu'il en a sans doute gardé des cicatrices sur tout le corps. J'ai vraiment été un sale con. D'une certaine façon, je suis content que ce soit terminé avec Brittany. Je suis incapable de contrôler mes émotions lorsqu'elle est près de moi. J'espère seulement pouvoir l'éviter en dehors du cours de chimie. Mais bon, c'est peine perdue, car même lorsqu'elle est loin de moi, je ne peux m'empêcher de penser à elle.

Si je devais trouver un avantage à ma rupture avec Brittany, je dirais que cela me donne du temps, depuis deux semaines, pour réfléchir au meurtre de mon père. Des bribes de souvenir de cette soirée me reviennent en mémoire. Il s'est produit quelque chose de louche mais je ne parviens pas à définir quoi. Mon père souriait, discutait, puis il a paru choqué et nerveux quand on a pointé l'arme sur lui. Pourquoi ne s'était-il pas méfié de rien ?

Ce soir, c'est Halloween, la date qu'a choisie Hector pour le deal. Je me suis agité toute la journée : j'ai réparé sept voitures, ça allait d'un simple changement d'huile à un remplacement de joint de culasse. J'ai laissé le pistolet d'Hector dans le tiroir de ma chambre, parce que je ne veux pas porter d'arme avant le moment fatidique. Je ne devrais pas cogiter autant, en réalité ce n'est que la première transaction d'une longue série qui durera toute ma vie.

« Tu es exactement comme ton vieux. » Cette petite voix dans ma tête n'a cessé de me torturer depuis le début de la journée. *Como el Viejo.*

Je me rappelle toutes ces fois où *papá* m'a dit : « *Somos cuates, Alejandro.* Nous sommes pareils, Alejandro. » Il parlait toujours en espagnol, comme s'il était resté au Mexique. « Tu seras fort comme ton *padre*, un jour ? » me demandait-il. Je le voyais toujours comme un dieu : « *Claro, papá.* Je veux être comme toi. » Mon père ne m'a jamais dit que je pourrais être meilleur que lui ou faire mieux que lui. Et ce soir, je prouverai au monde que je suis sa copie conforme. J'ai essayé de me démarquer de lui en disant à Carlos et Luis qu'ils pouvaient choisir un autre chemin. Mais c'est idiot d'avoir cru que je pouvais être un modèle pour eux.

Mes pensées dérivent vers Brittany. Je voulais oublier qu'elle allait se rendre au bal d'Halloween du lycée avec quelqu'un d'autre. Avec son ex, paraît-il. Il ne faut pas que je pense qu'un autre garçon posera ses mains sur elle.

Et l'embrassera, j'en suis persuadé. Qui refuserait d'embrasser ces lèvres douces, fraîches et délicates ?

Je vais travailler ce soir jusqu'à ce que soit l'heure de partir au rendez-vous. Si je reste à la maison, je deviendrai fou en pensant à tout ça.

D'un seul coup ma main sur la riveuse se relâche et je réalise que je n'ai pas à m'en vouloir, c'est Brittany la responsable. Et à vingt heures, ma colère contre ma binôme de chimie est à son comble, qu'elle soit légitime ou non.

51

BRITTANY

Face au Garage Enrique, je fais quelques exercices de respiration pour me calmer les nerfs. La Camry du patron n'est pas là, Alex est donc seul.

Ce soir, je vais le séduire.

S'il n'est pas subjugué par ma tenue, alors rien n'y fera. Je vais donner tout ce que j'ai... je sors l'artillerie lourde. Je frappe un coup sec à la porte puis ferme les yeux en priant pour que tout se passe comme prévu. J'ouvre ensuite mon long manteau de satin argenté et sens l'air frais de la nuit contre ma peau nue. En entendant le grincement de la porte, je soulève lentement les paupières. Ce ne sont malheureusement pas les yeux noirs d'Alex qui fixent ma tenue légère mais Enrique ! Il regarde mon soutien-gorge rose lacé et ma jupe de pom-pom girl comme s'il avait gagné à la loterie.

Honteuse, je referme immédiatement mon manteau.

— Euh, Alex, rigole Enrique, quelqu'un voudrait savoir si tu préfères une farce ou une friandise.

Je dois être rouge écarlate mais je suis déterminée à aller jusqu'au bout. Il faut que je prouve à Alex que je ne suis pas prête à l'abandonner.

— C'est qui ? demande-t-il depuis l'intérieur.

— J'allais partir, glisse Enrique en s'esquivant. Tu diras à Alex de fermer. *Adiós.*

Et il s'en va dans la nuit en chantonnant.

— Hé, Enrique. *¿Quién está ahì ?*

Alex arrive enfin à la porte. Il me regarde avec mépris.

— Tu as besoin qu'on t'indique ton chemin ou qu'on répare ta voiture ?

— Ni l'un ni l'autre.

— On vient chercher des bonbons dans mon quartier ?

— Non.

— C'est fini, *mujer. ¿Me oyes ?* Tu peux pas arrêter de te pointer dans ma vie et de jouer avec moi ? En plus, tu ne devrais pas être à une soirée d'Halloween avec un type du lycée ?

— Je lui ai posé un lapin. Est-ce qu'on peut parler ?

— Écoute, j'ai un tas de trucs urgents à faire. Pourquoi es-tu venue jusqu'ici ? Et où est Enrique ?

— Il… il est parti. J'ai dû l'effrayer.

— Toi ? Je ne crois pas.

— Je lui ai montré ce que je portais sous mon manteau.

Les sourcils d'Alex fusent vers le ciel.

— Laisse-moi entrer avant que je gèle sur place. Je t'en supplie.

Je jette un œil derrière moi : l'obscurité me paraît plus engageante maintenant que mon pouls s'affole. Je resserre mon manteau contre moi mais ça ne m'empêche pas d'avoir la chair de poule. Mon corps se met à trembler.

Dans un soupir, Alex finit par me faire entrer et referme la porte derrière moi. Heureusement, il y a un radiateur au milieu de la pièce. Je m'en approche en frottant mes mains l'une contre l'autre.

— Pour dire la vérité, je suis content que tu sois là. Mais est-ce qu'on n'a pas rompu ?

— Je veux nous donner une seconde chance. Prétendre que nous n'étions que de simples binômes de chimie a été une véritable torture. Tu me manques. Est-ce que moi, je te manque ?

L'air sceptique, il penche la tête sur le côté, comme s'il n'avait pas bien entendu.

— Tu sais que je fais toujours partie du Blood.

— Oui. Je suis prête à tout accepter de toi, Alex.

— Je ne serai jamais à la hauteur de tes attentes.

— Et si je te dis que je n'attends rien ?

Il inspire profondément et expire lentement. Sa mine sérieuse trahit sa réflexion intense.

— Voilà ce qu'on va faire, propose-t-il finalement. Tu vas me tenir compagnie pendant que je termine de dîner. Je ne te demanderai même pas ce que tu portes... ou plutôt ce que tu ne portes pas... sous ce manteau. D'accord ?

— D'accord, dis-je avec un sourire timide et en arrangeant mes cheveux.

— Pas la peine de faire ça pour moi, me dit-il doucement en éloignant ma main de ma coiffure. Je vais chercher une couverture pour que tu ne te salisses pas.

Assise sur une couverture épaisse, vert clair, je le regarde manger.

— Tu en veux ?

Peut-être que manger me calmera.

— Qu'est-ce que c'est ?

— Des enchiladas. Celles de *mi'amá* sont terribles. Il en prend un morceau avec sa fourchette et me le tend : Si tu n'as pas l'habitude de la nourriture épicée...

— J'adore ce qui est épicé.

Je commence à mâcher, savourant le mélange de saveurs. Mais à peine ai-je avalé ma bouchée que ma langue s'enflamme.

— Ça brûle !

— Je t'avais prévenue, remarque Alex en me tendant son verre. Tiens, bois. D'habitude, il faut boire du lait, mais je n'ai que de l'eau.

Sur le coup, le liquide me refroidit la langue mais une seconde après, c'est comme si l'on m'incendiait de nouveau la bouche.

— De l'eau...

Alex me remplit un autre verre.

— Tiens. Je ne suis pas sûr que ça marche, mais ça devrait s'estomper rapidement de toute manière.

Plutôt que de boire, je plonge ma langue dans l'eau froide. Ahhh...

— Tu vas bien ?

— 'Ai l'air d'aller 'ien ?

— Ta langue, dans le verre, comme ça, ça a un côté érotique. Tu veux une autre bouchée ? demande-t-il malicieusement, comme l'Alex que je connais.

— 'On 'erci.

— Ça brûle encore ?

Je ressors la langue de l'eau.

— J'ai l'impression qu'un million de footballeurs marchent dessus avec leurs crampons.

— Aïe, fait-il en riant. Tu sais, il paraît qu'embrasser quelqu'un fait passer la brûlure.

— C'est tout ce que tu as trouvé pour me dire que tu as envie de m'embrasser ?

Son regard sombre pénètre le mien.

— *Querida*, j'ai toujours envie de t'embrasser.

— J'ai peur que ce ne soit pas aussi simple. Je veux des réponses. Les réponses d'abord, les baisers ensuite.

— C'est pour cela que tu t'es mise toute nue sous ton manteau ?

— Qui a dit que j'étais nue ? dis-je en me penchant vers lui.

Il est temps pour moi de prendre les choses en main.

— On va jouer à un jeu, Alex. Ça s'appelle « Pose une question et déshabille-toi ». Chaque fois que tu poses une question, tu dois retirer un vêtement. Chaque fois que j'en pose une, j'en enlève un.

— Je dirais que je peux t'en poser sept, *querida*. C'est ça ?

— Enlève quelque chose, allez : tu viens de poser une question.

Il acquiesce et retire une chaussure.

— Pourquoi est-ce que tu ne commences pas par enlever ton T-shirt ?

— Tu réalises que tu viens de me poser une question ? Je crois que c'est ton tour de...

— Je n'ai *pas* posé de question, dis-je avec fermeté.

— Tu viens de me demander pourquoi je n'avais pas d'abord enlevé mon T-shirt.

Mon cœur s'emballe. Je descends ma jupe, tout en gardant mon manteau bien fermé.

— Il n'en reste plus que quatre.

Alex tente de garder un air indifférent mais ses yeux trahissent une faim que je connais. Et son sourire idiot disparaît tandis qu'il se lèche les lèvres.

— Il me faut absolument une cigarette. Dommage que j'aie arrêté de fumer. Quatre, tu dis ?

— Je crois que j'ai entendu une nouvelle question, Alex.

— Non, ce n'en était pas une. Cela dit, bien essayé. Voyons... Quelle est la vraie raison qui t'a poussée à venir ici ?

— Je voulais te montrer à quel point je t'aime.

Alex se contente de cligner des yeux plusieurs fois, sans exprimer plus d'émotion. Cette fois, il enlève son haut, dévoilant ses sublimes tablettes de chocolat. Je m'agenouille à côté de lui, dans l'espoir de le tenter et de le désarçonner.

— Est-ce que tu comptes aller à la fac ? Dis-moi la vérité.

— Oui, si ma vie était différente, répond-il après une hésitation.

Je retire une sandale.

— As-tu couché avec Colin ? demande-t-il.

— Non.

Alex enlève sa chaussure droite, les yeux toujours rivés sur moi.

— Est-ce que tu l'as déjà fait avec Carmen ?

Il hésite encore.

— Tu n'as pas envie d'entendre la réponse.

— Oh ! que si. Je veux tout savoir : avec combien de personnes tu es sorti, la première avec laquelle tu as couché...

Il se frotte la nuque, cherchant sans doute à faire disparaître la tension dans ses muscles.

— Ça fait beaucoup de questions. Carmen et moi... disons que, oui, on a couché ensemble. La dernière fois remonte au mois d'avril, avant que je ne découvre qu'elle couchait à droite, à gauche. Avant Carmen, mes souvenirs sont un peu confus : j'ai passé pratiquement une année à sortir avec une nouvelle fille chaque semaine. J'ai aussi couché avec la plupart d'entre elles. C'était n'importe quoi.

— Est-ce que tu t'es toujours protégé ?

— Oui.

— Et comment s'est passée ta première fois ?

— C'était avec Isabel.

— Isabel Avila ?

— Ce n'est pas ce que tu crois. Cela s'est passé l'été d'avant la troisième, on voulait tous les deux se débarrasser de notre virginité et découvrir ce que c'était que tout ce ramdam autour du sexe. C'était naze. Je gigotais dans tous les sens et elle a rigolé pratiquement du début à la fin. On est tombés d'accord sur le fait que coucher avec quelqu'un que l'on considère comme un frère ou une sœur est une très mauvaise idée. Voilà, je t'ai tout dit. Maintenant, je t'en prie, enlève ce fichu manteau.

— Pas encore, *muchacho*. Si tu as couché avec autant de monde, comment puis-je être sûre que tu n'as pas attrapé de maladies ? Dis-moi si tu as passé des tests.

— On me les a faits à la clinique où l'on m'a posé des agrafes sur le bras. Crois-moi, je n'ai rien.

— Moi non plus. Au cas où tu te poserais la question.

Je retire mon autre sandale, ravie qu'il ne se soit pas moqué de moi et qu'il n'ait pas rechigné à entendre toutes mes questions.

— À toi, Alex.

— Est-ce que tu as déjà pensé faire l'amour avec moi ?

Il enlève sa chaussette sans se faire prier.

52
ALEX

— Oui. Et toi, est-ce que tu penses à faire l'amour avec moi ?

Presque chaque nuit, je passe des heures à fantasmer, m'imaginant dormir à côté d'elle, l'aimer.

— À cet instant, *muñeca*, je ne pense qu'à ça.

Je regarde ma montre. Il faudra bientôt que je parte. Les trafiquants de drogue se foutent royalement de la vie privée des autres. Je ne dois pas être en retard, mais j'ai immensément envie de Brittany.

— Au prochain tour, il faudra enlever ton manteau. Es-tu sûre de vouloir continuer ?

Je retire ma deuxième chaussette. Plus que mon jean et mon caleçon et je serai nu.

— Oui, absolument. Un large sourire se dessine sur ses magnifiques lèvres roses et brillantes : Éteins les lumières avant que je... n'enlève mon manteau.

Cela fait, je la regarde déboutonner son manteau de ses doigts tremblants. Au moment où elle lève vers moi des yeux fous de désir, j'entre en transe. Elle ouvre alors lentement son manteau, et je découvre son cadeau. Elle s'avance vers moi, mais une chaussure la fait trébucher.

— Merci de m'avoir rattrapée, dit-elle à bout de souffle.

Je dégage une mèche de cheveux de son visage et m'installe près d'elle sur la couverture. Elle glisse alors ses bras autour de mon cou et je n'ai plus qu'une envie : la protéger jusqu'à la fin de mes jours. Je rouvre son manteau et me penche un peu en arrière. Un soutien-gorge rose lacé me salue. Rien d'autre.

— *Como un ángel*, dis-je en murmurant.

— Est-ce que le jeu est fini ? demande-t-elle nerveusement.

— Il est bel et bien fini, *querida*. Crois-moi, maintenant, on ne joue plus.

Elle caresse mon torse de ses doigts manucurés. Sent-elle comme mon cœur bat ?

— J'ai apporté de quoi nous protéger, dit-elle.

Si j'avais su… si j'avais eu la moindre idée que ce soir serait LE soir… je me serais préparé. C'est que je n'ai jamais vraiment dû croire que le rêve deviendrait réalité avec Brittany. Elle plonge sa main dans sa poche et une douzaine de préservatifs atterrissent sur la couverture.

— Tu comptes faire ça toute la nuit ?

— J'en ai juste pris une poignée, dit-elle en se couvrant le visage de ses mains, l'air embarrassé.

J'écarte ses mains et colle mon front au sien.

— Je plaisante. Ne sois pas timide avec moi.

Glissant son manteau le long de ses épaules, je sais déjà que je vais haïr de devoir la quitter ce soir. Comme j'aimerais être avec elle toute la nuit. Mais ce n'est que dans les contes de fées que les vœux sont exaucés.

— Tu… tu n'enlèves pas ton jean ?

— Bientôt.

Comme j'aimerais prendre mon temps et prolonger cette nuit pour toujours. C'est comme si j'étais au paradis et que l'enfer m'attendait. J'embrasse lentement son cou et ses épaules.

— Alex, je suis vierge. Et si je faisais quelque chose de mal ?

— *Mal*, ça n'a pas de sens, ici. Tu ne passes pas un examen. Nous sommes seuls, toi et moi. Nous sommes coupés du reste du monde, d'accord ?

— D'accord.

Ses yeux brillent. Serait-elle en train de pleurer ?

— Je ne te mérite pas. Tu le sais ça, *querida* ?

— Quand comprendras-tu que tu es un garçon bien ?

Comme je ne réponds rien, Brittany penche ma tête vers la sienne.

— Mon corps est à toi ce soir, Alex. Est-ce que tu en as envie ?

— Mon Dieu, oui.

Tout en l'embrassant, je baisse mon jean et mon caleçon, puis je la serre fort, savourant la douceur et la chaleur de son corps contre le mien.

— Tu n'as pas peur ? dis-je en chuchotant, afin de m'assurer qu'elle est aussi prête que je le suis.

— Un peu mais j'ai confiance en toi.

— Détends-toi, *preciosa*.

— J'essaie.

— Cela ne marchera pas tant que tu ne seras pas détendue.

Je m'éloigne légèrement pour attraper, les mains tremblantes, un préservatif.

— Tu es sûre de vouloir y aller ?

— Oui, oui, je suis sûre. Je t'aime, Alex. Je t'aime, répète-t-elle presque au désespoir.

Je me laisse pénétrer par ses mots et je me retiens, je ne veux pas lui faire mal. Mais quelle illusion. La première fois pour une fille est toujours douloureuse, peu importe la délicatesse du garçon. J'aimerais lui dire ce que je ressens, à quel point elle occupe tout mon être. Mais j'en suis incapable : les mots refusent de sortir de ma bouche.

— Viens, m'incite-t-elle, sentant mon hésitation.

Alors je n'hésite plus. Je la vois retenir son souffle et je voudrais juste lui épargner toute douleur.

Une larme coule sur sa joue. Tant d'émotion me fend le cœur. Pour la première fois depuis la vision de mon père étendu mort devant moi, une larme coule de mes yeux. Elle la cueille de ses lèvres, me tenant la tête entre ses mains.

— Tout va bien, Alex.

C'est faux. Il faut que je fasse de ce moment un moment parfait. Je n'aurai peut-être pas d'autre chance et il faut qu'elle connaisse tout le plaisir que l'on peut éprouver. Je me concentre uniquement sur elle, cherchant éperdument à rendre cet instant magique.

Après, je l'attire à côté de moi. Elle se blottit contre ma poitrine tandis que je caresse ses cheveux, l'un comme l'autre souhaitant que cela se prolonge le plus longtemps possible.

Je n'arrive toujours pas à croire qu'elle m'ait offert son corps. Je devrais me sentir triomphant. Au lieu de cela, *mi siento una mierda*. Il me sera impossible de protéger Brittany tout le reste de sa vie des autres garçons qui voudront s'approcher d'elle, la voir comme je l'ai vue, la toucher comme je l'ai touchée. Oh ! je voudrais ne jamais la laisser partir.

Mais il est trop tard. Je ne peux plus perdre de temps. Après tout, elle n'est pas à moi pour toujours.

— Tu vas bien ?

— Oui. Plus que bien.

— Il faut vraiment que j'y aille, lui dis-je en jetant un œil à l'heure.

Brittany pose son menton contre ma poitrine.

— Maintenant, tu vas quitter le Latino Blood, n'est-ce pas ?

Mon corps se raidit subitement.

— Non.

Où a-t-elle pu pêcher une idée pareille ? Et pourquoi me pose-t-elle la question maintenant ?

— Alex, les choses sont différentes désormais. Nous avons fait l'amour.

— Ce que nous avons fait était génial. Mais cela ne change rien.

Elle se relève, ramasse ses vêtements et commence à se rhabiller dans un coin.

— Je ne suis donc qu'une fille de plus sur ton tableau de chasse ?

— Ne dis pas ça.

— Pourquoi ? C'est la vérité, non ?

— Non.

— Alors prouve-le-moi, Alex.

— C'est impossible.

Si seulement je pouvais lui dire le contraire. Mais elle doit savoir que ce sera toujours comme ça, que je devrais la quitter de temps à autre pour servir le Blood. Cette fille blanche, capable d'aimer avec une telle intensité de tout son cœur et de toute son âme, est une véritable drogue. Elle mérite mieux que cela.

— Je suis désolé, dis-je après avoir remis mon jean.

Qu'est-ce que je pourrais lui dire d'autre ?

Elle détourne les yeux et s'avance comme un robot jusqu'à l'entrée du garage.

Soudain, j'entends crisser des pneus et tous mes sens sont de nouveau en éveil. Une voiture s'approche de nous... la RX-7 de Lucky.

— Monte dans ta voiture ! dis-je en hurlant à Brittany.

Mais il est déjà trop tard : la RX de Lucky vient de s'arrêter, avec à son bord tout un groupe de garçons du Blood.

— *¡No lo puedo creer, ganaste la apuesta !* crie Lucky de sa fenêtre.

Je tente de cacher Brittany derrière moi, mais c'est peine perdue. Il ne fait aucun doute qu'ils peuvent voir ses jambes nues et sexy dépasser de son manteau.

— Qu'est-ce qu'il vient de dire ?

J'aurais envie d'enlever mon pantalon et de le lui donner. Si jamais elle découvre l'histoire du pari, elle croira que c'est pour cela que j'ai couché avec elle. Elle doit sortir d'ici, et vite.

— Rien, il raconte n'importe quoi. Monte dans ta voiture. Sinon, c'est moi qui t'y mettrais.

J'entends Lucky fermer sa portière en même temps que Brittany ouvre la sienne.

— Ne sois pas fâché contre Paco, fait-elle avant de grimper derrière le volant.

Mais de quoi parle-t-elle ?

— Vas-y ! dis-je sans prendre le temps de lui demander une explication. On en reparlera.

Et la voilà partie.

— Putain, mec ! s'écrie Lucky en admirant l'arrière de la BMW. J'étais venu voir si Enrique se foutait de moi. Tu t'es vraiment tapé Brittany Ellis ? Tu as filmé ça, j'espère ?

Pour toute réponse, je lui envoie un méchant coup de poing dans le ventre, qui le plie en deux. J'enfourche ma moto et allume le moteur, puis je m'arrête à côté de la Camry.

— Écoute, Alejo, dit Enrique à travers sa vitre baissée. *Lo siento mucho…*

— Je démissionne.

Je lui lance la clé du garage et je m'en vais.

En route pour la maison, je repense à Brittany et je me rends compte à quel point elle est importante pour moi.

Maintenant, je comprends mieux ces films pour nanas dont je me moque tant. Parce que désormais ce crétin de héros prêt à tout sacrifier pour une fille, c'est moi. *Estoy enamorado…*

J'emmerde le Blood. Je peux à la fois protéger ma famille et rester fidèle à ce que je suis. Brittany a raison. Ma vie est trop importante pour que je la gâche en trafiquant de la drogue. Ce que je veux vraiment, en vérité, c'est m'inscrire à la fac et faire de ma vie quelque chose de bien.

Je ne ressemble pas à mon père. Mon père était un faible qui a choisi la solution de facilité. J'affronterai l'épreuve que m'imposera le Blood pour pouvoir le quitter. Peu importe les risques. Si je survis, je reviendrai vers Brittany en homme libre. *¡Lo juro !*

Je ne suis pas un dealer. Je vais décevoir Hector mais si j'ai intégré le gang, c'était pour protéger mon quartier et ma famille, pas pour trafiquer. Depuis quand est-ce une nécessité de trafiquer ?

Depuis que la police m'a interpellé, les choses se sont précipitées. J'ai été arrêté, puis Hector a payé ma caution. Ensuite à peine avais-je posé mes questions aux Anciens sur la mort de mon père que lui et ma mère ont eu une discussion houleuse. Elle avait des bleus sur les bras. Et pour finir Hector m'a harcelé avec cette histoire de trafic.

Paco a essayé de me prévenir ; il était convaincu que quelque chose ne tournait pas rond.

À force de me creuser la cervelle, je parviens à assembler les pièces du puzzle. *Dios*, se pourrait-il que la vérité ait été juste là, devant mes yeux ? Il n'y a qu'une seule personne qui puisse me le dire.

Je rentre comme une flèche à la maison et trouve *mi'amá* dans sa chambre.

— Tu sais qui a tué *papá* !

— Alejandro, tais-toi.

— C'est quelqu'un du Blood, n'est-ce pas ? Le soir du mariage, Hector et toi en avez parlé. Il connaît le responsable et toi aussi.

Elle se met à pleurer.

— Je te préviens, Alejandro. Ne commence pas.

— C'était qui ?

Elle détourne les yeux. Je hurle alors de toutes mes forces :

— Dis-moi !

Mes mots la font tressaillir.

Cela fait si longtemps que cette douleur me hante ; je n'ai même pas pensé à lui demander à elle ce qu'elle savait au sujet du meurtre. Peut-être que la peur de la vérité me bloquait. Cela ne peut plus durer.

Sa respiration est lente, saccadée.

— Hector… c'était Hector.

L'horreur et la douleur se propagent dans tout mon corps comme un feu de forêt. Ma mère me regarde avec tristesse.

— Je ne cherchais qu'à vous protéger, tes frères et toi. C'est tout. Votre *papá* a voulu quitter le Blood et il s'est fait tuer. Hector souhaitait que tu le remplaces. Il m'a menacée, Alejandro, et m'a dit que si tu n'intégrais pas le gang, c'est toute notre famille qui finirait comme ton père…

Je ne peux pas en écouter plus. Hector m'a manipulé pour que je me fasse arrêter. Ainsi, je lui étais redevable. Il a ensuite monté cette histoire de trafic de drogue pour me faire croire que c'était un moyen de progresser alors que ce n'était qu'un moyen de m'attirer dans un piège. Il pensait certainement que quelqu'un allait révéler la vérité, bientôt. Je me précipite à mon armoire, déterminé à accomplir mon devoir : me confronter à l'assassin de mon père.

Le flingue a disparu.

— Est-ce que tu as fouillé dans mon tiroir ? dis-je à Carlos, assis sur le canapé du salon.

— Non, Alex. *¡Créeme !* Paco était là tout à l'heure et il est allé dans notre chambre. Il a dit qu'il voulait juste emprunter une de tes vestes.

Paco m'a piqué le flingue ! J'aurais dû m'en douter. Mais comment pouvait-il savoir que je ne serais pas là pour le surprendre ?

Brittany.

Brittany m'a délibérément tenu à distance, ce soir. Elle m'a bien dit de ne pas en vouloir à Paco. Ils ont tous les deux essayé de me protéger parce que j'ai été trop lâche et trop bête pour me défendre moi-même et affronter des faits qui étaient là, sous mon nez.

Les mots de Brittany résonnent dans ma tête : « Ne sois pas fâché contre Paco. »

Je cours dans la chambre de *mi'amá*.

— Si je ne reviens pas ce soir, rentre au Mexique avec Carlos et Luis.

— Mais Alejandro…

Je m'assois au bord de son lit.

— *Mamá*, Carlos et Luis sont en danger. Évite-leur le même destin que le mien. Je ne plaisante pas.

Des larmes coulent sur son visage. Elle m'embrasse sur la joue et me serre fort.

— C'est promis… promis.

Je grimpe sur Julio et téléphone à quelqu'un que je n'aurais jamais cru appeler un jour pour avoir un conseil : Gary Frankel. Il me presse de faire quelque chose que je n'aurais jamais imaginé faire un jour : appeler la police et raconter ce qui est en passe d'arriver.

53
BRITTANY

J' attends dans l'allée de Sierra depuis cinq minutes. Je n'arrive toujours pas à croire qu'Alex et moi l'ayons fait. Je ne le regrette absolument pas mais je n'arrive toujours pas à y croire.

Ce soir, j'ai senti pourtant un certain désespoir chez Alex, comme s'il voulait me prouver quelque chose à travers des gestes plutôt que des paroles. Je m'en veux de m'être montrée aussi émotive mais je n'ai pas pu m'en empêcher. Je pleurais de joie, de bonheur, d'amour. Et quand j'ai vu une larme s'échapper de son œil, je l'ai embrassée... Je voulais la conserver pour toujours parce que c'était la première fois qu'Alex s'abandonnait ainsi devant moi. Alex ne pleure pas ; il ne se laisse jamais déborder par l'émotion.

Cette soirée l'a transformé, qu'il le reconnaisse ou non.

Moi aussi, j'ai changé.

Je rentre chez Sierra. Elle est assise sur le canapé du salon. Mon père et ma mère sont assis en face d'elle.

— Cela ressemble étrangement à une médiation.

— Ce n'est pas une médiation, répond Sierra. Juste une discussion.

— Pourquoi ?

— N'est-ce pas évident ? s'exclame papa. Tu ne vis plus à la maison.

Comment avons-nous pu en arriver là ? Ma mère porte un tailleur-pantalon noir et ses cheveux sont coiffés en chignon, comme si elle se rendait à un enterrement. Mon père porte un jean et un sweat, et il a les yeux injectés de sang. Il a veillé toute la nuit, cela se voit. Ma mère aussi peut-être, mais elle ne le laisserait pas voir. Elle se mettrait plutôt des gouttes dans les yeux pour en masquer la rougeur.

— Je ne peux plus jouer les petites filles parfaites. Je ne suis pas parfaite, dis-je d'un ton calme et posé. Est-ce que vous pouvez l'accepter ?

Mon père fronce les sourcils, comme s'il bataillait pour ne pas perdre son sang-froid.

— Nous n'attendons pas de toi que tu sois parfaite. Patricia, dis-lui ce que tu en penses.

Ma mère hoche la tête, incapable de comprendre pourquoi cela me provoque une telle réaction.

— Brit, cela a trop duré. Cesse de bouder, de te rebeller, d'être aussi égoïste. Ton père et moi ne voulons pas que tu sois parfaite. Nous voulons que tu fasses au mieux de tes possibilités, c'est tout.

— Puisque Shelley, malgré tous ses efforts, ne sera jamais à la hauteur de vos attentes ?

— Ne mêle pas Shelley à cela, s'écrie papa. Ce n'est pas bien.

— Pourquoi ? Tout cela, absolument, la concerne.

Un sentiment d'échec m'envahit, j'ai l'impression que je ne pourrais jamais trouver les mots justes pour leur expliquer.

— Pour votre information, je n'ai pas fugué. J'habite chez ma meilleure amie, dis-je en m'affalant dans un des fauteuils en velours violet face à eux.

Maman retire une peluche de tissu de sa cuisse avant de me répondre.

— Remercie le ciel qu'elle soit là. Elle nous a tenus quotidiennement au courant de ta vie.

Je lance un regard vers Sierra, assise dans son coin, témoin de la crise des Ellis. Ma meilleure amie lève les mains en signe de culpabilité tout en allant ouvrir aux enfants venus réclamer des friandises.

— Que faut-il faire pour que tu reviennes à la maison ? demande maman, assise toute droite au bord du canapé.

J'en attends beaucoup d'eux, sans doute bien plus qu'ils ne peuvent m'offrir.

— Je ne sais pas.

Papa pose sa main sur son front, comme s'il avait mal à la tête.

— Tu trouves que les choses vont vraiment si mal que cela à la maison ?

— Oui. Enfin, je dirais plutôt que c'est stressant. Maman, tu me stresses. Et papa, je déteste quand tu considères la maison comme un hôtel. Je vous aime tous les deux mais je ne veux pas devoir toujours « faire de mon mieux ». Je veux simplement être moi. Je veux être libre de mes choix et apprendre de mes erreurs sans paniquer, sans me sentir coupable ni m'inquiéter de ne pas être à la hauteur de vos attentes. Je retiens mes larmes avant de poursuivre : Je ne veux pas vous décevoir. Je sais que Shelley ne peut pas vivre comme moi. J'en suis vraiment désolée… je vous en prie, ne l'éloignez pas à cause de moi.

Papa s'agenouille près de moi.

— Ne sois pas désolée, Brit. Nous n'éloignons pas ta sœur à cause de toi. Tu n'es pas responsable de son handicap. Personne n'est responsable.

Maman, immobile, fixe le mur en silence comme si elle était en transe.

— Si, moi, je suis responsable, dit-elle enfin.

Jamais personne d'entre nous n'aurait pensé l'entendre prononcer ces mots.

— Patricia ? appelle papa, essayant de capter son attention.

— Maman, de quoi parles-tu ?

— Toutes ces années, je m'en suis voulu, reprend-elle, regardant toujours droit devant elle.

— Patricia, ce n'est pas ta faute.

— Quand Shelley est née, je l'ai emmenée jouer avec d'autres enfants, explique-t-elle d'une voix douce, comme si elle se parlait à elle-même. J'avoue que je les ai enviées, ces mères d'enfants normaux qui pouvaient lever le menton tout seuls et attraper des objets. La plupart du temps, on me regardait avec pitié. Je détestais ça. Je suis devenue obsédée par l'idée que j'aurais pu lui éviter son handicap si j'avais mangé plus de légumes et fait plus de sport... J'ai toujours pensé que j'étais responsable de son état, même quand ton père me répétait que ce n'était pas ma faute. Elle se tourne vers moi et sourit avec mélancolie : Puis tu es venue au monde. Ma princesse blonde aux yeux bleus.

— Maman, je ne suis pas une princesse et Shelley n'a besoin de la pitié de personne. Les garçons avec qui je sortirai ne seront pas toujours ceux que tu aurais souhaités. Je ne m'habillerai pas toujours comme tu le voudrais. Et je n'agirai certainement pas toujours comme tu en aurais envie. Et Shelley, elle non plus, ne sera jamais à la hauteur de tes attentes.

— Je sais.

— Est-ce que tu l'accepteras un jour ?

— Probablement pas.

— Tu portes des jugements sur tout. Comme j'aimerais que tu arrêtes de me blâmer pour chaque petite chose qui ne va pas dans ton sens. Aime-moi comme je suis. Aime Shelley comme elle est. Cesse de te focaliser sur ce qui ne va pas ; la vie est trop courte.

— Je ne devrais donc pas m'inquiéter que tu sortes avec un garçon qui fait partie d'un gang ?

— Non. Si. Je ne sais pas. Si j'étais sûre que tu n'allais pas forcément me juger, je partagerais cette histoire avec toi. Si seulement tu le rencontrais… il est tellement plus que son apparence ne laisse penser. Mais si tu préfères que je le voie en cachette, je le ferai.

— Il appartient à un gang, répète-t-elle sèchement.

— *Il* s'appelle Alex.

— Que l'on connaisse son prénom ne change rien, Brittany : il appartient à un gang, intervient papa.

— Non, ça ne change rien. Mais c'est un premier pas dans la bonne direction. Est-ce que vous aimez mieux que je sois franche avec vous ou que je vous fasse des coups en douce ?

Il faudra encore une heure de discussion pour que ma mère accepte enfin d'essayer d'arrêter de fourrer son nez partout et que mon père accepte de rentrer deux fois par semaine du travail avant dix-huit heures.

Pour ma part, j'ai accepté qu'Alex vienne à la maison pour qu'ils puissent faire sa connaissance et aussi de les tenir au courant des endroits où je vais et avec qui. Même s'ils n'ont pas dit qu'ils approuveraient mes choix sentimentaux, c'est un début. Et je compte bien faire des efforts pour que les choses s'arrangent.

54
ALEX

La transaction est censée se faire ici, dans la réserve naturelle de Busse Woods.

Le parking et ses alentours sont plongés dans l'obscurité et je n'ai que la lumière argentée de la lune pour me guider. L'endroit est désert, à l'exception d'une berline bleue aux phares allumés. Je m'enfonce dans les bois et discerne une silhouette sombre étendue sur le sol. Pris d'effroi, je me mets à courir. En me rapprochant, je reconnais ma veste. J'ai l'impression d'avoir mon propre cadavre en face de moi.

Je m'agenouille et retourne lentement le corps : Paco.

— Putain !

Son sang chaud coule sur mes mains. Il a le regard vide mais sa main se soulève lentement et agrippe mon bras.

— J'ai merdé.

Je pose la tête de Paco sur mes cuisses.

— Je t'avais dit d'arrêter de te mêler de ma vie. Ne meurs pas à cause de moi, je t'en supplie, ne meurs pas à cause de moi. Merde, tu saignes de partout.

Du sang clair glisse de sa bouche.

— J'ai peur, murmure-t-il en se crispant de douleur.

— Ne m'abandonne pas. Tiens le coup, tout ira bien.

Je le serre fort, conscient que je viens de lui mentir : mon meilleur ami va mourir. Impossible de revenir en arrière. Je ressens sa douleur comme si c'était la mienne.

— Regardez-moi ça, le faux Alex et son pote, le vrai Alex. Drôle d'Halloween, non ?

C'est la voix d'Hector.

— Dommage, je n'ai pas vu que je tirais sur Paco, poursuit-il. Pourtant, vous êtes si différents à la lumière du jour. Je devrais aller chez l'ophtalmo.

Il pointe alors son arme sur moi.

Je n'ai pas peur, j'ai la haine. Et je veux des réponses.

— Pourquoi as-tu fait ça ?

— Si tu veux tout savoir, c'est la faute de ton père. Il voulait quitter le Blood. Mais il n'y a pas de porte de sortie, Alex. C'était le meilleur de nos hommes, ton *padre*. Juste avant de mourir, il a essayé de partir. Cette transaction de drogue, c'était son épreuve, Alex. Une épreuve sur mesure pour un père et son fils. Vous en sortiez vivants tous les deux, il avait gagné. Hector éclate d'un rire qui bourdonne dans mes oreilles, puis il reprend : Ce fils de pute n'avait pas la moindre chance. Tu ressembles trop à ton vieux. Je croyais pouvoir te former pour le remplacer, faire de toi un grand trafiquant de drogue et d'armes. Mais non, tu lui ressembles vraiment trop. Toi aussi, tu veux partir... *rajado*.

Je baisse les yeux vers Paco. Il respire à peine. La tache rouge grandissante sur sa chemise me rappelle *papá*. Mais cette fois, je n'ai plus six ans. Tout est parfaitement clair.

Le regard de Paco croise le mien, l'espace d'une seconde intense.

— Le Latino Blood nous a trahis tous les deux, mec, murmure-t-il avant que son regard ne s'éteigne et que son corps se relâche entièrement dans mes bras.

— Pose-le, allez ! Il est mort, Alex. Exactement comme ton père. Lève-toi et regarde-moi ! crie Hector en agitant son pistolet comme un taré.

Je repose doucement le corps sans vie de Paco sur le sol et me relève. Prêt à me battre.

— Mets tes mains sur la tête pour que je puisse les voir. Tu sais, quand j'ai tué *el viejo*, tu t'es mis à chialer comme un *escuincle*, un bébé, Alex. Tu chialais dans mes bras, moi qui venais de tuer ton père. Ironique, non ?

Je n'avais que six ans. Si j'avais su qu'Hector était le coupable, jamais je n'aurais rejoint le Blood.

— Pourquoi as-tu fait ça ?

— Merde, tu n'apprendras donc jamais ? C'est que, tu vois, *tu papá* se croyait meilleur que moi. Alors je lui ai montré ma façon de penser, tu comprends ? Il disait fièrement que les quartiers sud de Fairfield étaient un cran au-dessus depuis que le lycée était dans un quartier chic. Il répétait qu'à Fairfield il n'y avait pas de gang. J'ai changé la donne, Alex. J'ai demandé à mes gars de faire en sorte que chaque foyer, chaque famille m'appartienne. Soit on venait à moi, soit on perdait tout. Voilà, mon gars, ça, c'est ce qui fait de moi *el jefe*.

— Cela fait de toi un fou.

— Un fou. Un génie. C'est du pareil au même. Hector me pousse avec son arme : Maintenant, à genoux. C'est un bon endroit pour toi pour mourir. Au milieu des bois, comme un animal. Veux-tu mourir comme un animal, Alex ?

— C'est toi, l'animal, connard ! Tu pourrais au moins me tuer en me regardant dans les yeux, comme tu l'as fait avec mon père.

Alors qu'Hector me contourne, je saisis ma chance : je lui attrape le poignet et le jette au sol. La bouche pleine d'injures, Hector se remet rapidement debout, pistolet toujours en main.

Je profite qu'il soit désorienté pour lui décocher un coup de pied dans les côtes. Il pivote brusquement et me frappe la nuque avec sa crosse. Je tombe à genoux. Mais les images de *mi papá* et de Paco me poussent à trouver la force de continuer à me battre malgré le choc. Je sais qu'Hector est impatient de me tirer dessus.

Je lui redonne un coup et essaie tant bien que mal de me relever. Hector pointe son Glock droit sur ma poitrine.

— Police d'Arlington Heights ! Lâchez votre arme et levez les mains en l'air !

À travers les arbres et le brouillard, je distingue au loin des lumières bleues et rouges clignoter.

Je lève les mains.

— Abandonne, Hector. La partie est finie.

Il maintient fermement l'arme en direction de ma poitrine.

— Lâchez ce pistolet, hurle un policier. Tout de suite !

Hector me lance un regard plein de haine. Je sens toute la rage qui émane de son corps. Je sais qu'il va le faire. *Es un cabrón*. Il va appuyer sur la gâchette.

— Tu te trompes, Alex, dit-il enfin. La partie ne fait que commencer.

Alors tout s'enchaîne très vite. Je me projette sur la droite et les tirs fusent.

Bang ! Bang ! Bang !

Je titube en arrière, je suis touché. La balle brûle à travers ma peau.

Et tout s'éteint autour de moi.

55

BRITTANY

À cinq heures du matin je suis réveillée par la sonnerie de mon portable. C'est Isabel. Elle a certainement besoin de conseils concernant Paco.

— Tu sais l'heure qu'il est ?

— Il est mort, Brittany. C'est fini.

— Qui ? lui dis-je, paniquée.

— Paco. Et... je ne sais pas si c'était à moi de t'appeler, mais de toute façon tu aurais fini par apprendre qu'Alex était là aussi et...

— Alex ? Où est Alex ? Est-ce qu'il va bien ? Dis-moi qu'il va bien. Je t'en supplie, Isa.

— On lui a tiré dessus.

L'espace d'une seconde, je m'attends qu'elle prononce les mots tant redoutés : « Il est mort. »

— On est en train de l'opérer à l'hôpital de Lakeshore.

Avant même qu'elle ne termine sa phrase, j'enlève mon pyjama et m'habille en vitesse. J'attrape mes clés et sors précipitamment, le portable accroché à l'oreille, pendant qu'Isabel me donne tous les détails qu'elle connaît : la transaction a mal tourné et Paco et Hector sont morts, on a tiré sur Alex, qui se fait opérer. Elle n'en sait pas plus.

— Mon Dieu, mon Dieu, mon Dieu !

C'est une véritable litanie que je psalmodie tout au long du trajet qui me mène à l'hôpital. Hier soir, quand j'étais avec lui, j'étais certaine qu'il renoncerait à cette transaction pour moi. Il a peut-être trahi notre amour, mais moi, j'en suis incapable.

J'éclate en sanglots. Paco m'avait promis hier de s'assurer qu'Alex ne ferait pas la transaction et... mon Dieu ! Paco a pris sa place et en est mort. Pauvre Paco, si gentil...

Je m'efforce de chasser de ma tête les images d'Alex ne survivant pas à son opération. Une partie de moi mourrait avec lui.

Arrivée à l'hôpital, je me précipite à l'accueil. La réceptionniste me demande d'épeler son nom et tapote sur son clavier. Ce son me rend folle. Elle est tellement lente que j'ai envie de la secouer par les épaules pour la faire aller plus vite.

— Vous êtes de la famille ?

— Oui.

— Votre lien de parenté ?

— Je suis sa sœur.

Elle secoue la tête, incrédule, puis hausse les épaules.

— Alejandro Fuentes a été amené ici à cause d'une blessure par balle.

— Il va s'en sortir, n'est-ce pas ?

Elle consulte de nouveau son ordinateur.

— On l'a opéré toute la nuit, *mademoiselle Fuentes*. La salle d'attente se trouve au bout du couloir, à droite, la pièce orange. Le médecin viendra vous informer du pronostic concernant votre *frère* à la suite de son opération.

À l'entrée de la salle d'attente, je m'immobilise en apercevant la mère d'Alex et ses deux frères blottis dans un coin.

Sa mère lève la tête en premier. Elle a les yeux rougis et les joues couvertes de larmes.

Je porte ma main à la bouche et ne peux réprimer un sanglot. À travers le voile de mes larmes, je distingue Mrs Fuentes qui m'ouvre ses bras. Submergée par l'émotion, je cours me serrer contre elle.

Sa main a bougé.

Je relève la tête du lit d'Alex. Je suis restée à ses côtés toute la nuit, attendant qu'il se réveille. Sa mère et ses frères ne l'ont pas quitté non plus. Le médecin a dit qu'il faudrait plusieurs heures avant qu'il ne reprenne connaissance.

Je mouille une serviette en papier et l'applique sur le front d'Alex. J'ai passé la nuit à le faire car il n'a cessé de suer et de s'agiter dans son sommeil.

Ses paupières tremblent ; il lutte contre le sédatif en se forçant à les ouvrir.

— Où suis-je ? demande-t-il d'une voix faible et rauque.

— À l'hôpital, répond sa mère qui se précipite à côté de lui.

— On t'a tiré dessus, ajoute Carlos avec douleur.

L'esprit engourdi, Alex fronce les sourcils.

— Paco...

— Ne pense pas à ça pour le moment, lui dis-je en essayant de cacher tant bien que mal mon émotion.

Il faut que je me montre forte, je ne le laisserai pas tomber.

Il cherche à toucher ma main, me semble-t-il, mais une expression de souffrance se dessine sur son visage et il abandonne. J'ai tant de choses à lui dire. Si seulement je pouvais revenir en arrière et changer le passé. Si seulement j'avais pu sauver Paco et Alex de leurs destins.

— Pourquoi es-tu venue ? dit-il, le regard vitreux, encore plein de sommeil.

Sa mère lui caresse le bras, tentant de le mettre à l'aise.

— Brittany est restée toute la nuit, Alex. Elle s'inquiétait pour toi.

— Je veux lui parler en privé, murmure-t-il.

À peine ses frères et sa mère sortis de la chambre, il se redresse dans une crispation de douleur.

— Je veux que tu t'en ailles.

— Ce n'est pas vrai.

Je ne le crois pas, c'est impossible.

Il retire sa main brusquement, comme si le contact de la mienne le brûlait.

— Si, je veux que tu partes.

— Alex, on va s'en sortir. Je t'aime.

Son regard se tourne vers le sol et il s'éclaircit la gorge.

— Je t'ai baisée pour gagner un pari, Brittany. Ça ne représente rien pour moi. Tu ne représentes rien pour moi.

Je me recule à mesure que ses mots me frappent.

— Non, dis-je dans un murmure.

— Toi et moi… ce n'était qu'un jeu. J'ai parié avec Lucky sa RX-7 que je pouvais te baiser avant Thanksgiving.

Je sursaute en l'entendant qualifier de « baise » notre nuit d'amour. « Coucherie » m'aurait laissé un goût amer dans la bouche. Mais « baise » me retourne l'estomac.

— Tu mens, dis-je, pétrifiée.

Il décroche les yeux du sol et me regarde bien en face. Mon Dieu ! Il ne montre aucune émotion. Son regard est aussi froid que ses mots.

— C'est pathétique de croire qu'il y avait quoi que ce soit entre nous, Brittany.

Je secoue violemment la tête.

— Ne sois pas blessant, Alex. Pas toi. Pas maintenant. Je t'en prie, dis-je dans un chuchotement, les lèvres tremblantes.

Il ne répond pas. Je recule d'un pas, vacille en pensant à moi, la *véritable* moi que seul Alex connaît.

— J'avais confiance en toi.

— C'était ton erreur, pas la mienne.

Il touche son épaule gauche et tressaille de douleur alors qu'un groupe de ses amis entrent dans la chambre. Je reste dans un coin, immobile, ignorée de tous, jusqu'à ce que je finisse par crier :

— Est-ce que tu as vraiment fait *tout ça* pour un pari ?

Tout le monde se tourne vers moi, y compris Alex. Isabel s'approche mais je l'arrête d'un geste de la main.

— Est-ce que c'est vrai ? Est-ce qu'Alex a fait le pari de coucher avec moi ? dis-je, incapable d'utiliser les mots si blessants d'Alex.

— Dites-lui, ordonne Alex en me regardant droit dans les yeux.

Un type nommé Sam lève la tête.

— Eh bien, ouais. Il a gagné la RX-7 de Lucky.

Je m'appuie contre la porte de la chambre, tentant de garder la tête haute. Le visage d'Alex n'est que froideur et dureté.

— Je te félicite, Alex. Tu as gagné. J'espère que tu apprécieras ta nouvelle voiture.

Sur son visage, la froideur fait place au soulagement. Je sors lentement de la chambre. Isabel me suit, mais je m'enfuis en courant, loin d'elle, de l'hôpital, et d'Alex. Malheureusement, je ne peux pas m'enfuir loin de mon cœur. Il me fait si mal. Désormais, je ne serai plus jamais la même.

56

ALEX

Cela fait une semaine que je suis à l'hôpital. Je hais les infirmières, les médecins, les piqûres, les examens... et surtout les blouses d'hôpital. Plus je reste ici et plus je râle. D'accord, je n'aurais pas dû insulter l'infirmière qui a retiré mon cathéter. Mais sa bonne humeur m'a gavé.

Je n'ai envie de voir personne. De parler à personne. Moins il y aura de gens dans ma vie et mieux ce sera. J'ai envoyé balader Brittany et ça m'a tué de la faire souffrir, mais je n'avais pas le choix : plus elle me devenait proche, plus sa vie était menacée. Je ne peux pas laisser ce qui est arrivé à Paco arriver à la fille que j...

Arrête de penser à elle !

Les gens que j'aime meurent, c'est aussi simple que cela : d'abord mon père, maintenant Paco. J'ai été bête de croire que je pouvais m'en sortir.

C'est alors qu'on frappe à la porte.

— Dégagez !

On frappe de nouveau, avec insistance.

— Laissez-moi tranquille, merde !

Quand la porte s'ouvre dans un grincement, je jette mon verre dessus. Qui atterrit non pas sur une infirmière mais en plein dans la poitrine de Mrs P.

— Oh ! merde, pas vous.

— Je ne m'attendais pas à un tel accueil, Alex. Il m'est toujours possible de vous coller pour avoir dit des gros mots, vous savez.

— Vous êtes venue me donner un billet de retenue ? dis-je en lui tournant le dos. Si c'est le cas, vous pouvez oublier. Je ne reviendrai pas au lycée. Merci de votre visite. Dommage que vous deviez déjà repartir.

— Je n'irai nulle part avant que vous ne m'ayez écoutée.

C'est pas possible. Tout sauf un de ses sermons. J'appuie sur le bouton pour appeler l'infirmière.

— *Que puis-je pour vous, Alex ?* dit une voix à travers le haut-parleur.

— Quelqu'un est venu me torturer.

— *Je vous demande pardon ?*

Mrs P. s'approche de moi et s'empare du micro.

— Il plaisante. Désolée de vous avoir dérangée. Elle repose l'appareil sur la table de nuit, hors de ma portée, et demande : On ne vous donne pas de petites pilules qui rendent heureux ici ?

— Je n'ai rien pour être heureux.

— Alex, je suis désolée de ce qui est arrivé à Paco. Ce n'était pas mon élève mais on m'a raconté à quel point vous étiez proches.

Je détourne les yeux. Je n'ai aucune envie de parler de Paco. Je n'ai aucune envie de parler.

— Pourquoi est-ce que vous êtes venue ?

J'entends le bruit de sa main fouillant dans son sac.

— Je vous ai apporté un peu de travail pour que vous puissiez rattraper les cours que vous avez ratés.

— Je ne reviendrai pas au lycée. Je vous l'ai déjà dit, j'arrête. Ne soyez pas surprise, madame P. Je fais partie d'un gang, vous vous rappelez ?

Elle contourne le lit pour être dans mon champ de vision.

— Il faut croire que j'avais tort à votre sujet. Je pensais que vous seriez celui qui briserait le moule.

— Eh bien, c'était avant que mon meilleur ami se fasse tirer dessus. J'étais censé être à sa place.

Je regarde le manuel de chimie qu'elle tient dans les mains, tout ce qu'il me rappelle c'est un passé qui n'est plus et un futur qui ne se produira jamais.

— Il ne devait pas mourir, merde ! Ç'aurait dû être moi !

— Mais vous êtes vivant. Croyez-vous que vous rendez service à Paco en arrêtant le lycée, en baissant les bras ? Voyez cela comme un cadeau de sa part, pas comme une malédiction. Paco ne reviendra pas. Vous, vous en avez la possibilité, dit-elle en posant son livre sur le rebord de la fenêtre. J'ai vu plus d'élèves mourir que je ne l'aurais jamais imaginé. Mon mari me presse de quitter Fairfield pour enseigner dans un lycée où les élèves ne seraient pas membres d'un gang, ne vivraient pas que pour mourir ou pour devenir dealers de drogue. Elle s'assoit au bord de mon lit, scrute ses mains avant de poursuivre : Je préfère rester à Fairfield dans l'espoir de changer les choses. Mr Aguirre croit que l'on peut combler le fossé entre les élèves et je suis d'accord avec lui. Si je parviens à changer la vie d'un seul d'entre eux, je peux...

— Changer le monde ?

— Peut-être.

— C'est impossible, les choses sont ce qu'elles sont.

— Ah, Alex ! s'exclame-t-elle, invaincue. Comme vous avez tort. Les choses sont ce que nous décidons d'en faire. Si vous ne vous estimez pas capable de changer le monde, alors poursuivez le chemin déjà tracé pour vous. Mais sachez qu'il existe d'autres routes. Elles sont simplement plus difficiles à parcourir. Ce n'est pas facile de changer le monde, mais une chose est sûre : je continuerai d'essayer. Et vous ?

— Non.

— C'est votre choix. Moi, je poursuivrai mes efforts malgré tout. Elle marque alors une pause avant de reprendre : Savez-vous comment se porte votre binôme de chimie ?

— Non, je m'en fiche.

Dans un soupir d'exaspération, elle se dirige vers la fenêtre pour reprendre le manuel.

— Dois-je le rapporter chez moi ou vous le laisser ?

Comme je ne réponds pas, elle le remet en place.

— J'aurais mieux fait de choisir la biologie au lieu de la chimie, lui dis-je finalement, tandis qu'elle ouvre la porte.

Elle m'adresse un clin d'œil d'un air entendu.

— Vous mentez. Et pour votre gouverne, Mr Aguirre viendra vous rendre visite plus tard dans la journée. Je vous conseillerais de ne pas lui jeter d'objets à la figure lorsqu'il entrera dans votre chambre.

À la fin de mes deux semaines d'hospitalisation, maman nous a emmenés au Mexique. Un mois plus tard, j'ai trouvé un emploi de valet de chambre dans un hôtel de San Miguel de Allende, près de la maison familiale. C'est un bel hôtel, à la façade blanche et bordée de colonnes. J'ai également servi d'interprète à l'occasion, puisque la plupart des autres employés ne parlaient qu'espagnol. Après le boulot, mes collègues essayaient de me caser avec des Mexicaines. Des filles sublimes, sexy, expertes en séduction. Simplement, elles n'étaient pas Brittany.

J'avais besoin de l'oublier, et vite.

J'ai essayé. Un soir, une Américaine, cliente de l'hôtel, m'a invité dans sa chambre. Au début, je croyais que coucher avec une autre blonde me permettrait d'effacer la seule nuit que j'avais partagée avec Brittany. Mais au moment de passer à l'acte, j'ai été paralysé.

J'ai réalisé que Brittany surpassait toutes les autres filles.

Pas par son visage, son sourire, ni même ses yeux. Son apparence, c'est ce qui la rend belle aux yeux du monde, mais c'est ce qu'il y a au fond d'elle qui la différencie des autres. Sa façon si douce de caresser le visage de sa sœur, de prendre la chimie avec autant de sérieux, de m'exprimer son amour en sachant qui j'étais réellement. J'étais sur le point de dealer, une chose qu'elle désapprouve par-dessus tout, mais elle a continué de m'aimer.

Aujourd'hui, trois mois après l'échange de tirs, je suis de retour dans la ville de Fairfield, prêt à affronter ce que Mrs P. qualifierait comme ma plus grande peur.

Assis au bureau de son garage, Enrique secoue la tête. Nous venons de parler du soir d'Halloween et je lui ai pardonné d'avoir informé Lucky. Ensuite je lui ai raconté ce que je comptais faire à présent.

— Tu risques la mort, dit-il dans un profond soupir.

— Je sais.

— Je ne pourrai pas te venir en aide. Aucun de mes amis du Blood ne peut t'aider. Réfléchis, Alex. Rentre au Mexique et profite de la vie.

Mais j'ai pris ma décision. Elle est irrévocable.

— Je ne serai pas un lâche. Il faut que je le fasse. Il faut que je quitte le Blood.

— Pour elle ?

— Oui.

Et pour *papá*. Paco, ma famille et moi.

— À quoi cela te servira de quitter le Blood si tu meurs ? Ton intégration était une promenade de santé en comparaison. Même certains Anciens seront là.

Je lui tends une feuille de papier avec un numéro de téléphone écrit dessus.

— S'il m'arrivait quelque chose, appelle ce type. C'est le seul ami que j'ai qui n'est relié à rien.

Ni au Blood, ni à Brittany.

Le soir fatidique, je me retrouve dans un entrepôt rempli d'hommes qui me considèrent comme un traître. Il y a une heure, j'ai informé Chuy, qui a remplacé Hector, que je voulais quitter le gang. Fini le Latino Blood. Seulement, pour cela... je dois survivre à leur châtiment : un avant-goût de l'Enfer.

Chuy, droit, l'air sévère, s'avance, un bandana du gang à la main. Derrière lui, dans le fond, se tient mon ami Pedro, qui détourne les yeux. Javier et Lucky sont là, eux aussi, le regard excité. Javier est un vrai psychopathe et Lucky n'est pas ravi d'avoir perdu son pari, bien que je n'aie jamais réclamé mon dû. Ils vont tous les deux se faire un malin plaisir de me briser, sachant que je ne pourrai pas riposter.

Mon cousin Enrique est adossé au mur, dans un coin. On exigera de lui, comme participation à l'épreuve, qu'il aide à me briser les os jusqu'à ce que je m'évanouisse. La fidélité et l'engagement représentent tout pour le LB. Si on rompt son engagement, si on se montre déloyal... on ne vaut pas mieux que l'ennemi. Et même moins que lui, parce qu'on en a été un des membres. Si Enrique s'interpose pour me protéger, il est cuit.

Je ne flanche pas pendant que Chuy me couvre les yeux avec le bandana. Je vais survivre. Si tout cela me conduit à retrouver Brittany, alors ça vaut le coup. Je ne peux même pas envisager l'autre option.

Après m'avoir lié les mains derrière le dos, on me fait monter sur la banquette arrière d'une voiture, encadré par deux personnes. Je n'ai pas la moindre idée de notre destination. Depuis que Chuy a pris les commandes, il faut s'attendre à tout.

Un mot. Je n'ai jamais écrit de mot. Et si jamais je mourais sans que Brittany sache ce que je ressens pour elle ? Ce sera peut-être mieux. Elle pourra tourner la page plus facilement en pensant que je suis un abruti qui l'a trahie sans le moindre remords.

Au bout de quarante-cinq minutes, je comprends au bruit du gravier que nous avons quitté la route. Peut-être que cela me calmerait de savoir où on est, mais je ne vois rien avec ce truc sur les yeux. Je ne suis pas nerveux. Plutôt inquiet de savoir si je compterai parmi les heureux survivants. Et dans ce cas, quelqu'un me trouvera-t-il ? Ou est-ce que je mourrai seul dans une grange, un entrepôt ou un immeuble abandonné ? Peut-être que l'on ne va pas me tabasser. Mais simplement me pousser du haut d'un toit. *Se acabó.*

Non, Chuy n'aimerait pas ça. Il aime entendre les cris et les prières des hommes à terre. Je ne lui donnerai pas ce plaisir.

On me sort de la voiture. Les cailloux sous mes semelles me font penser que l'on est au milieu de nulle part. J'entends d'autres voitures se garer et toujours plus de bruits de pas. Une vache meugle au loin. Prévient-elle du danger ? Pour être honnête, je veux aller jusqu'au bout. Si nous sommes interrompus, cela ne fera que retarder l'inévitable. Je suis volontaire, je suis prêt. Qu'on en finisse.

Vais-je être attaché par les mains à une branche d'arbre, pendu tel le bouc émissaire ?

Mon Dieu, je déteste l'inconnu. *Estoy perdido.*

— Viens là, m'ordonne-t-on.

Comme si j'avais le choix. Quelqu'un s'avance.

— Tu es une honte pour notre fratrie, Alejandro. Nous vous avons protégés, toi et ta famille, et tu as décidé de nous tourner le dos. Est-ce bien vrai ?

— C'est Hector qui a trahi le Blood. *El traidor.*

En réponse à mon accusation, je reçois un énorme pain dans la mâchoire. Merde, à cause de ce foutu bandeau, je n'avais rien vu venir. J'essaie de ne pas réagir.

— Comprends-tu les conséquences de ton départ du Blood ?

— Oui.

Un cercle se forme autour de moi dans un silence lugubre. Aucun rire, aucun bruit. Certains de ceux qui m'entourent sont des amis d'enfance. Comme Enrique, ils se battent contre eux-mêmes. Je ne leur en veux pas. Ceux que l'on a choisis pour me violenter aujourd'hui n'ont pas eu de chance.

Soudain on me frappe au visage. J'ai du mal à rester debout pour les affronter, car je sais que ce n'est qu'un début. Combattre en sachant qu'on peut gagner, c'est une chose. Mais c'en est une autre quand on sait qu'on n'a aucune chance.

Un objet tranchant me taillade le dos.

Puis on me frappe les côtes.

Chaque coup vise le haut du corps ; pas un centimètre carré de peau n'est oublié. Une entaille par-ci, un coup de poing par-là. Je chancelle plusieurs fois et on me redresse avant de me décocher un nouveau coup. L'entaille dans mon dos me brûle terriblement. Je reconnais les coups d'Enrique car ils renferment moins de rage que les autres.

Le souvenir de Brittany m'empêche de hurler ma douleur. Je serai fort pour elle... pour nous. Je ne les laisserai pas décider de ma vie ou de ma mort. C'est moi qui suis maître de mon destin, pas le Blood. Je n'ai pas la moindre idée du temps que dure le supplice. Une demi-heure ? Une heure ? Mon corps faiblit, j'ai du mal à tenir debout. Je sens une odeur de fumée ; va-t-on me jeter dans le feu ?

J'ai envie de céder et de m'effondrer sur le sol mais je m'efforce de rester debout. Je suis probablement méconnaissable, le corps et le visage couverts de sang. Quelqu'un déchire mon T-shirt, découvrant la cicatrice laissée par la balle qu'Hector a tirée sur moi. Un poing la percute. La douleur est insoutenable. Je m'affale par terre, le visage plaqué contre le gravier. À cet instant, je ne suis plus sûr d'y arriver.

Brittany, Brittany, Brittany. Tant que je me répète cette prière, je sais que je suis toujours en vie. *Brittany, Brittany, Brittany.*

Est-ce une odeur de fumée ou l'odeur de la mort ?

À travers l'épais brouillard qui m'emplit l'esprit, je crois entendre une voix.

— Vous ne croyez pas qu'il en a eu assez ?

— Non, dit-on distinctement.

Des protestations s'élèvent. Si je pouvais bouger, je le ferai. *Brittany, Brittany, Brittany.*

Les protestations continuent. D'habitude, il n'y en a jamais, c'est interdit. Que se passe-t-il ? Qu'est-ce qui m'attend ? On doit préparer quelque chose de pire que les coups, car j'entends beaucoup de disputes.

— Maintenez-lui la tête contre le sol, crie Chuy. Personne ne trahira le Latino Blood pendant mon règne. Que ce soit bien clair pour tous ceux qui seraient tentés de le faire. Le corps d'Alejandro Fuentes sera marqué à jamais, en signe de sa trahison.

L'odeur de brûlé se rapproche. Je n'ai pas la moindre idée de ce qui va se passer, jusqu'à ce que le haut de mon dos soit brûlé par ce qui ressemble à des braises.

Ai-je gémi ? grogné ? hurlé ? Je ne sais plus. Je ne sais plus rien désormais. Je suis incapable de penser. Je ne peux que *ressentir*. Ils auraient tout aussi bien pu me jeter dans un feu, cette torture est pire que tout ce que j'avais imaginé. L'odeur de peau brûlée irrite mes narines et je réalise qu'il ne s'agit pas de braises. Ce connard est en train d'apposer son sceau au fer rouge. *El dolor, el dolor…*

Brittany, Brittany, Brittany.

57

BRITTANY

A vril commence. Cela fait cinq mois que je n'ai pas vu Alex. Les commérages au sujet de Paco et lui ont enfin cessé et les psychologues et assistantes sociales venus en renfort au lycée sont repartis.

La semaine dernière, j'ai dit à l'assistante sociale du lycée que j'avais dormi plus de cinq heures la nuit précédente, mais j'ai menti. Depuis la fusillade, j'ai le sommeil difficile, je me réveille au beau milieu de la nuit et ne cesse de ressasser cette horrible conversation avec Alex à l'hôpital. D'après l'assistante sociale, cela prendra du temps avant que mon sentiment de trahison ne s'efface.

Le problème, c'est que je ne me sens pas trahie. Je suis plutôt triste et abattue. Après tout ce temps, je continue de regarder, au moment d'aller me coucher, les photos de la soirée au Club Mystique sur mon portable.

Quand il est sorti de l'hôpital, Alex a quitté le lycée et s'est évaporé dans la nature. S'il est sorti physiquement de ma vie, il fait encore partie de moi. Même si je le voulais, je ne réussirais pas à l'oublier.

Le côté positif de toute cette folie ambiante, c'est que mes parents ont emmené Shelley dans le Colorado à la

Maison du Soleil et qu'elle a adoré cet endroit. Ils ont des activités prévues tous les jours, font du sport, et reçoivent même la visite de célébrités, chaque trimestre, pour des concerts ou des événements de bienfaisance. Quand Shelley l'a appris, elle serait tombée de son fauteuil si elle n'avait pas été attachée.

Laisser ma sœur prendre son envol a été éprouvant mais j'y suis parvenue. Sans perdre les pédales. Savoir qu'il s'agissait du choix de Shelley m'a beaucoup aidée.

Mais aujourd'hui, je me retrouve seule. Alex est parti en emportant un morceau de mon cœur. Ce qu'il m'en reste, je le préserve avec force. J'en suis venue à la conclusion que désormais je contrôlerai uniquement ma propre vie. Alex a choisi sa route et ne m'a pas invitée à le suivre.

Au lycée, j'évite ses amis, qui m'évitent également. Nous faisons tous comme si le début d'année de cette terminale n'avait jamais eu lieu, hormis Isabel. Parfois elle discute avec moi, nous nous comprenons, même sans mots, et cela m'aide de savoir que quelqu'un partage le même genre de souffrance que moi.

Un jour du mois de mai, j'ouvre mon casier avant le cours de chimie et découvre deux chauffe-mains accrochés à l'intérieur. Soudain, la pire nuit de ma vie me revient en mémoire avec fracas.

Alex est-il venu ici ? Est-ce lui qui a mis les chauffe-mains dans mon casier ?

J'aimerais tant l'oublier mais j'en suis incapable. J'ai lu quelque part que les poissons rouges avaient une mémoire de cinq secondes. Comme je les envie ! Mes souvenirs d'Alex, mon amour pour lui, dureront éternellement.

Je presse les chauffe-mains si doux contre ma poitrine et m'agenouille devant mon casier pour pleurer. Mon Dieu, je ne suis plus qu'une coquille vide.

Sierra s'approche de moi.

— Brit, qu'est-ce qui ne va pas ?

Je suis incapable de bouger ou de me reprendre.

— Viens, dit-elle en me relevant. Tout le monde te regarde.

Darlene arrive à son tour.

— Franchement, il serait temps que tu oublies ton petit copain, ce voyou. Il t'a jetée, je te rappelle. Tu deviens pathétique.

Colin apparaît derrière elle. Il me regarde avec mépris.

— Alex a mérité ce qui lui est arrivé, renchérit-il.

« Bien ou pas, il faut se battre pour ce que l'on croit. » Je lui lance mon poing dans la figure. Il évite le coup, agrippe mon poignet et me tord le bras dans le dos.

— Lâche-la, s'interpose Doug.

— Reste en dehors de ça, Thompson.

— Mec, c'est nul de l'humilier parce qu'elle t'a plaqué pour un autre.

Colin me repousse sur le côté et relève ses manches. Je ne peux pas laisser Doug se battre à ma place.

— Si tu veux te battre contre lui, dis-je à Colin, tu devras m'affronter en premier.

À ma grande surprise, Isabel se poste juste devant moi.

— Et c'est moi que tu devras affronter si tu veux te battre avec elle.

Sierra se place à côté d'Isabel.

— Et moi aussi.

Sam, un élève mexicain, s'interpose et pousse Gary Frankel vers Isabel.

— Ce mec peut te péter le poignet en un coup, connard. Dégage avant que je le lâche sur toi.

Gary, en polo corail et pantalon blanc, lutte pour se donner un air de dur. En vain. Colin cherche des alliés à gauche et à droite mais n'en trouve pas un seul.

Je cligne des yeux incrédule. Si avant le monde était sens dessus dessous, maintenant tout semble s'arranger.

— Allez, Colin, s'exclame Darlene. On n'a pas besoin de ces nazes de toute façon.

En les regardant s'éloigner, je ressens presque de la peine pour eux. Presque.

— Je suis fière de toi, Douggie, s'écrie Sierra en se jetant sur lui.

Ils commencent à s'embrasser, se fichant complètement des spectateurs et du règlement du lycée.

— Je t'aime, déclare Doug, quand ils reprennent leur souffle.

— Je t'aime aussi, gazouille Sierra avec une voix de bébé.

— Y a des hôtels pour ça ! lance un garçon de notre classe.

Mais ils continuent de s'embrasser jusqu'à ce que la musique se fasse entendre dans les haut-parleurs. Les élèves se dispersent. Et moi, je tiens toujours fermement mes chauffe-mains.

Isabel s'agenouille à mes côtés.

— Tu sais, je n'ai jamais dit à Paco ce que je ressentais. Je n'ai jamais pris ce risque et maintenant, il est trop tard.

— Je suis vraiment désolée, Isa. De mon côté, je l'ai pris, ce risque, et j'ai tout de même perdu Alex. Alors ne regrette rien.

— Je suppose que je finirai par oublier un jour. C'est mal parti mais je peux toujours espérer, n'est-ce pas ?

Elle se remet debout, s'arme de courage. Je l'observe qui entre en cours, suis-je la seule à qui elle se confie ?

— Viens, me dit Sierra qui s'est détachée des bras de Doug.

Elle me tire vers la sortie. J'essuie mes yeux du revers de la main, m'assois sur le pare-chocs arrière de sa voiture, et tant pis si je sèche les cours.

— Je vais bien, Sierra. Vraiment.

— Non, tu ne vas pas bien. Brit, je suis ta meilleure amie. Je serai toujours là avant et après tes petits copains. Alors défoule-toi, je t'écoute.

— J'étais amoureuse de lui.

— Tu déconnes ? Comme si je n'étais pas au courant.

— Il m'a manipulée. Il a couché avec moi pour gagner un pari. Et je l'aime encore ! Sierra, je *suis* pathétique.

— Tu as couché avec un garçon et tu ne me l'as même pas dit ? Moi qui croyais que ce n'était qu'une rumeur.

Vexée, je plonge ma tête entre mes mains.

— Je plaisante ! Je n'ai même pas envie de savoir. Bon, si, j'en ai envie, mais seulement si tu souhaites m'en parler. Oublions ça pour le moment. J'ai bien vu la façon dont Alex te regardait, Brit. C'est pour ça que je t'ai fichu la paix quand tu m'as dit que tu l'aimais. De toute évidence, il était sincère. Je ne sais pas qui t'a parlé de ce supposé pari...

— Lui. Et ses amis ont confirmé. Pourquoi est-ce que je n'arrive pas à me détacher de lui ?

Sierra hoche la tête comme pour effacer ce que je viens de dire.

— Chaque chose en son temps.

Elle m'attrape par le menton et m'oblige à la regarder droit dans les yeux.

— Alex avait des sentiments pour toi, qu'il l'admette ou non, pari ou pas pari. Tu en es parfaitement consciente,

Brit, ou tu lâcherais ces fichus chauffe-mains. Deuxièmement, Alex est sorti de ta vie et si tu n'as pas craqué tu le
dois bien à toi-même, à son drôle de copain Paco et à moi,
même si c'est dur.

— Je ne peux pas m'empêcher de penser qu'il m'a rejetée
volontairement. Si seulement je pouvais lui parler, je trou-
verais des réponses.

— Peut-être qu'il n'a aucune réponse à t'offrir. Et c'est
pour cela qu'il est parti. S'il souhaite rater sa vie et passer à
côté de ce qui se trouve juste sous son nez, c'est son problème. Montre-lui que tu es plus forte que ça.

Sierra a raison. Pour la première fois, je me sens capable
de poursuivre mon année de terminale. Alex a emporté un
morceau de mon cœur le soir où nous avons fait l'amour et
il le gardera toujours. Pour autant, ma vie ne doit pas
demeurer en suspens indéfiniment. Je ne dois pas courir
après les fantômes.

À présent, je me sens plus forte. Du moins, je l'espère.

Deux semaines plus tard, je suis dans les vestiaires en
train de me changer avant le cours de gym. Il n'y a plus que
moi, je suis la dernière. C'est alors que j'entends des talons
claquer. C'est Carmen Sanchez. Je ne panique pas et la
regarde dans les yeux.

— Il est passé à Fairfield, dit-elle.

— Je sais.

Mais depuis il est reparti, plus rapide que le vent.

Elle paraît presque nerveuse, vulnérable.

— Tu vois ces premiers prix dans les fêtes foraines ? Ces
peluches gigantesques que jamais personne ne gagne, à part
les plus chanceux ? Je n'en ai jamais gagné.

— Moi non plus.

— Alex était mon premier prix. Je t'ai détestée lorsque tu me l'as pris.

— Eh bien, tu peux arrêter de me détester. Il n'est plus à moi.

— Je ne te déteste plus. Je suis passée à autre chose.

Je marque un temps d'arrêt.

— Moi aussi.

Carmen étouffe un rire. Alors qu'elle sort de la pièce, je l'entends marmonner :

— Ce n'est certainement pas le cas d'Alex.

Cinq mois plus tard
BRITTANY

L e mois d'août dans le Colorado n'a pas le même parfum que dans l'Illinois. Je secoue un peu mes cheveux, coupés court depuis peu, sans me préoccuper de lisser les quelques frisotis, et commence à vider mes cartons.

Lexie, qui partage ma chambre sur le campus, vient de l'Arkansas. On dirait un petit lutin, doux et innocent, ou une descendante de la fée Clochette. Je ne l'ai encore jamais vue froncer les sourcils. Sierra, qui est partie à l'université de l'Illinois, n'a pas eu autant de chance avec sa coloc, Dara. Cette fille a divisé l'armoire et la pièce en deux et se lève tous les jours vers cinq heures et demie, même le week-end, pour faire sa gym. Mais comme Sierra passe la plupart de son temps dans la chambre de Doug, ce n'est pas si grave.

— Sûre que tu ne veux pas venir avec nous à la fête de bienvenue ? me demande Lexie avec un accent terrible.

— Je dois finir de ranger puis je vais voir ma sœur. Je lui ai promis de lui rendre visite une fois que je serai installée.

— OK.

Elle fait des essayages, jusqu'à ce qu'elle trouve le « look parfait » pour ce soir. Puis elle se coiffe et se remaquille. Je revois à travers elle l'ancienne Brittany, celle qui faisait tant d'efforts pour être à la hauteur des attentes des autres.

Une demi-heure plus tard, la voilà partie. Je m'assois sur mon lit et sors mon téléphone. Je contemple la photo d'Alex et moi sur l'écran. Je m'en veux d'avoir besoin de la regarder. Tant de fois, j'ai voulu me forcer à effacer ces clichés, à effacer mon passé, en vain.

J'ouvre un tiroir et prends son bandana, propre et doux, bien plié en carré. Je le caresse, me remémorant le jour où Alex me l'a donné. Pour moi, ce n'est pas le Latino Blood qu'il représente, mais lui.

La sonnerie du téléphone me tire de ma rêverie. C'est la Maison du Soleil.

— Vous êtes bien Brittany Ellis ?

— Tout à fait.

— Georgia Jackson de la Maison du Soleil, à l'appareil. Votre sœur Shelley va très bien, elle souhaitait simplement savoir si vous viendriez avant ou après le dîner.

Je regarde ma montre : seize heures trente.

— Dites-lui que je serai là dans une quinzaine de minutes. Je pars tout de suite.

Je raccroche, remets le bandana à sa place et range mon portable dans mon sac.

Le trajet en bus vers l'autre côté de la ville est assez court et je me retrouve très vite dans le salon de la Maison du Soleil. J'aperçois d'abord Georgia Jackson, qui me salue chaleureusement.

— Où est Shelley ?

— Elle joue aux échecs, comme d'habitude, répond Georgia en me la désignant du doigt.

Au même moment, Shelley, que j'aperçois de dos, pousse un cri perçant : elle a gagné.

En m'approchant d'elle, je distingue son adversaire. Les cheveux noirs devraient me faire comprendre que ma vie est sur le point de basculer, mais je n'en ai pas encore bien saisi tout le sens. Et puis je me fige sur place.

C'est impossible. Mon imagination doit me jouer des tours.

Mais quand il se retourne et que ses yeux noirs si familiers rencontrent les miens, la réalité me foudroie.

Alex est ici, à seulement quelques mètres de moi. Mon Dieu, tous les sentiments que j'ai éprouvés pour lui déferlent en moi comme une vague. Je ne sais quoi dire, ni quoi faire.

— Brittany est arrivée, dit-il à ma sœur avant de se lever et de tourner consciencieusement son fauteuil pour qu'elle puisse me voir.

Comme un robot, je m'avance vers Shelley et la prends dans mes bras. Quand je me redresse, Alex se tient tout près de moi, en pantalon kaki et chemise à carreaux bleus. Je le dévore des yeux, l'estomac en boule. Le monde se réduit, et je ne vois plus que *lui*.

Enfin, je retrouve la parole

— A... Alex... ? Qu'... qu'est-ce que tu fais là ?

— J'avais promis à Shelley de prendre ma revanche, non ?

Nous restons là, à nous regarder, on dirait qu'une force invisible m'empêche de détourner les yeux.

— Tu as fait tout le chemin jusqu'au Colorado pour jouer aux échecs avec ma sœur ?

— C'est-à-dire, ce n'est pas la seule raison. Je vais à la fac ici. Mrs P. et Mr Aguirre m'ont aidé à obtenir une équivalence après mon départ du Blood. J'ai vendu Julio. J'ai fait un prêt et je travaille pour le bureau des élèves.

Alex ? À la fac ? Ses manches de chemise boutonnées cachent la plupart de ses tatouages du Latino Blood.

— Tu as quitté le gang ? Je croyais que c'était trop dangereux, Alex. Tu m'as dit que ceux qui tentaient d'en sortir se faisaient tuer.

— J'ai bien failli l'être. Si Gary Frankel n'avait pas été là, je ne m'en serais certainement pas sorti...

— Gary Frankel ?

Le garçon le plus gentil et le plus intello du lycée ? Je détaille alors le visage d'Alex et remarque une nouvelle et légère cicatrice au-dessus de son œil et d'autres plus vilaines sur son oreille et son cou.

— Mon Dieu ! Qu'... qu'est-ce qu'on t... t'a fait ?

Il me prend la main et la pose sur son torse. Il a un regard intense, profond, comme la première fois où je l'ai vu sur le parking, le jour de la rentrée en terminale.

— Il m'a fallu du temps pour comprendre qu'il fallait que je revoies tout. Les choix que j'avais faits. Le gang. Être battu presque jusqu'à mort et marqué comme du bétail, ce n'était rien comparé à te perdre. Si seulement je pouvais ravaler chaque mot que j'ai prononcé à l'hôpital. Je croyais qu'en te rejetant, je te protégerais du sort de Paco et de mon père. Plus jamais je ne te rejetterai, Brittany. Jamais. Je te le promets.

Battu ? Marqué ? J'ai envie de vomir et les larmes me montent aux yeux.

— Ne t'en fais pas. Je vais bien maintenant, répète-t-il encore et encore, en m'enlaçant et me caressant le dos. Puis il plaque son front contre le mien : Je dois te dire quelque chose. J'ai accepté ce pari parce qu'au fond de moi je savais que si je laissais mes sentiments s'en mêler, j'en mourrais. D'ailleurs, j'ai bien failli en mourir. Tu es la seule fille pour qui j'ai tout risqué, dans l'espoir d'un avenir qui en vaille la peine.

Il recule d'un pas pour me regarder droit dans les yeux.

— Je suis vraiment désolé. *Mujer*, dis-moi ce que tu veux et je te l'offrirai. Si je dois partir et te laisser tranquille pour que tu sois heureuse, dis-le. Mais si tu veux encore de moi, je ferai de mon mieux pour correspondre à *ça*... Il ouvre les bras pour que j'admire ses vêtements : Comment puis-je te prouver que j'ai changé ?

— J'ai changé, moi aussi. Je ne suis plus la fille d'autrefois. Et désolée, mais cette tenue... elle ne te correspond absolument pas.

— C'est pourtant ce que tu voulais.

— Tu as tort, Alex. Ce que je veux, c'est *toi*. Pas une fausse image. Il n'y a aucun doute, je te préfère en jean et T-shirt parce que cela te correspond.

— Tu as raison, dit-il avec un petit rire. Un jour tu m'as dit que tu m'aimais. Est-ce toujours le cas ?

Le sourire chaleureux de Shelley me donne la force de lui répondre la vérité.

— Je n'ai jamais cessé de t'aimer. Même quand j'essayais désespérément de t'oublier, je n'y suis jamais arrivée.

Avec un profond soupir, il se frotte le front, soulagé. Ses yeux sont brillants, emplis d'émotion, tandis que les miens se remplissent de larmes.

— Je ne veux pas que nous nous battions constamment, Alex, dis-je en m'agrippant à sa chemise. Quand on sort avec quelqu'un, il faut que ce soit gai. L'amour doit faire du bien.

Je l'attire vers moi. Je veux sentir ses lèvres contre les miennes.

— Est-ce que ce sera le cas pour nous ?

Nos lèvres s'effleurent avant qu'il ne se recule, puis il...

Ô mon Dieu !

Il met un genou à terre devant moi, prend mes mains dans les siennes, et mon cœur menace de lâcher.

— Brittany Ellis, je vais te prouver que je suis bien le garçon en qui tu croyais, il y a dix mois, et je serai l'homme brillant dont tu as rêvé. J'ai le projet de te demander en mariage d'ici quatre ans, le jour de notre remise de diplôme. Il penche alors la tête et poursuit d'un ton plus léger : Et je te promets que l'on s'amusera toute notre vie, et qu'on se battra également un peu, parce que tu es une sacrée *mamacita*... et puis je suis impatient d'avoir de longues séances de rattrapage avec toi. Peut-être qu'un jour, nous pourrons même retourner à Fairfield et tenter d'y réaliser les rêves de mon père. Toi, moi et Shelley. Et les autres Fuentes ou Ellis qui voudront partager notre vie. Nous formerons une grande famille de folie, mexicano-américaine. Qu'en penses-tu ? *Mujer*, tu es tout pour moi.

Je ne peux pas m'empêcher de sourire, tout en écrasant une petite larme qui coule sur ma joue. Comment ne pas être folle amoureuse de lui ? Notre séparation n'a absolument rien changé. Je ne peux pas lui refuser une seconde chance ; c'est à moi que je la refuserais.

Le moment est venu de prendre des risques, d'accorder de nouveau ma confiance.

— Shelley, penses-tu qu'elle va me dire oui ? lui demande Alex.

Ses cheveux sont dangereusement près des doigts de ma sœur. Elle ne les tire pas... mais lui caresse gentiment la tête et je me mets à pleurer à chaudes larmes.

— Ouais ! crie Shelley avec son drôle de sourire en biais.

Elle n'a jamais paru aussi heureuse. Et moi, je suis entourée des deux personnes que j'aime le plus au monde. Qu'espérer de plus ?

— Quelles études as-tu choisies ?

— Chimie, dit-il avec son irrésistible sourire. Et toi ?

— Chimie. Je passe mes bras autour de son cou : Embrasse-moi, qu'on voie si la magie opère toujours. Mon cœur, mon âme sont à toi, et tout le reste aussi !

Ses lèvres rencontrent enfin les miennes, plus puissantes que jamais.

Wow ! Le monde s'est enfin remis à l'endroit et la vie a ressuscité, sans même que j'aie eu besoin de le demander.

Vingt-trois ans plus tard
ÉPILOGUE

Mrs Peterson ferme la porte de la classe.
— Bonjour à tous et bienvenue au cours de chimie de terminale.

Elle se penche sur son bureau et ouvre son cahier.

— Bel effort concernant votre choix de places. Néanmoins, vous êtes ici dans mon cours et c'est moi qui décide de votre placement... par ordre alphabétique.

Les élèves protestent, comme à chacune de ses rentrées au lycée de Fairfield, depuis maintenant trente ans.

— Mary Alcott, asseyez-vous à la première table. Andrew Carson sera votre binôme.

Mrs Peterson continue sa liste et les élèves s'assoient avec réticence à la place qui leur est désignée, au côté de leurs binômes.

— Paco Fuentes, appelle-t-elle, en montrant la table derrière Mary.

Un jeune homme charmant, avec les yeux bleus de sa mère et les cheveux noirs de son père, s'y dirige.

— Monsieur Fuentes, ne croyez pas que ce cours sera un jeu d'enfant pour vous, simplement parce que vos parents ont eu la chance de trouver un traitement contre la maladie d'Alzheimer. Votre père n'a jamais validé mon cours et il a raté un de mes contrôles, même si je soupçonne votre mère d'être l'auteur de la copie incriminée. Je n'en exigerai que plus d'efforts de votre part.

— *Sí, Señora.*

Mrs Peterson baisse les yeux vers son cahier.

— Julianna Gallagher, veuillez vous asseoir à côté de Mr Fuentes.

Celle-ci rougit en prenant place sur son tabouret, tandis que Paco sourit avec insolence. Peut-être que les choses ont enfin changé en trente ans, se dit Mrs Peterson, mais elle ne compte prendre aucun risque.

— Et je préviens tous ceux qui auraient envie de semer la zizanie dans mon cours, que ce sera tolérance zéro !

REMERCIEMENTS

J e dois remercier de nombreuses personnes de leur aide pour ce livre. En premier lieu, je tiens à adresser un grand merci au Dr Olympia Gonzáles et à ses étudiants de Loyola University, à Eduardo Sanchez, à Jesus Aguirre et à Carlos Zuniga pour avoir passé tant d'heures à pimenter mon livre de langue espagnole et de culture mexicaine. J'assume l'entière responsabilité des erreurs que j'aurais pu commettre ; elles n'incombent qu'à moi. Malgré tout, j'espère que vous pourrez être fiers de moi.

J'ai la chance d'avoir une amie comme Karen Harris, qui se trouve quotidiennement à mes côtés, aussi bien sur le plan personnel que professionnel. Depuis le début de ma carrière, Marilyn Brant m'encourage et me soutient constamment et son amitié m'honore. Je ne serais pas là où j'en suis aujourd'hui sans ces deux femmes. D'autres parents et amis ont également contribué à ma carrière et à ce livre : Alessia Holliday, Ruth Kaufman, Erika Danou-Hasan, Sara Daniel, Erica O'Rourke, Martha Whitehead, Lisa Laing, Shannon Greenland, Amy Kahn, Debbie Feiger, Marianna To, Randi Sak, Wendy Kussman, Liane Freed, Roberta Kaiser et bien sûr Dylan Harris (et Jesus et Carlos) pour m'avoir initiée à l'argot des ados ; vos mères doivent être fières.

Je salue grandement mon agent, Kristin Nelson, et mon éditrice, Emily Easton, pour leur envie aussi forte que la mienne de voir ce livre publié.

Fran, Samantha et Brett vivent ce grand huit avec moi et je veux qu'ils sachent combien ils m'inspirent. Et je salue ma sœur Tamar, qui m'a appris à ne jamais baisser les bras.

Ma grande amie Nanci Martinez a dédié sa vie aux personnes handicapées et je tiens à la remercier de m'avoir laissé passer du temps avec ses pensionnaires. Ce sont des gens très heureux et en pleine forme.

Mes copines de blog sur www.booksboysbuzz.com forment un groupe d'auteurs pour jeunes adultes dont je suis heureuse de faire partie. Les filles, vous êtes hilarantes. Je salue l'association Romance Writers of America et notamment les groupes de Chicago-North et Windy City.

Merci à Sue Heneghan de la police de Chicago, non seulement pour être officier de police et dédier sa vie à la communauté, mais aussi pour m'en avoir appris plus sur les gangs et encouragée tout au long de l'écriture de ce roman.

Enfin, j'aimerais remercier mes fans. Ils sont ma meilleure raison d'écrire et je ne me lasse jamais de lire les courriers et les e-mails qu'ils m'envoient. Je voudrais remercier certains d'entre eux qui m'ont particulièrement aidée : Lexie (qui modère le groupe de discussion de fans) ainsi que Susan et Diana, deux parfaits exemples de Super Fans.

J'adore les messages de mes lecteurs. N'oubliez pas de visiter mon site : www.simoneelkeles.com !

Composition : Nord Compo
Achevé d'imprimer par Normandie Roto Impression s.a.s.
Impression en France en juillet 2013
N° d'imprimeur : 132675
Dépôt légal : février 2011

Conforme à la loi n° 49-956 du 16 juillet 1949
sur les publications destinées à la jeunesse.